KB072551

수선경

허담 新무협 판타지 소설

FANTASTIC ORIENTAL HEROES

수선경 10

허담 新무협 판타지 소설

초판 1쇄 찍은 날 § 2014년 4월 14일
초판 1쇄 펴낸 날 § 2014년 4월 21일

지은이 § 허담
펴낸이 § 서경석

편집부장 § 권태완
편집책임 § 박가연

펴낸곳 § 도서출판 청어람
등록번호 § 제387-1999-000006호
등록일자 § 1999. 5. 31
어람번호 § 제2-2488호

주소 § 경기도 부천시 원미구 부일로 483번길 40 서경B/D 3F (우) 420-822
전화 § 032-656-4452팩스 § 032-656-4453
http://www.chungeoram.com
E-mail § chungeorambook@daum.net

ⓒ 허담, 2013

ISBN 979-11-5681-987-5 04810
ISBN 978-89-251-3391-1 (세트)

※ 파본은 구입하신 서점에서 교환하여 드립니다.
※ 저자와 협의하여 인지를 붙이지 않습니다.
※ 이 책은 도서출판 청어람과 저작자의 계약에 의해 출판된 것이므로,
   무단 전재 및 유포·공유를 금합니다.

허담 新무협 판타지 소설

FANTASTIC ORIENTAL HEROES

수설선경

10

[전설의 끝]

[완결]

도서출판 청어람

第一章

가한산

수선경

"여기까지입니다."

포상이 말했다. 타유가 주위를 둘러봤다. 강줄기가 그물처럼 얽혀 있고 그 너머에 안개에 휩싸인 산들이 섬처럼 펼쳐져 있다. 육지에 이런 곳이 있을까 믿어지지 않는 광경이다. 마치 섬들이 가득한 바다에 나와 있는 듯하다.

"가한산은 어디요?"

타유가 물었다. 그러자 이번에는 일왕 원왕련이 손을 들어 안개 너머 몇 개의 봉우리를 지나 흐린 날 흐릿한 별처럼 보이는 작은 봉우리를 가리켰다.

"저곳입니다."

"거리는 얼마나 되오?"

안개로 인해 가한산까지의 거리를 가늠하기 어렵다.

"대략 사흘 길입니다."

이번엔 다시 포상이 대답한다.

"사흘이라… 유창 그대라면?"

이왕 여선이 죽은 이후 밀문에서 가장 발이 빠른 자는 의외로 유창이었다. 유창은 밀문도가 된 이후 평생을 삼전의 일개 사자로 살아왔지만 기실 그는 전대 밀황 사불의 심복으로서 그의 숨은 발 역할을 해왔던 사람이었다.

그가 만약 밀황을 음지에서 따르지 않고 양지로 나와 보필했다면 이왕 여선과 밀문 제일의 경공술을 놓고 좌웅을 겨루었을 것이다.

"하루 반… 그 정도입니다."

유창이 대답했다. 그러자 타유가 고개를 끄떡인다.

"좋지도 나쁘지도 않은 거리군."

타유의 말에 일왕 원왕련이 의아한 표정으로 묻는다.

"밀황께선 결국 이 싸움에 세력이 동원될 것이라고 보시는 겁니까?"

혈시를 가진 자만이 가한산에 들 수 있다. 그리고 지금 타유와 밀문도들이 서 있는 곳이 혈시가 없는 사람들이 도달할 수 있는 최후의 장소다. 거기서 가한산까지는 사흘 길, 아무리 빠른 경공을 지닌 자라도 하루 반이다. 그렇다면 혈시의 주인들 말고 여타의 고수가 일의 대사에 관여할 가능성은 거의 없다.

"천마성과 혈마천… 그들이 순순히 그를 인정하겠소?"

"그렇지야 않겠지만 그들이 자신들의 세력을 은밀히 끌어들이면 혈막은……."

원왕련이 말꼬리를 흐린다. 그러자 타유가 무심하게 대답했다.

"혈막의 안위 따위 그들에게는 더 이상 중요한 것이 아닐 수도 있소."

"혈막이 아니라도 천하를 얻을 수 있다고 생각할 거란 말입니까?"

원왕련의 물음에 타유가 대답하는 대신 왕사미에게 물었다.

"의천맹이 움직였다고 했소?"

"그렇습니다. 보름 전에 본거지인 백화산에 수백의 의천맹 무사가 모였는데 그들이 이틀 뒤에 씻은 듯이 사라졌다고 합니다. 그러니 필시 무슨 일인가를 꾸미고 있는 것이 분명합니다."

그러자 타유가 고개를 끄떡였다.

"그들은 이곳으로 올 거요."

그러자 원왕련이 말했다.

"그러나 그들이 가한산으로 온다면 전멸을 면치 못할 것입니다. 이곳에는 이미 오류의 정예가 모두 모여 있는데 의천맹의 전력으로는 계란으로 바위를 치는 격이지요. 더군다나 가한산 주변의 절진은 보통 사람이 파훼할 수 없는 것입니다. 그런데 과연 그들이 오겠습니까?"

"그들을 움직이는 사람이 누군지 모르시오?"

"마뇌 하순 말입니까?"

"과거 백혈랑으로서 송백림과의 싸움에 참여했으니 그의 계책과 성정에 대해 잘 알고 계실 것 아니오? 그가 오지 않을 것 같소?"

타유의 말에 원왕련이 잠시 생각에 잠겼다가 입을 열었다.

"밀황의 말씀이 옳습니다. 그는… 반드시 오겠군요."

"건곤일척의 계책을 즐기고, 성정이 조급한 편이니 반드시 가한산으로 의천맹의 전력을 몰아 올 것이오. 그리고 그 결과는… 의천맹의 파멸이지. 단 한 가지 경우를 제외하곤 말이오."

"혈막에 내분이 일어나는 경우를 말씀하시는 거군요."

"그렇소이다. 어쩌면 이 싸움은 우리가 예상하는 것과는 전혀 다른 양태로 변할 수도 있소."

그러자 잠시 두 사람의 말을 듣고 있던 포상이 말했다.

"세력이 둘이 아니라 셋으로 갈라질 수도 있겠군요."

뛰어난 자다. 하나를 듣고 셋을 헤아린다. 전대 밀황은 포상을 좀 더 가까이 두었어야 했다고 생각하며 타유가 고개를 끄떡였다.

"내 생각에는 필시 그렇게 될 것 같소."

"그럼 일이 복잡해지겠군요."

"한 가지는 확실하오."

"무엇이 말입니까?"

"어찌 되었든 지금같이 오류가 공존하는 혈막은 이번 혼돈시로 막을 내린다는 사실이오. 그러니… 밀문도 새로운 길을 찾아야 할 것이오. 그런 면에서 보자면 난맥으로 흐르는 상황이 아주 나쁜 것도 아니오. 난세에는 사람이 많이 죽기도 하지만 또한 살길이 여러 갈래기도 하니까."

"그렇군요."

포상이 고개를 끄떡인다. 그러자 타유가 주위를 돌아보며 말했다.

"혈시를 가진 사람은 모두 모이시오."

타유의 말에 일왕 원왕런을 비롯한 혈시의 주인들이 타유의 주위에 모여들었다. 그러자 타유가 그들을 돌아보며 말했다.

"혈시는 이번 혼돈시를 끝으로 그 소용이 다하게 될 물건이오. 그동안 혈시를 얻고자 수많은 사람이 피를 흘렸지만, 사실 그 혈시는 이번에 가한산에 들어가는 증표 말고는 아무런 이득도 없는 물건이오. 혈막이 지금 같은 모습으로 건재하다면 다음 번 혼돈시까지 영광을 누릴 수 있는 증표라고 할 수 있으나 오류는 이번 혼돈시를 끝으로 세상에 흩어지게 될 테니 말이오. 그래서 혈시의 주인들에게는 선택을 할 수 있는 기회가 있소. 지금이라도 혼돈시의 그 참담한 살육을 보고 싶지 않은 사람은 이곳에 남아도 좋소."

타유의 말에 혈시의 주인들 표정이 딱딱하게 굳었다. 타유에 대한 충성심은 애초부터 없던 그들이다. 단지 그와 상관없이 혈시를 얻은 자치고 누가 천하의 향배가 결정되는 혼돈시에 가고 싶지 않겠는가. 그 자신이 주인공이 될 수 없어도 그 자리에 존재했다는 것만으로도 평생 자부심을 느낄 수 있는 일이다. 그러니 좌중의 누구도 이곳에 남아 있겠다는 사람은 없었다.

그러자 타유가 다시 입을 열었다.

"물론 이곳에 남는다고 할 일이 없는 것은 아니오. 혈막이 분열하면 밀문도 독존의 길을 찾을 수밖에 없소. 이곳에서 문도들을 이끌 사람이 필요하단 것이오. 또한 만약의 경우 혈막의 법이 깨지고 가한산으로 형제들의 진입이 필요하게 된다면 그때도 형제들을 지휘할 사람이 필요하오."

그러나 앞서와 마찬가지로 누구도 타유의 말에 호응하여 밀문도들을 통솔해 이곳에 남겠다는 사람은 없다. 타유 역시 이 모든 상황은 예상하고 있었던 일이다. 그래서 타유는 한 가지 제안을 더 했는데, 그 제안은 혈시의 주인들도 쉽게 거부하기 힘든 것이었다.

"이곳에 남은 사람에게는 한 가지 큰 선물이 돌아갈 수도 있소."

"그것이 무엇인지요?"

왕사미가 묻는다. 그녀 역시 혈시를 얻었다. 이왕 여선과 오왕 탄미의 몰락으로 인해 타유가 손에 넣은 혈시가 제법 여유 있었기에 가능한 일이었다.

"이곳에 남은 사람은 만약의 경우 새로운 밀문의 주인이 될 수 있소."

"그, 그것이 무슨 말씀이십니까?"

놀란 것은 원왕련과 같은 노련한 고수도 마찬가지였다.

"가한산에 올라 혼돈시에 참여한 사람 중 생사를 장담할 수 있는 사람은 없소. 그건… 나조차 마찬가지요. 그러나 자신의 욕심을 버리고 이곳에 남아 문도들과 함께한 사람이 죽을 위험은 상대적으로 적소. 더불어… 자신의 야심을 버렸으니 문도들의 신임도 얻을 수 있을 것이오. 혈막이 분열한 세상에서 밀문 역시 스스로 존립해야 한다면 그때 문도들이 누굴 따르겠소? 자신의 야망을 위해 가한산으로 간 사람과 형제들을 위해 이곳에 남은 사람……."

"밀황께서 해를 입으실 일은 없을 겁니다."

포상이 말했다. 그러자 타유가 미소를 지으며 말했다.

"그야 알 수 없는 일이지. 그러나 어쨌든 내가 살아도 마찬가지요. 난 이곳에 남는 혈시의 주인에게 내가 없는 동안 나를 대신해 밀문을 지휘할 권한을 줄 것이오. 그리고 모두 알다시피 난 오랫동안 밀문에 머물 생각이 없는 사람이오. 그러나 권한을 주는 대신 포기해야 할 것도 있는 법, 이곳에 남겠다면 혈시는 다른 사람에게 넘겨야 할 것이오. 적어도 혼돈시에서는 혈시의 숫자가 밀문의 힘을 나타내는 것이니 말이오."

타유의 제안은 누구라도 거절하기 힘든 것이었다. 밀문의 수뇌들은 타유란 사람이 사실은 밀문의 밀황 자리에 큰 미련이 없다는 것을 어느 정도는 눈치채고 있었다. 그러니 그를 대신해 밀문도들을 통솔한다는 것은 그가 밀문을 떠났을 때 밀문의 주인이 될 수도 있다는 의미였다. 이런 정도의 유혹이라면 혼돈시와 견줄 만하다.

어차피 혼돈시에 들어도 세상의 주인이 될 수 없는 것이 대부분의 혈시 주인의 운명이었다. 그럴 바에야 차라리 밀문을 욕심내는 것이 현실적이지 않은가.

현실을 직시하는 사람은 어디서나 존재한다. 일사자 포상이 그러했다.

"허락하신다면 제가 이곳에 남겠습니다."

"그대라면 믿을 수 있소."

타유가 고개를 끄떡인다. 그러자 다시 뒤를 이어 전대 밀황의 심복이었던 밀황전의 일사자 비검도 앞으로 나선다.

"저 역시 기회를 주신다면 이곳에 남아 문도들과 운명을 함께하겠습니다."

"음… 그대도 말이오?"

타유가 의외의 표정을 짓는다. 그가 아는 비검은 자존심이 무척 강해서 현실의 이익을 위해 혼돈시에 참여하는 명예를 포기할 사람이 아니기 때문이었다. 또한 그까지 남는다면 남아 있는 밀문도들이 포상과 비검, 양편으로 나뉘어 대립을 할 수도 있었다.

"제게 밀문은 고향과 같은 곳이지요."

비검이 대답했다. 결심이 확고해 보인다.

'하긴 내분이 일어나는 것도 괜찮지. 어차피 밀문을 세상에서 흩어버릴 생각이었으니까.'

타유가 내심 나쁜 일은 아니라고 생각하며 입을 열었다.

"두 사람이 남는다면 이곳의 일은 걱정이 필요가 없을 거요. 두 사람이 남는 것을 허락하겠소. 그리고… 만약의 경우 언제든 가한산으로 진격할 준비를 해두시오."

"명심하겠습니다."

"좋소. 그럼 혈시를 주시오."

타유의 말에 포상과 비검이 잠시 망설이다 자신들이 가지고 있던 혈시를 타유에게 넘겼다.

그런데 혈시를 타유에게 넘긴 포상과 비검이 서로를 보는 눈이 심상찮다. 두 사람의 기 싸움이 벌써 시작된 느낌이다. 보통의 경우 수하 두 사람이 이런 모습을 보인다면 우두머리 된 자는 두 사람의 관계를 정리해 주는 것이 순리다. 그런데 타유는 굳이 두 사람의 서열을 정하지 않았다. 두 사람의 반목이야말로 그가 원하는 것이기 때문이었다.

"자, 남을 사람이 결정되었으니 우린 그만 가십시다."

타유가 원왕련과 이궐령에게 말했다. 그러자 두 사람이 고개를 끄떽인다.

"그러지요. 먼저 가한산에 토착해 그곳의 분위기를 살피는 것도 나쁜 일은 아니지요. 배를 준비하라!"

원왕련이 명을 내렸다. 그러자 어디서 나타났는지 한 척의 배가 미끄러지듯 밀문도들이 운집한 강변에 도달했다.

"오르시지요."

원왕련이 짐짓 정중한 태도로 말한다. 그러자 타유가 가볍게 고개를 끄떡이고는 훌쩍 몸을 날려 배 위에 내려섰다. 그러는 사이 삼전의 사자들과 밀황전의 사자들이 서로 포상과 비검을 둘러싸고 작별 인사들을 나눴다.

"괜찮을까요?"

포상과 비검에게 작별을 고하는 사자들을 보며 어느새 배위에 올라 타유의 곁에 선 이궐령이 걱정스레 중얼거렸다.

"뭐가 말이오?"

타유가 이궐령에게 되묻자 이궐령이 눈짓으로 포상과 비검을 가리키며 말했다.

"저 두 사람이 잘 화합해서 밀문도들을 이끌지 걱정입니다. 둘이 우두머리 자리를 두고 반목이라도 한다면……."

"나쁠 것은 없소. 힘으로 서열이 정해진다면 오히려 더 확실하게 체계가 설 것이오. 내가 굳이 둘 중 하나를 우두머리로 정하지 않은 것도 그 이유요. 그게 밀문의 법이기도 하고……."

"그러나 그러다가는 밀문도들이 양쪽으로 나뉘어져 절단이 날 수도 있습니다."

다시 이궐령이 말했다. 그러자 타유가 가벼운 미소를 지으며 말했다.

"물론 약간의 싸움과 손실은 있을 수는 있소. 그러나… 만약 그리된다면 그 싸움은 무척 싱겁게 끝날 거요."

"역시 비검이 승리하겠지요?"

"아니오. 승자는 포상일 거요."

타유가 이궐령의 예상을 깨는 대답을 한다.

"포상이 낫단 말입니까?"

이궐령이 동의할 수 없다는 표정으로 되물었다. 그러자 타유가 고개를 끄떡였다.

"내가 보기에는 그렇소."

"어떤 면에서……?"

이궐령이 다시 묻자 이번에는 원왕련이 타유를 대신해 대답한다.

"내가 보기에도 포상이 승자가 될 것 같소. 이유는 하나요. 둘의 능력은 사실 비슷하오. 그러나 비검은 드러난 자고, 포상은 드러나지 않았던 사람이오. 그럴 경우 후자가 승리하는 것은 당연한 이치 아니겠소?"

"포상이 비검과 비교될 수 있는 강자란 말입니까? 비검은 우리 오왕에 못지않은 무공을 지니고 있는 자인데……."

오랫동안 전대 밀황 사불을 지켜온 비검이다. 물론 포상 역시 사불의 숨겨둔 심복이었지만 그래도 비검에 비할 수 없다는 생각인 이궐령이었다. 한때 비검의 위세는 오왕의 위라고 생각할 정도로 대단했었다.

"포상은… 사실 전대 밀황이 가장 믿는 자였소. 밀황께서는 그렇지 않지만 그 이전 삼전의 왕들은 대체로 그 수명이 짧았소."

"그렇기는 하지요."

이궐령이 고개를 끄떡였다.

"밀황께서 삼전의 왕이 되시기 전 삼전 왕의 수명이 짧았단 것은 결국 그들이 제대로 된 우두머리가 아니었단 의미요. 그건 전대 밀황이 삼전을 왕이 아닌 다른 사람에게 맡겼다는 의미가 아니겠소? 그럼 그게 누구겠소?"

"포상이란 말이군요."

"그렇소. 사실 그동안 삼전을 이끌어온 사람은 삼전의 왕이 아니라 포상이었소. 그러니 그가 우리 오왕들과 다를 바가 뭐가 있겠소. 비검은 오왕에 버금가는 사자였고, 포상은 오왕과 다름없는 사자였으니 둘은 결국 비슷하다고 해야겠지."

"그래서 결국 포상이 승자라는 말이군요."

"그렇소."

"음… 포상이 다른 생각을 품지 않을까요?"

이퀄령은 그들이 돌아왔을 때를 미리 걱정했다. 그러자 타유가 심드렁하게 대답했다.

"살아만 돌아온다면 우리에겐 포상 따위가 감당할 수 없는 힘이 있을 텐데 뭘 걱정하시오. 뭐, 못 돌아오면 죽은 거니 당연히 뒷일을 신경 쓸 필요 없고……."

"하! 하긴 그렇구려. 쓸데없는 걱정을 하고 있었군요."

이퀄령이 겸연쩍은 표정을 짓는다. 그사이 배는 서서히 강변에서 멀어져 이편의 안개로 들어서고 있었다. 그러자 타유가 품속에서 한 장의 장보도를 꺼내 들었다. 장보도 위에는 어지러운 선들이 복잡하게 얽혀 있다.

타유가 장보도를 꺼내 들자 원왕련과 이퀄령이 관심을 보이면서도 가까이 다가와 장보도를 살피지는 못했다.

"이리들 오시구려."

타유가 눈치를 보고 있는 두 사람을 불렀다. 그러자 두 사람의 얼굴에 희색이 돈다.

"우리가 함께 보아도 되겠습니까?"

이궐령이 조심스레 묻는다. 사실 타유가 꺼내 든 장보도는 가한산 정상에 이르는 길이 그려진 비도였다. 가한산 주변에는 수많은 진과 함정들이 도사리고 있어 외인의 접근을 막는다. 그 진식들을 피해 가한산에 도달할 수 있는 길은 오직 오류의 왕들과 가한산에 진식을 펼친 총사 왕함보만이 알고 있었다.

타유가 꺼낸 장보도는 바로 그 길을 알려주는 비도였고, 오직 오류의 수장만이 볼 수 있는 것인데 그가 원왕련과 이궐령과 장보도를 공유하려 하니 두 사람으로서는 기분 좋은 일이 아닐 수 없었다. 타유가 장보도를 공유한다는 것은 곧 그들과 권력을 공유한다는 것과 같은 행동이기 때문이었다.

"한 배를 탔으니 당연히 함께 봐야 않겠소."

타유가 말에 망설임이 없었기에 원왕련과 이궐령은 자못 감격스런 표정까지 지었다. 그러면서도 타유의 생각이 언제 변할까 두려운 사람처럼 급히 타유에게 다가와 장보도에 눈길을 주었다.

빼곡히 그려진 선들이 어지럽게 장보도를 채우고 있었다. 그러나 자세히 보면 선들은 일정한 규칙에 따라 그려져 있었고, 선들 사이로 기이하게도 하나의 빈 공간들이 이어져 보였다.

"이 선들은 각각 진의 경계선인 모양이군."

원왕련이 한참 동안 장보도를 바라보다가 문득 입을 열었다. 그러자 타유가 고개를 끄떡였다.

"아무래도 그런 것 같소."

"왕 대인은 확실히 특별한 사람인 것 같습니다."

이번에는 이궐령이 입을 열었다. 가한산의 천라지망은 왕함보에 의해 펼쳐진 것이니 결국 이 장보도를 만든 사람도 왕함보다.

"그렇게 말이오. 이건 진이 모두 몇 개인지도 모르겠구려."

원왕련도 새삼스레 왕함보가 두려운 듯 얼굴을 굳혔다. 그러자 타유가 무겁게 입을 열었다.

"두려운 것은 그가 진법의 대가라는 것이 아니오."

"하면 무엇이 두렵습니까……?"

이궐령이 묻는다.

"그가 만든 진에 입로는 있는데 출로가 없다는 것이 두렵소."

타유의 말에 이궐령과 원왕련이 의아한 표정을 짓는다.

"출로가 없다니 그게 무슨 말씀이신지……? 들어간 길로 되돌아 나오면 되는 것 아닙니까?"

원왕련이 되묻자 타유가 장보도를 돌렸다. 그러자 잠시 후 원왕련과 이궐령의 입에서 낮지만 경악스런 음성이 흘러나

왔다.

"아, 이건······?"

"어떻게 이런 기진이······?"

두 사람이 도저히 믿을 수 없다는 듯 장보도를 이리저리 돌려본다. 그런 그들을 보면서 타유가 말했다.

"가한산 주변에 펼쳐진 진의 특징은 들어갈 때는 입로가 생로지만 나올 때는 그 길이 사로로 변한다는 사실이오. 두 분도 보셨겠지만 일단 들어간 길로 나오려고 하다가는 반드시 길을 잃고 함정에 빠지고 말 것이오. 이건··· 그가 파놓은 함정이오."

"그러나 그렇다면 어리석은 일 아닙니까? 누가 봐도 조금만 들여다보면 생로가 곧 사로로 변하는 것을 알 것인데 이런 사실을 감추지 않고 장보도에 그려 오류의 주인들에게 건넸다는 것은······."

원왕련의 말도 틀리지 않았다. 만약에 타유의 말처럼 왕함보가 밀문의 고수들을 가한산에 가둬놓을 생각이었다면 그 사실을 철저히 숨겨야 했다. 그런데 왕함보는 그런 진의 특징을 숨기지 않고 장보도에 그려 넣은 것이다. 알고 있는 위험은 함정이 아니다. 그러니 왕함보가 오류의 수장들을 상대로 함정을 판 것은 아니라는 말이 된다.

"허허실실이란 말도 있지 않소."

다시 타유가 말했다. 그러자 원왕련이 타유를 보며 물었다.

"함정을 드러내 보여 자신에 대한 의심을 없애려 했다는 말입니까?"

"그러면 충분히 그런 대담한 계책을 쓸 수 있지 않겠소?"

"그렇기는 하지만……."

"내가 보기에 그는 가한산에서 혈막만 얻을 생각은 없는 것 같소. 그는 가한산에서 단번에 강호무림을 얻을 요량인 듯하오. 이런 진은… 사실 혈막의 사람들을 상대로는 필요 없는 것이오. 왜냐하면 내가 그를 돕는 이상 그가 혈막을 장악할 가능성은 팔 할이 넘기 때문이오. 그럼에도 불구하고 그가 이런 천라지망에 가까운 기진을 가한산에 펼쳤다는 것은 아마도 이곳에서 의천맹까지 도모를 하려는 것일 거요."

"무림일통을 이 자리에서 이루려 한단 말이군요."

이궐령이 무거운 목소리로 말했다. 자신들이 따르는 자이지만 왕함보의 이 철두철미한 행보가 그의 가슴을 답답하게 만들었다.

"밀황께서 하신 말씀이 사실이라면 그는… 의천맹에도 사람을 두고 있겠군요."

원왕련이 말했다.

"반드시 그러할 거요. 의천맹에는 가한산의 중심에 들어오는 길을 알고 있는 자가 존재할 거요. 그자가 바로 왕함보의 또 다른 한 수겠지. 의천맹의 고수들은 그를 따라 가한산 천라지망 속으로 들어와 전멸하거나 혹은 그에게 무릎을 꿇게 될 것이오. 내 생각에는 후자의 가능성이 더 크지만……."

"설마 의천맹이 그에게 목숨을 구걸할 거란 말입니까?"

이궐령이 믿을 수 없다는 듯 되물었다. 본래 정의를 내세우는 자들은 목숨보다 명예를 중시하는 경우가 많기 때문이다. 그러나 타유는 이궐령의 생각을 비웃듯이 대답했다.

　"내가 지금까지 본 자 중 목숨을 내걸고 명예를 지키는 자는 거의 없었소. 의천맹의 고수들이라고 다르겠소? 구파의 지난 세월을 생각해 보시오. 원의 세상에서 멸망한 구파가 있소? 오직 송백림만이 그 자존심을 죽음으로 지켰을 뿐이오."

　"음… 그 말은 밀황님의 말씀이 맞는 것 같소. 나도 의천맹이 전멸의 위기에 놓이면 결국 왕 대인에게 무릎을 꿇을 것이라 생각하오. 물론 몇몇은 죽음을 택하겠지만……."

　원왕련이 말했다.

　"그리된다면 결국 왕 대인의 천하가 되는 것은 기정사실이겠군요."

　이궐령이 조금은 흥분한 표정으로 말했다. 만약의 경우 왕함보가 천하를 손에 넣게 된다면 그동안 그와 밀접한 관계를 유지해 온 자신들의 영화도 눈에 보이기 때문이었다.

　"세상일에는 변수가 많으니 두고 봅시다. 진인사대천명! 왕 총사에게 천명이 있는지 구경하는 것도 심심치는 않을 것이오."

　타유가 마치 자신과는 아무런 상관도 없는 일이라는 듯 대답했다.

　배가 강을 건넌 것은 대략 반 시진이 지나서였다. 그때부터는 사방에 연무가 끼어 있어 비도가 아니라면 한 걸음도 앞으로 나가기 어려운 지경이 되었다. 자연스레 일행의 걸음도 느려졌다. 덕분에 사흘 길이라는 가한산까지의 여행은 더 길어질 수도 있었다. 타유와 일행은 어둠이 내리기 훨씬 전에 미리 노숙할 준비를 했다. 어차피 긴 여행, 서둘러 간다고 좋을 것은 없기 때문이었다.

*　　　*　　　*

"이 계획은 너무 위험하오!"

자부진인 둥나가 노한 눈으로 상대를 보며 말했다. 그러자 그의 맞은편에 앉은 노인이 냉정하게 대답했다.

"모든 일에는 실패의 위험이 따르오. 이번 일도 마찬가지. 물론 실패할 수도 있지만 성공할 수도 있소. 그러니 어찌 앉아서 천하가 다시 혈막의 손에 들어가는 것을 두고 볼 수 있겠소."

"그렇다고 해도 의천맹 고수들을 가한산의 기진 속으로 몰아넣는 것은 전멸을 자초하는 일이오."

"진에 대한 것은 걱정 마시오. 나 또한 천하의 모든 진을 알고 있다고 자부하는 사람이니."

노인은 둥나의 말에 단 한 뼘도 물러나지 않았다.

노인의 두 광대뼈는 툭 튀어나오고 입술은 가늘면서 눈매는 날카롭다. 과히 호감이 가는 인상은 아니지만 그의 정체를 아는 사람이라면 누구라도 그에게 존경의 마음을 드러낸다. 그러나 세상에서 단 한 사람 자부진인 등나만큼은 그를 존경할 수 없었다. 왜냐하면 노인은 자신의 호승심과 명예욕을 위해 동료들을 죽음의 나락으로 이끌었고, 또한 오늘도 그런 선택을 하려 하기 때문이었다.

"마뇌, 정녕 과거의 일을 반복하려 하시오?"

등나가 경고하듯 물었다. 그러자 노인이 싸늘하게 변했다.

"살길을 찾아 동료들을 버리고 떠난 그대가 할 말은 아닌 것 같소이다만……."

"살아남은 것은 동료들을 사지로 이끈 그대도 마찬가지요."

등나 역시 날카로운 말투로 노인을 공격했다. 그러자 노인이 갑자기 입을 닫고 침묵을 지키다가 불쑥 말했다.

"그만 물러가시오. 일은 이미 결정되었소. 진인과 나는 생각하는 바가 틀리니 행동하는 법도 다를 수밖에 없소. 의천맹은 나의 뜻에 따라 움직이기로 했으니 이 일에 동의하지 않는다면 떠나시오. 그대를 잡을 생각은 없소. 과거 그대가 송백림을 떠날 때처럼 말이오!"

쾅!

등나가 자신의 앞에 놓인 서탁을 내려쳤다. 그러자 나무로 만든 서탁이 맥없이 무너져 내렸다. 등나가 자리를 박차고 일어났다. 그리고는 노인을 보며 말했다.

"마뇌, 그대의 재주가 세상의 이치를 꿰뚫고 있는 줄은 알고 있소. 그러나 그래 봐야 인간의 재주일 뿐이오. 인간의 재주로 땅의 비밀과 하늘의 이치를 알 수는 없는 거요. 사람의 생명을 경시하는 그대의 계책들은 하늘의 뜻과 어긋나는 것임을 명심하시오!"

노인은 마녀 하순이다. 의천맹을 움직이는 자, 어느 순간부터 의천맹의 대군사(大軍師)로 불리고 있는 그다. 과거 송백림이 불길처럼 일어날 때는 자부진인 등나와 의기투합해 단번에 강호에서 원의 세력을 몰아낼 것 같았지만 결국 백혈랑을 상대하는 계책에서 대립해 서로 등을 지게 된 사람이다.

자부진인 등나가 송백림을 떠난 이후 홀로 송백림의 향배를 결정하던 그는 결국 송백림의 전멸이라는 치욕적인 패배를 당했는데 와신상담, 오늘날에 이르러 의천맹을 이끌고 다시 한 번 백혈랑을 세상에 내보냈던 혈막과 일전을 결하려 하고 있었다. 그러나 그 방책의 과격함이 다시 자부진인 등나의 반대에 부딪힌 상태였다.

"진인, 그대 또한 그 재주가 천하에 따를 자가 없음을 알고 있소. 그러나 그런 우유부단함으로는 그 어떤 공도 이룰 수 없을 거요."

"아아, 그대의 공명심이 결국 다시 정파를 파국으로 이끌 것이라는 것을 왜 모르는 거요. 아니, 알면서 인정하지 않은 거요? 나 때문이라면, 내가 이곳에 남아 그대의 의견에 반대하기 때문이라면 좋소. 내 지금 즉시 이곳을 떠날 것이오. 그리고 앞으로도 절대 의천맹의 일에는 관여치 않겠소. 그러니… 부디 다시 한 번 생각해 주시오. 혈막을 상대하는 것은 그들이 가한산을 벗어난 이후에 해도 늦지 않소. 원의 세력이 하루가 다르게 약해지고 있소. 혈막 역시 내분이 극심하오. 인내심을 갖고 기다리면 그들 스스로 무너질 것이오. 가한산 혼돈시에서의 내분으로 그들의 세력이 절반으로 꺾일 수도 있소. 그렇게 된다면 기다리는 쪽이 승리하는 싸움이 아니오?"

자부진인 등나가 사정하듯 말했다. 그러나 마뇌 하순은 입을 꾹 다문 채 아무런 대답도 하지 않았다. 자신의 뜻을 꺾을 생각이 없다는 의미다.

"휴… 어쩔 수 없구려. 그럼 난 그만 가겠소. 부디… 무운을 빌겠소."

자부진인 등나가 한숨을 크게 내쉬고는 장내를 벗어났다. 그러자 등나가 떠나는 모습을 보고 있던 하순이 나직하게 입을 열었다.

"진인 그대는 천하를 생각하는 진정한 호인이오. 그러나 난… 난 욕망에서 자유롭지 못한 한낱 야심가일 뿐이니 어찌 우리 두 사람의 의견이 하나일 수 있겠소. 미안하오!"

마뇌 하순의 얼굴이 일그러졌다. 스스로에 대한 모멸감이 드는 모양이었다. 그러나 곧 그의 표정이 변했다. 그의 눈에 강렬한 열망이 드러난다.

"왕 대인… 그대와 난 지금까지 하나의 산을 양쪽에서 함께 오르고 있었지. 그러나… 정상에서는 결국 진검의 승부를 겨뤄야 할 거요. 두고 봅시다. 누가 천하의 주인이 되는지……."

하순의 눈에서 이성이 사라진다. 이성이 사라진 눈에는 오직 타오르는 욕망만이 가득하다.

"어찌 되었소?"

자부지인 등나가 마뇌 하순의 막사를 벗어나자 팔비수 지광이 얼른 달려와 물었다. 그러자 등나가 고개를 저었다.

"고집불통이오."

"기어이 형제들을 이끌고 가한산으로 들어가겠다고 한단 말이오?"

지광이 고개를 돌려 강 넘어 안개에 휩싸인 가한산을 보며 물었다.

"그렇소이다. 그는 그곳에서 혈막과 천하를 두고 일대 결전을 하려 하고 있소. 그러나… 이건 정말 멍청한 계책이오. 이미 혈막의 내분이 심각해 가한산에서 어떤 사단이 나고야 말 것인데. 어떻게 결론이 나도 그들의 세는 크게 약화될 것이오. 그때를 기다려 천하의 동도들을 의천맹으로 초대해 그들을 상대하면 칠 할의 승산이 있는 싸움을… 어찌 사람이 공명심에 취해 때를 거스르려 한단 말인가."

등나가 나직하게 탄식했다. 그러자 지광이 한 가닥 기대를 가진 표정으로 물었다.

"혹 군사께 사람들에게 말하지 않은 다른 비책이 있지 않겠소? 그렇지 않다면 군사께서도 진인의 말한 이치를 모르지 않을 것 아니오?"

"부디 나도 그러기를 바라겠소."

"떠나실 생각이시오?"

팔비수 지광이 걱정스런 표정으로 물었다. 그러자 둥나가 고개를 끄떡인다.

"가봐야 할 것 같소. 내가 이곳에 남아 있으면 마뇌가 더욱 오기를 부려 일을 그르칠 가능성이 크오. 내가 보이지 않아야 그가 여유를 찾고 사세를 정확히 판단할 수 있을 것이오."

"아! 두 분이 어찌……."

"함께 갑시다."

"나도 말이오?"

팔비수 지광이 놀란 표정으로 되묻는다. 그러자 둥나가 신중한 표정으로 입을 열었다.

"만약의 경우를 대비해야 할 텐데 그러자면 사람이 필요하오."

"그러나 개방의 문도들을 살펴야 하는데……."

"이보시오. 팔비수!"

둥나가 화가 난 표정으로 지광을 불렀다.

"말씀하시지요."

"내가 지금 나 하나 살자고 이러는 줄 아시오. 만약을 대비하는 것은 곧 의천맹의 사람들, 아니, 개방의 사람들을 위한 일이기도 하단 말이오. 그리고 그대가 없다고 개방의 문도들을 이끌 사람이 없소? 지금 이곳에 개방의 구결 장로가 몇이나 나와 있소?"

"그야… 둘이나 더 있긴 하오."

"그럼 갑시다. 괜한 고집 부리지 말고. 고집이라면 마뇌 한 명으로 충분하오. 만약 가지 않겠다면 나도 뒷일이고 뭐고 그냥 강호를 떠나 버리겠소. 나야 손해 볼 것은 없으니까."

"아니, 뭐, 그렇다고 꼭……."

"에이. 그의 말이 맞았어."

"그라니 누구 말이오?"

"밀황 말이오. 타유, 그가 내게 충고했었지. 내가 의천맹으로 가 마뇌를 만난다 한들 위험이 있을 뿐 이득은 없을 거라고 말이오. 나도 그 사실을 모르는 것은 아니었으나 그래도 강호인의 한 사람으로 사람들이 위험에 빠지는 것을 두고 볼 수 없어 온 것인데… 그대까지 이렇게 내 뜻을 받아주지 않는다면 내가 무엇하러 의천맹을 위해 일을 하겠소."

등나의 말에 지광이 얼른 손을 저었다.

"아니아니. 내가 언제 진인의 뜻을 거스르겠다고 했소이까. 알겠소, 알겠소. 함께 가겠소. 내게 잠시 시간을 주시오."

"서두르시오. 그렇지 않다면 친구들이 떠날지도 모르오."

"친구들이라니 그건 또 무슨 말이오?"

"공 노사와 비궁 그가 친구들을 데리고 기다리고 있소."

"아, 그들이……."

"그들 역시 의천맹의 일에 위험을 감수할 이유가 없는 사람들이오. 그럼에도 불구하고 그들은 당신들을 위해 위험을 감수하려 하고 있소. 그러니… 얼른 오시오. 게으름 피지 말고."

"아니, 무슨 말씀을 그렇게 하시오? 게으름이라니… 배가 고파 다리가 느려진 것을 가지고!"

말은 그렇게 했지만 팔비수 지광이 나는 듯이 개방도들의 막사가 있는 곳으로 달려갔다. 그러자 등나가 중얼거렸다.

"변수는 오직 하나야. 밀황 타유, 그가 어떤 선택을 하느냐에 따라 내 일이 달라지겠지. 그가 혈막의 편에 선다면 난 시신이나 건지게 될 것이고, 그가 혈막을 향해 검을 든다면 난 살아 있는 사람들의 목숨을 구하게 될 것이다."

* * *

아침이 와도 안개는 여전하다. 햇살도 안개를 거두지 못했다. 하긴 어제도 하루 종일 안개가 있었으니 오늘이라고 다를 바가 없었다.

후두득!

문득 한 마리 전서구가 안개를 뚫고 내려와 왕사미의 어깨에 앉는다. 일행의 시선이 일제히 왕사미에게로 향했다.

"무슨 일이오?"

원왕련이 급히 왕사미에게 물었다. 시야가 차단된다는 것은 사람을 불안하게 만든다. 원왕련 역시 마찬가지여서 사방이 안개로 뒤덮여 있으니 세상의 소식에 대한 간절함이 더한 모양이었다.

"백화산을 떠난 의천맹의 주력들이 가한산 인근에 출몰하고 있다는 소식입니다. 그리고… 천마성과 독곡의 고수들이 북쪽에서 물길을 타고 가한산에 들었답니다."

"음… 의천맹이라. 무모한 자들이야."

원왕련이 혀를 찼다. 그러자 이번에는 이퀄령이 왕사미에게
물었다.

"천마성과 독곡은 몇이나 왔다고 하오?"

"천마성은 삼십여 명이 채 안 돼 보이고, 독곡은 십여 명이
전부라고 합니다."

"천마성이 혈시를 제법 잃었군. 삼십이 안 된다니……."

이퀄령이 혼잣말을 중얼거렸다.

"그래도 천마성은 천마성이오. 그들이 독곡과 함께 북쪽 수
로로 들어왔다는 것이 마음이 걸리는구려."

원왕련이 말했다.

"천마성과 독곡이 손을 잡았을 수도 있다는 겁니까?"

"그럴 수도 있지 않겠소?"

"음… 왕 대인이 그걸 두고 보았을까요?"

왕함보가 혈막의 주인이 되려면 독곡을 끌어들이는 것이 필
수다. 독곡이 천마성 쪽에 서게 된다면 왕함보는 결코 혈막의
주인이 될 수 없다는 것이 이퀄령의 생각이었다. 그러자 타유
가 조용하게 입을 열었다.

"그만 길을 떠납시다. 가보면 누가 누구의 손을 잡았는지 알
게 되지 않겠소."

타유의 말에 일행이 서둘러 자리를 정리하고 다시 길을 떠
나기 시작했다.

까악까악!

하늘에 수십 마리의 까마귀가 원을 그리며 날고 있다.

"망할 놈들, 사람 죽을 자리를 아는 모양이지?"

이궐령이 하늘을 날고 있는 까마귀 떼들을 보며 침을 내뱉
었다.

"해동에선 까마귀를 길조로 보기도 한다오."

원왕련이 말없이 길을 가는 것이 심심했는지 이궐령의 말에
상대를 한다. 그러자 이궐령이 고개를 주억거리며 대답했다.

"하긴, 까마귀 두 놈이면 매도 이기긴 하지요. 저 유명한 고
구려의 삼족오도 있고…….'

"그러니 너무 기분 나쁜 징조로 보지는 맙시다."

그런데 그런 원왕련의 말이 끝나자마자 앞에서 길을 열고
있던 갈목생이 놀란 목소리로 소리쳤다.

"시신입니다."

그 섬뜩한 말에 일행이 얼어붙은 듯 걸음을 멈춘다. 그러자
타유가 앞으로 걸어 나와 갈목생의 곁으로 다가서며 물었다.

"어떤 자들이오?"

"그것이……"

"문제가 있소?"

"제가 아는 한 이들은 혈마천의 사람입니다."

갈목생의 대답이 더욱 사람들을 긴장하게 만든다.

"혈마천의 사람들이라… 그들이 왜 여기 죽어 있는 거지?"

이궐령이 긴장을 떨쳐 버리고 시신들을 살피며 중얼거렸다. 그러자 원왕련이 말했다.

"그들이 죽어 있는 것보다 더 중요한 문제가 있소."

"……?"

이궐령이 무슨 소리냐는 듯 원왕련을 돌아봤다. 그러자 원왕련이 침중한 어조로 말했다.

"그들이 왜 이곳에 들어왔느냐는 거요. 보아하니 그자들은 결코 혈시를 지닌 자가 아니오. 혈시 없이 가한산의 반경에 들어왔다는 것은 혈마천 역시 다른 일을 꾸미고 있다는 의미가 아니겠소?"

"아, 그렇군요. 이자들이 혼돈시의 규칙을 어기고……!"

그제야 사태를 제대로 깨달은 이궐령이 노기를 드러내며 말했다. 그러자 타유가 말했다.

"걱정할 것 없소. 스스로 무덤을 판 것이니까. 아마도 그는 혈시가 없는 자가 가한산에 들어온 것을 결코 용납하지 않을 거요. 이것이 그 증거이고. 더군다나 이들이 죽은 것에 대해 혈마천은 그 어떤 반발도 할 수 없을 거요. 그러니 결국 손해를 보는 것은 혈마천이지 않겠소?"

타유의 말에 이궐령이 잠시 생각에 잠겼다가 대답했다.

"그렇긴 하지만 과연 왕 대인이 혈마천이 가한산에 투입한 고수를 모두 제거할 수 있을까요? 그러지 못한다면 혈마천이 혼돈시를 장악할 수도 있을 겁니다."

이궐령이 말했다. 그러자 타유가 고개를 저었다.

"그는 충분히 혈마천의 고수들을 제압할 수 있을 것이오. 만약 그렇지 않았다면 벌써 소식을 전해 다른 오류의 고수들 역시 가한산으로 진입하라 했을 테니 말이오. 소식이 없다는 것은 사냥이 잘되고 있다는 의미 아니겠소?"

타유의 말이 끝나자 이번에는 원왕련이 입을 열었다.

"그는… 확실히 유리한 위치에 있군요. 이들은 결코 한 사람의 손에 죽은 것이 아닙니다. 그건 곧 그를 따르는 자들 역시 가한산에 은밀히 들어와 있다는 것인데, 자칫하다가는 오류의 모든 고수가 그의 손에 멸절을 당할 수도 있겠습니다."

원왕련의 얼굴에 두려운 빛이 감돈다. 그러나 타유는 여전히 걱정 없는 눈빛이다.

"다른 사람들이야 몰라도 혈시의 주인들이야 쉽게 상대할 수 있겠소? 그리고 만약에 혈시의 주인을 모두 죽인다면 과연 그는 누굴 데리고 천하를 도모하겠소. 당장 의천맹조차 상대하지 못할 거요."

"그도 그렇군요. 그렇지만 역시 절대 복종을 요구할 수는 있겠지요."

"그것이야말로 그가 진정으로 원하는 것이지. 가봅시다."

타유가 다시 길을 재촉한다. 그러자 사람들의 주검을 본 밀문의 고수들이 좀 더 조심스럽게 길을 열어가기 시작했다.

사람의 주검은 곳곳에 있었다. 혈마천의 사람들만이 아니었다. 정체 모를 자들의 시신이 가한산 주변에 널려 있었다. 지금까지 혈막의 혼돈시에서는 볼 수 없었던 광경들이다.

그 주검들이 주는 공포감이 사람들의 심장을 떨리게 했지만 그럼에도 불구하고 사람들은 꾸역꾸역 가한산을 향해 걸음을 옮겼다. 그리하여 타유 일행이 가한산의 비탈을 타기 시작한 것이 강을 건넌 지 사흘째, 시간으로 보자면 벌써 봉우리에 도착했을 때이지만 느린 걸음은 그들에게 반나절의 시간을 더 요구하고 있었다.

"오늘 산에 오르실 생각이십니까?"

안개가 옅어졌다. 시야가 트이니 사람들의 마음도 한결 여유를 찾은 모습이다. 입을 연 것은 이궐령이었다.

"어찌하면 좋겠소?"

지금까지 언제라도 독단적으로 행보를 결정하지 않은 타유다. 그는 항상 원왕련과 이궐령과 상의를 한 후 길의 방향과 속도를 조절했다.

"어차피 혼돈시는 보름에 열립니다. 삼 일이 남았으니 쉬어 가시지요. 내일 아침에 심신의 힘을 회복한 후 산을 오르는 것이 여러모로 좋을 듯합니다."

이궐령이 말했다. 하긴 이대로 산에 오르면 밤중이 되어야 봉우리에 도착할 테니 번거로운 일이다.

"좋소. 그럼 이 근방에서 쉬어갑시다."

타유의 동의가 있자 이궐령이 손을 들어 산 중턱에 불쑥 튀어 나온 바위 그늘을 가리켰다.

"찬바람을 막기에 좋을 듯합니다만……."

"좋구려. 갑시다."

일단 행보가 결정되고 나면 망설이는 법이 없는 타유다. 밀문 일행이 타유의 허락이 떨어지자 일제히 산비탈을 타고 오르기 시작했다.

모닥불이 일어났다. 깊은 산중이라 땔감이 적지 않았으므로 모닥불의 크기도 제법 컸다.

화광이 충천하니 사방에서 누구라도 이들을 발견할 수 있을 것이다. 타유와 같이 살수로 살아온 사람에게는 마뜩찮은 일이었지만 오만하게 강호를 살아온 밀문도들에게는 익숙한 일인 듯 자연스러웠다.

어둠이 깔리자 아스라이 먼 산의 능선들이 하늘빛과 그 색을 달리해 땅과의 경계가 드러난다. 그 산 아래 밀문도들이 남아 있을 강이 보이는 듯도 싶었다.

"누가 옵니다."

문득 유창이 자리에서 일어나며 말했다. 손에는 어느새 뽑았는지 검이 들려 있다. 사람들의 시선이 일제히 유창의 눈이 바라보는 곳으로 향했다. 장내의 고수는 모두 혈시의 주인이다. 이들의 무공은 눈에 보이지 않아도 다가오는 불청객의 존재를 알아챌 수 있다.

저벅저벅!

더군다나 밀문의 고수들을 향해 다가오는 자는 굳이 자신의 기척을 숨기지 않았다. 가한산에 들어온 뒤로는 안개가 걷히고 진이 사라졌으므로 오고 가는 것은 누구에게나 자유로운 일이다.

"뉘시오?"

유창을 일행의 앞으로 나서며 물었다. 불청객이라지만 가한 산에 든 자라면 필시 혈시를 지닌 혈막의 고수일 테니 경계를 하면서도 유창의 목소리는 정중하다.

"밀황께서 당도하셨다 하여 인사를 드리러 왔소."

"어디서 오신 형제시오?"

다시 유창이 물었다. 그러자 뜻밖의 대답이 돌아왔다.

"살막의 막주께서 오셨소이다."

그 대답을 듣는 순간 타유를 제외한 밀문의 모든 고수기 자리에서 일어났다. 살막의 막주라니. 지금까지의 혼돈시에서 이런 일은 없었다. 밀담을 나누기 위함이 아닌 이상 오류의 주인이 다른 오류 주인을 혼돈시 전에 찾아오는 경우는 없다.

"모시시오!"

타유가 앉은 채로 말을 하고는 자신도 천천히 자리에서 일어났다. 살막의 막주라면 요불이다. 그라면 지난 날 흑룡문 추살전 때 동정호에서 한 번 본 적이 있다. 살막주로서는 하기 힘든 양보를 한 사람이기도 하다. 어쩌면 그때의 인연으로 온 것일 수도 있었다. 그런데 타유의 눈앞에 나타난 살막주는 그가 알던 사람이 아니었다.

"밀황께 살막의 왕묘문이 인사드리오!"

갑자기 살막의 고수들 앞으로 나와 가볍게 포권을 한 사내는 타유와 얼추 비슷한 나이의 중년 사내다. 또한 그 이름 역시 처음 듣는 것은 아니었다.

왕묘문이란 이름은 혈시의 난이 시작된 초창기, 혈마구천의 음양쌍마를 주살하고 혈시를 얻어 혈막의 사람들에게 이름을 알린 고수였다.

"살막주는 어디 계시오?"

타유를 대신해 원왕련이 왕묘문에게 물었다. 그러자 갑자기 왕묘문의 뒤에서 한 노인이 걸어 나오며 말했다.

"일왕, 오랜만이오!"

"그대는… 동황문주께서도 오셨구려."

동황문주 동화공은 살막 삼문 동황문의 문주로서 과거 일왕 원왕련과 함께 백혈랑으로서 송백림의 난을 진압한 사람 중 하나다.

"혼돈시가 시작되니 이렇게 옛 친구를 볼 수 있구려."

동화공이 짐짓 반가운 표정을 짓는다. 하지만 기실 그들은 이미 동정호에서 흑룡문이 멸할 때 마주친 적이 있다.

"그러게 말이오. 그런데 살막의 막주께서는 밀황님을 만나러 오셨다더니 어째서 모습이 보이시지 않은 것이오?"

왕묘문이라는 신진 고수에 동화공까지, 살막의 고수들을 연이어 내보내면서 정작 살막주 요불은 얼굴을 드러내지 않고 있다. 그런데 동화공이 다시 한 번 모든 사람을 놀라게 만드는 말을 했다.

"막주께서는 이미 밀황님과 여러분께 인사를 드렸소."

"그게 무슨……!"

"여기 계신 분께서 새로운 살막의 주인이시오."

동화공이 정중한 태도로 왕묘문을 가리켰다. 그러자 밀문의 문도들이 화들짝 놀라 왕묘문을 바라본다. 왕묘문은 모두의 시선을 받으면서도 표정 하나 바뀌지 않는다.

"살막에 변고가 있었던가 보군."

타유가 자신과는 상관없는 일이라는 듯 중얼거렸다. 그러자 왕묘문이 입을 열었다.

"밀문에도 변화의 바람이 부는데 살막이라고 예외일 수는 없지 않겠소이까?"

"음… 결국은 그대였군. 총사가 준비했다는 그 한 수가!"

타유의 말에 왕묘문이 시인도 부인도 하지 않고 가벼운 미소를 짓는다. 그러다가 문득 다른 말을 꺼내 들었다.

"혹 괜찮으시면 시간을 좀 내어주실 수 있으시겠소이까?"

둘만의 시간을 원한다는 말이다. 그러자 타유가 잠시 뭔가를 생각하다가 이내 고개를 끄떡였다.

"나쁠 것도 없구려."

"고맙소이다."

왕묘문의 얼굴에 진심으로 기쁜 기색이 떠오른다. 그러자 타유가 먼저 걸음을 옮겨 일행에게서 벗어나 산비탈 한쪽의 위태로운 소나무 숲으로 걸어 들어갔다. 왕묘문이 그런 타유를 따라가려는데 문득 동화공이 물었다.

"괜찮으시겠습니까?"

걱정이 깃든 목소리다. 그러자 왕묘문이 손을 저으며 말했다.

"이미 한 배를 탄 사람이오."

왕묘문이 그 말을 남기고는 서둘러 타유를 따라갔다. 그러자 원왕련이 재빨리 동화공을 보며 물었다.

"도대체 이게 어찌 된 일이오?"

"그것이… 무서운 일이 있었소."

동화공이 목소리를 낮추며 말했다.

타유는 자신의 뒤를 따라오는 왕묘문에게서 묘한 투기를 느꼈다. 살기는 아니었지만 타유를 향한 투기가 제법 강렬하다.

'무슨 의미인가?'

왕묘문이 그에게 투기를 느낄 이유가 없다. 그는 이미 왕함보의 제안을 받아들였고, 그렇다면 왕묘문과 그는 한 배를 탄 사이다. 더군다나 타유는 지난 날 태원에서 있었던 비왕진서의 탈취전에서 왕묘문을 본 적이 있었다.

비록 당시에 왕묘문은 얼굴을 복면으로 가린 채 홍암에게 잡혀 있었지만 무공을 익힌 사람에겐 얼굴보다도 그 기도가 자신을 증명하는 더 확실한 증거이다. 특히나 타유와 같이 살수의 업을 쌓은 사람에게는 더욱 그러하다.

그리고 그때 홍암이 사로잡아 왕함보와 거래를 하려 했던 자가 자신의 짐작대로 왕묘문이 맞다면 이자는 그의 아들이다.

"그래, 날 따로 보자고 한 이유가 뭐요?"

갑자기 타유가 돌아서며 물었다. 타유의 기세가 한순간에 변해 있다. 너그러운 빛은 사라지고 날카로운 살수의 눈이 왕묘문을 보고 있다. 그러자 왕묘문의 신형이 한순간 중심을 잃고 흔들린다. 마치 기습을 당한 사람 같다. 사람들이 있을 때의 정중함 같은 것은 찾아보기 힘든 타유의 모습이다.

왕묘문이 경계심을 드러냈다. 그가 한 걸음 물러서며 타유에게 말했다.

"내가 누구인지 알고 계시오?"

타유의 눈살이 찌푸려진다. 아버지의 이름을 앞세워 자신의 위신을 세워보려는 자의 졸렬함이 마음에 들지 않는다.

'호부에 견자라… 이해할 수 없군.'

타유로선 정말 이해할 수 없는 일이었다. 도대체 어째서 왕함보의 아들이 이렇게 졸렬할 수 있단 말인가. 왕함보가 비록 천하를 손에 넣으려는 야심가이자 독심을 지닌 간웅이라 해도 적어도 자식에게 졸렬함을 물려줄 인물은 아니었다. 그런데 눈앞의 왕묘문에게선 숨길 수 없는 소심함이 드러난다.

"왕 총사의 아들임은 짐작하고 있었소."

"아, 알고 있었구려. 아버님이 말씀하셨소?"

자신의 정체를 타유가 알고 있다는 사실이 놀라운지, 혹은 그 사실을 알고도 자신을 함부로 대한 것이 당황스러운지 왕묘문이 되물었다.

"아니오. 총사께선 내게 아드님이 있다는 말씀을 하신 적이 없소. 단지… 지난 태원의 비왕진서 추탈전에서 보았던 그대의 기도를 기억하오."

순간 왕묘문의 얼굴에 부끄러운 기색이 감돈다. 당시라면 그가 일생일대의 위기이자 모욕을 겪었던 시기다. 설마 그때의 자신을 타유가 알고 있을 거라고는 생각지 못했던 일이다.

"음… 당시에는 방심을 하다 그만… 그자를 밀황께서 주살하셨다고 들었소이다."

홍암을 말함이다.

"그렇소."

"늦게나마 나의 복수를 대신해 주신 것에 감사하오."

왕묘문이 완전히 의기소침해졌다. 상대는 자신의 치부를 알고 있는 자다. 더군다나 자신을 사로잡아 부친을 협박했던 홍암을 죽인 자가 아닌가.

"그 일은 내게도 필요한 일이었으니 내게 감사할 이유는 없소. 그런데 날 찾아오신 연유를 이제 들어봅시다. 혹, 총사께서 특별히 전한 말이 있으시오?"

"그건… 아니외다."

"하면……?"

"그것이. 그저 한 번 만나보고 싶었소이다. 혼돈시가 시작되기 전에. 아버님께서 하도 그대의 칭찬을 하셔서 말이오."

질투에 시기심이다.

'갈수록 태산이군. 왕함보, 비록 그의 손에 천하가 들어간다 해도 결국 이대를 넘기지 못하고 패망을 하겠구나. 이런 졸렬

한 자라니…….'

왕묘문을 만나고 나니 왕함보에 대한 실망감이 커진다. 실망감이 커지니 자연스레 그에 대한 두려움이나 걱정도 옅어진다.

'하긴 천하의 제왕도 자식 농사는 자기 마음대로 안 되는 법이지. 그렇게 보면 난 정말 잘난 아들놈을 두었었어.'

문득 청풍이 떠오른다. 비록 나이 차이는 많지만 왕묘문에 비하면 청풍은 얼마나 뛰어난 아이인가. 그런 점에서 왕함보에 대한 우월감까지 느끼는 타유다. 자연스레 얼굴에 한 줄기 미소가 감돈다. 그것을 왕묘문은 호의로 받아들인 모양이었다.

"아버님께서 말씀하시길 천하에서 당신과 좌웅을 결할 수 있는 사람은 오직 한 사람, 밀황뿐이라 하시더이다. 해서 무척 궁금했소. 도대체 어떤 분인가 하고 말이오."

"그래, 보시니 어떻소?"

타유가 다시 왕묘문이 예상치 못한 질문을 던진다. 그러자 왕묘문이 당황한 표정으로 대답했다.

"그, 그야 당연히 듣던 것보다 훨씬 뛰어나신 것 같소이다."

"후후, 감사하오."

타유가 가볍게 고개를 까딱인다. 그러자 왕묘문이 뭔가를 망설이다가 조심스럽게 물었다.

"혹 아버님께서 혼돈시 이후의 천하에 대해 말씀하신 적이 있으시오?"

"글쎄올시다. 내겐 특별히 그 이후에 대해 말씀하신 적은 없는데… 왜 그러시오?"

"제가 듣기로 아버님께서는 혼돈시 이후 천하를 다스릴 때 밀황을 일인지하 만인지상의 자리에 두시려 한다고 하더이다."

'일인지하 만인지상이라… 그가 제법 나를 생각하는군. 그런데 그것이 이자의 마음을 상하게 한 건가?'

타유가 내심 생각하며 입을 열었다.

"그런 마음이신 줄은 몰랐소. 우리가 약속한 것은 단 하나, 대업이야 어찌 되었든 나와 밀문의 독존을 보장하는 것이었소."

"아, 그러시구려. 그러니까 그건 오직 아버님의 생각이셨구려."

왕묘문이 묘한 표정을 짓는다. 어찌 보면 다행이란 표정이기도 하고 또 어찌 보면 더 심한 열등감을 드러낸 것 같기도 했다. 그러더니 무심코 지나가는 말처럼 입을 열었다.

"아버님은 천하의 권력이 혈통으로 이어지는 것은 옳지 않다고 생각하시지요."

순간 타유는 왕묘문이 자신을 찾아온 이유를 알아챘다. 이자는 지금 왕함보 이후의 세상에 대해 자신과 거래를 하러 온 것이다. 야심가라면 충분히 찾아올 만한 이유다. 왕함보가 자신의 자식이 아닌 능력 있는 사람에게 권력을 넘겨줄 수도 있다는 뜻을 내보인 것이 분명하다.

'이제서야 자식을 엄하게 가르치려는가.'

타유의 입가에 쓴웃음이 지어진다. 왕묘문의 나이가 자신과 비슷하다. 오십 전후의 나이란 말인데 그런 나이의 아들을 이 제사 엄하게 가르친들 그가 아비의 진심을 제대로 받아들일 리 없다.

"그런 생각을 하고 계신 줄은 몰랐소."

타유의 말에 왕묘문이 기다리지 않고 다시 질문을 던졌다.

"밀황은 어떻소? 아버지의 후계 자리를 노리실 생각이 있으 시오? 아버님께서 밀황을 일인지하 만인지상의 자리에 두겠다 고 생각하신 것을 보면 후계 자리도 욕심을 낼 만하다고 생각 되오만……."

'어리석은 자가 아닌가. 자신의 패를 모두 보이고 싸움을 하 겠다니. 피곤하군.'

타유는 더 이상 왕묘문을 상대하고 싶은 기분이 아니었다. 어린애의 칭얼거림을 받아주기에는 심신이 고단한 그다. 차라 리 한숨 잠을 청하는 것이 그에게는 큰 이득일 터였다.

"나에 대해 얼마나 아시오?"

타유가 정색을 하며 물었다.

"물론 들을 만큼은 들었소이다."

왕묘문이 타유를 아주 잘 알고 있는 것처럼 말했다. 그러자 타유가 냉정하게 대답했다.

"그렇다면 내가 그대의 질문에 어떤 대답을 할지도 알고 있 겠구려. 난 누구의 후계자 따위에는 관심이 없는 사람이오. 난

나일 뿐이오. 그대의 질문에 충분한 대답이 됐으리라 믿소. 피곤하니 난 그만 돌아가 쉬어야겠소."

타유가 빠르게 대답을 하고는 밀문과 살막의 고수들이 있는 곳으로 되돌아가기 시작했다. 그러자 왕묘문이 묘한 표정을 지으며 중얼거렸다.

"무슨 소리를 지껄이는 거지? 자신은 세상의 권력에 욕심이 없다는 건가. 아니면 스스로 아버님과 어깨를 나란히 할 자신이 있다고 말하는 것인가. 뭐, 아무튼 좋아. 결국 아버님의 후계자 자리에는 관심이 없다는 말이니까. 나야 나쁠 것 없지. 그러나… 내가 강호를 갖게 되면 그때는 그대의 목숨을 제일 먼저 거두겠다. 밀황!"

왕묘문의 얼굴에 차가운 살기가 돌았다.

왕묘문과의 짧은 만남을 끝내고 돌아온 타유를 모두가 호기심 어린 표정으로 맞이했다. 그런데 그들이 호기심을 드러내기도 전에 어느새 타유를 쫓아온 왕묘문이 살막의 고수들에게 명을 내렸다.

"돌아간다."

"예, 막주!"

"밀황! 혼돈시에서 뵙겠소이다."

왕묘문이 신형을 돌려 타유에게 가볍게 포권을 한다. 그러자 타유가 마주 포권을 하며 가볍게 대답했다.

"그럽시다. 편히 가시오."

"가자!"

왕묘문이 더 이상 타유에게 볼 일 없다는 듯 횡하니 돌아서서 살막의 고수들을 이끌고 어둠 속으로 사라졌다.

"무슨 일입니까?"

왕묘문이 떠나자 원왕련이 조심스레 묻는다. 그러자 타유가 되물었다.

"그를 어떻게 보시오?"

"살막주 말입니까?"

"그렇소."

"생각보다는… 가볍군요."

원왕련조차도 왕묘문에게 적이 실망한 표정이다.

"그가 누군지 아시오?"

"정확한 것은 아니지만 짐작되는 바가 있습니다. 맞습니까?"

역시 영활한 자다. 이런 자가 오히려 왕묘문보다 더 위협적인 사람이다. 이 노련한 노고수는 날카로운 눈과 늑대의 심장을 가졌다. 어쩌면 타유 자신보다도 밀문에 더 잘 어울리는 사람일 수도 있다.

"맞소."

타유가 짧게 대답했다. 그러자 원왕련이 고개를 갸웃한다.

"이해할 수 없군요."

역시 타유와 같은 생각을 하는 모양이다. 왕함보와 같은 사람이 어떻게 아들을 왕묘문처럼 용렬한 사람으로 키웠는지 이해할 수 없다는 말이리라.

"사람이 어쩔 수 없는 것 중 자식 농사도 있다고 하지 않소 이까."

"그렇기는 하지만… 만약 그렇다면 살막주와 같은 큰 자리를 맡기면 안 되는 일이지요. 대업을 이루기 위해선 공사의 구분이 명확해야 하건만……."

원왕련 역시 왕함보에게 실망한 듯한 눈치다.

"나도 그 점이 이상하기는 하오. 사실 태원에서의 일도……."

"태원에서 무슨 일이 있었습니까?"

원왕련이 태원에서 홍암이 사로잡아 왕함보를 협박했던 사람이 왕묘문이라는 사실을 알 리 없었다. 더군다나 당시 원왕련과 이궐령은 성도에서 밀황에 대한 반역을 모의하고 있을 때니 더더욱 태원에서의 일을 알 수는 없었다.

"음… 그것이……."

타유가 말꼬리를 흐리자 원왕련과 그 곁에 있던 이궐령의 호기심이 더욱 강해졌다.

"무슨 일인데 그러십니까?"

이궐령도 타유의 말을 재촉했다. 그러자 타유가 어쩔 수 없다는 듯 대답했다.

"사실 태원에서 비왕진서를 이용해 혈시를 다량으로 얻으려 했던 총사의 계획에 잠시 차질이 생겼던 적이 있었소."

"그런 일이 있었습니까? 우린 왕 대인의 의도대로 모든 일이 순조롭게 풀린 줄 알고 있었습니다만…….”

원왕련이 고개를 갸웃하며 되물었다.

“물론 결과적으로는 그의 의도대로 모든 일이 진행되었소. 그러나 그 와중에 그의 아들이 흑룡문주 홍암에게 사로잡혀 그의 목숨을 두고 협박을 받은 적이 있소. 물론 그는 오히려 그 일을 역이용해 제법 많은 이득을 취했지만, 사실 그때 그가 아들의 일에 반응하는 것을 보고 무척 의아했었소.”

“아, 그런 일이…….”

원왕련과 이궐령이 놀란 표정을 짓는다. 그리고는 다시 물었다.

“그런데 어떤 점에서 그의 행동이 의아스러웠다는 겁니까?”

“평소의 그라면 비록 그 아들이 인질이라 해도 절대 타인의 협박에 굴복할 사람이 아닌데 그는 아들의 목숨을 구하기 위해 홍암의 거의 모든 요구를 들어주었었소.”

“음… 그것 참 이해할 수 없는 일이군. 왕 대인 같이 독한 사람이. 그것도 저 어리숙한 자를 위해서…….”

원왕련이 연신 고개를 갸웃한다. 평소의 왕함보를 생각하자면 도저히 이해할 수 없는 일이었다.

“어쨌든 그래서 내가 본 그의 가장 큰 약점은 그의 아들이오.”

“음… 혈육의 정에 얽매이는 사람에게는 그것만 한 약점도 없지요.”

“아무튼 그 용렬한 자가 분수는 아는지 후대의 일에 자신이 없는 모양이오."

"그건 또 무슨 말씀이신지요?"

이퀄령이 묻는다.

"내게 묻더구려. 왕 총사의 후계 자리에 관심이 있냐고. 총사가 그에게 이르기를 천하를 얻더라도 자신의 권력은 혈족이 아니라 능력 있는 자에게 주겠다고 했다 하더이다."

타유의 말에 끝나자마자 원왕련과 이퀄령의 눈빛이 반짝인다. 현실적으로 불가능한 일에 가깝지만 왕함보의 말이 사실이라면 그들에게도 천하의 주인이 될 기회, 정확히는 왕함보의 후계자가 될 기회가 있는 것이 아닌가. 그러니 두 야심가의 심장이 흔들리는 것은 당연했다.

"그래서 뭐라 답하셨습니까?"

이퀄령이 물었다.

"당연히 내가 생각하는 바대로 대답했소. 내가 원하는 것은 오직 밀문과 나의 자존이라고 말이오."

"잘하셨습니다. 그의 경계심을 건드릴 필요는 없지요."

이퀄령이 안도의 숨을 쉬며 말했다. 그러자 원왕련이 혀를 차며 말했다.

"아무튼… 그의 시대가 온다 해도 그것이 그리 오래가지는 않겠군요."

"나도 그 생각을 했소. 혹은… 과연 이번 혼돈시에게 그의 시대가 오는 것이 가능할까 회의도 드는구려. 세상에 약점이 없는 인간은 없지만 그의 약점은 너무 크고 명확해서……."

"참으로 알 수 없는 일입니다. 설마 그의 약점이 자신의 아들일 줄이야."

원왕련도 나직하게 탄식을 흘렸다. 그러자 타유가 당부하듯 두 사람에게 말했다.

"아무튼 그에게도 그런 약점이 있으니 혼돈시의 상황이 어찌 흘러갈지는 지금으로선 예측할 수 없소. 예정대로 행동을 하되 만약의 경우도 대비해야 할 것이오."

"당연한 일이지요."

원왕련과 이궐령이 동시에 고개를 끄떡였다.

*　　　*　　　*

세 남녀가 산길을 벗어나 강가에 닿았다. 제법 너른 강 너머로 안개가 자욱하다. 멀리 눈에 들어오는 산은 안개에 가려 봉우리도 제대로 보이지 않는다. 가한산이다.

"이제부터 쉽지 않겠어요."

조명이 긴장한 표정으로 말했다.

"그러게 말이우. 제수씨 말씀대로 가한산 주변에 진이 펼쳐져 있는 것이 분명한 듯하오."

굵은 목소리의 사내 음성이 흘러나온다. 강검산이다. 청풍과 조명 그리고 강검산은 어느새 가한산을 바라보고 있었다. 그러나 강을 건너 안개에 휩싸인 가한산의 경내에 드는 것은 쉬운 일이 아니다. 외인의 출입을 금하는 가한산에 아무런 준비도 없이 들어가는 것은 무모한 행동일 수밖에 없었다.

"그러나 가지 않을 수 없는 길이지요."

청풍이 말했다.

"그렇기는 하지. 그런데 저 진을 어찌 뚫고 들어갈꼬?"

강검산이 고개를 갸웃하며 중얼거렸다. 사실 그건 청풍도 고민스럽기는 마찬가지였다. 왕함보를 만나려면 가한산에 가야 한다. 만약 그가 혈막의 주인이 된 이후면 조화신검으로도 그를 베기 힘들 것이다. 혈막의 주인이 된다고 그의 무공이 갑자기 높아지는 것은 아니나 그를 만나는 것은 구중궁궐의 황제를 만나는 것보다 더 어려울 것이기 때문이었다.

그러니 그가 혈막의 주인이 되어 인의 장막 안에 숨기 전에, 그의 적이 세상에 존재할 때 그를 베는 것이 좋다. 그러자면 진을 뚫고 가한산에 가야 했다.

"강 대협께서는 진법을 모르세요?"

"음… 어려서부터 쇠나 두드린 놈이 진을 어찌 알겠소."

조명의 물음에 강검산이 어깨를 으쓱하면 대답했다. 그러자 조명이 다시 물었다.

"강 대협의 친부께선 대단한 학자셨다면서요?"

"후후후, 그래 봐야 말도 제대로 하지 못할 때 돌아가신 부친이시오. 글 한 자라도 배운 적이 없소이다. 화마경주께서도 내게 이름 석 자 쓸 수 있는 글만 가르쳤고… 아무튼 진법과는 거리가 멀다 할 수 있소."

"그럼 어쩌죠? 무턱대고 진입할 수도 없고……."

조명이 막막한 표정으로 말했다. 그런데 그때 문득 그들의 등 뒤에서 전혀 예상치 못하는 목소리가 들려왔다.

"그곳에는 무슨 일로 들어가려 하시는가?"

순간 세 사람이 화들짝 놀려 신형을 돌렸다. 어느새 그들의 손에 도검이 잡혀 있다. 그러나 다음 순간 청풍과 조명의 입에서 탄성이 흘러나왔다.

"아! 어르신!"

"어르신!"

"이런이런… 이건 정말 믿을 수가 없군. 설마 했는데 정말 살아 있었어. 도대체 그동안 어디에 있었던 건가?"

청풍과 조명 앞에 나타는 사람은 천하제일의 대도 공묘천이다. 공묘천이 숲과 어우러지는 기이한 옷을 입고 두 사람 앞에 나타난 것이다.

"이곳에는 어쩐 일이세요?"

조명이 공묘천의 물음에 대답은 하지 않고 되물었다. 그러자 공묘천이 얼굴을 찌푸리면 말했다.

"내가 궁금한 게 많겠나, 자네들이 궁금한 게 많겠나?"

자신의 질문에 먼저 대답을 하라는 말이다. 그러자 청풍이 입을 열었다.

"동정호에서 사고를 당한 후 강호에서 멀리 떨어진 곳에 있었습니다. 다행히 최근에 몸을 회복해 이곳으로 달려왔지요. 아버님이 밀문도들을 이끌고 가한산에 가셨다기에… 그런데 어르신께서는 이곳에 웬일이십니까?"

청풍이 다시 묻자 공묘천이 뭔가 미심쩍은 눈으로 청풍과 조명을 바라보다가 입을 열었다.

"가한산에서 큰 사단이 나게 생겼네."

"그야 당연한 일이지요. 혈막의 새로운 주인이 결정되는데 쉽게 넘어가겠습니까?"

"그런 말이 아니네."

"하면 다른 일이 있단 말입니까?"

"음… 그것이, 의천맹의 고수들이 가한산으로 진입하려 하고 있네."

"아……!"

공묘천의 말에 청풍이 나직한 탄식을 흘렸다. 우려했던 일이다. 예전부터 자부진인 등나가 걱정했던 일이기도 했었기에 청풍도 마뇌 하순의 과격함이 결국 의천맹 고수들을 가한산으로 진격시켰다는 것을 단번에 알 수 있었다.

"의천맹의 고수들인가요? 아니면 그… 요즘 강호를 시끄럽게 했다는 후송백림의 고수들인가요?"

조명이 참착하게 다시 물었다. 그러자 공묘천이 즉시 대답했다.

"의천맹의 고수들일세. 사실 지난번 성도 모가장에 송백림의 후예를 자처하는 자들이 나타났다는 소문이 파다하지만 실체를 확인한 사람은 없네. 의천맹의 수뇌들도 그 일로 마뇌를 의심했지만 마뇌가 자신과는 상관없는 일이라 잡아떼니 그를 추궁할 수는 없는 일이고……."

"의천맹의 수뇌들이 가한산으로의 진격을 허락했습니까?"

청풍이 다시 물었다.

"결국 허락했다네. 사실 그들도 강호패권에 대한 야망이 있는데 가한산에서 강력한 혈막의 주인이 탄생하는 것을 두고 보기는 힘들었겠지. 마녀가 그런 의천맹 수뇌들의 심기를 잘 이용한 것이고……."

"큰일이군요."

"그러게 말일세. 이러다가는 강호가 절단이 나지 싶어."

공묘천이 혀를 찼다. 그러자 청풍이 주변을 살피더니 다시 공묘천에게 물었다.

"어르신께서도 가한산에 들어가실 생각이십니까?"

"음… 아무래도 그래야 할 것 같네. 사실 애초에 나는 가한산에서 한 명이 죽든 수백 명이 죽든 상관치 않으려고 했는데 그 늙은이들이 하도 보채는 바람에……."

"누가 말입니까?"

청풍이 의아한 표정으로 묻자 공묘천이 고개를 돌려 그가 나온 숲을 보며 소리쳤다.

"이제 그만 나오시오. 뭘 꾸물대고 있소?"

공묘천의 타박에 숲이 잠시 흔들리는가 싶더니 십여 명의 인물이 모습을 드러냈다. 그리고 그중에는 청풍과 조명의 눈에 익은 사람들의 모습도 보였다.

"진인께서 어찌 이곳에?"

숲에서 나타난 사람 중에는 자부진인 등나도 있었다. 자부진인의 등장은 청풍에겐 여간 걱정스런 일이 아닐 수 없었다. 그가 이곳에 있다는 것은 결국 타유가 홀로 가한산에 들어갔다는 의미가 된다. 물론 그의 곁에 밀문의 고수가 즐비하지만 그중 마음으로 믿을 수 있는 사람은 없다.

청풍은 그동안 강호를 떠나 있으면서 타유가 무척 걱정되기는 했지만 그래도 타유의 곁에 강호사대현인이라 불리는 등나가 있기에 그 걱정을 많이 덜었었다. 등나라면 위기의 순간에 분명 계책을 만들어 타유를 도와줄 수 있을 거라 믿었기 때문이다.

그런데 등나가 타유의 곁이 아닌 이곳에 있으니 타유는 가한산에서 의지할 사람이 아무도 없을 것이다.

"일이 그렇게 되었네."

"아버님 곁에 머무실 줄 알았습니다만……."

청풍이 조금 원망스런 표정으로 말했다. 그러자 등나가 고개를 끄떡였다.

"나도 혼돈시가 끝날 때까지는 타 대협의 곁에 있고 싶었는데 사정이 그리되지 않았네. 의천맹의 일이 워낙 다급해서……."

등나의 말에 청풍이 무표정한 얼굴을 한다. 속내로는 타유보다 의천맹의 급함을 먼저 살핀 등나의 행동이 서운했지만 애초에 그가 정파를 버릴 수 없는 사람이라는 것은 이미 알고 있던 사실이었다.

"그런데 이곳에는 왜 오신 겁니까? 의천맹의 일원으로 오신

겁니까?'

청풍이 물었다. 청풍의 표정이 처음과 같지 않음을 눈치챈 등나가 잠시 망설이다가 말했다.

"마뇌의 진공책은 너무 위험하네. 해서 만약의 경우를 대비해 퇴로를 확보해 둘 생각이네."

"가한산에 들어가시겠다는 겁니까?"

"아무래도 그래야지 않겠나?"

등나가 대답하자 공묘천이 두 사람의 대화에 끼어들었다.

"가한산까지는 동행하세. 우린 가한산 주변에 펼쳐진 진을 뚫을 수 있어."

"어떻게요?"

이번에는 조명이 물었다. 그러자 공묘천이 빙그레 미소를 지으며 대답했다.

"아무리 뛰어난 책사라도 땅속에는 진을 만들지 못하는 법이거든. 뭐, 대부분은 진인께서 길을 여시겠지만 말이야."

그러고 보면 세상에서 진이란 것에서 가장 자유로울 수 있는 사람은 공묘천이다. 그는 어떤 곳에서든 땅속에 길을 낼 수 있다. 진이란 것은 땅 위에서만 그 효용을 발휘하는 것이니 공묘천에게 진은 무용지물이다.

"어쩌죠?"

조명이 청풍을 바라본다. 그러자 청풍이 잠시 생각에 잠겼다가 대답했다.

"가한산까지 함께 가는 것도 나쁘지는 않겠지요."

"좋아요. 그럼 함께 가요."

조명이 공묘천을 보며 말하자 공묘천이 고개를 크게 끄떡인다.

"좋아. 젊은 사람들과 동행하는 것은 나에게도 즐거운 일이지. 늙은이들은 영 고리타분해서 말이야. 진인, 갑시다."

공묘천이 등나에게 말하자 등나가 고개를 끄떡이고는 강변의 북쪽 기슭을 바라봤다. 그러자 강변 숲에서 불쑥 한 척의 배가 모습을 드러낸다. 장내의 인원이 열 명이 넘지만 배는 겨우 대여섯이 타면 족한 크기다.

"배가 좀 작군."

공묘천이 궁시렁대자 등나가 말했다.

"이럴 때 큰 배를 타는 것은 죽자는 말이오. 사람들의 눈에 띄지 않으려면 작은 배가 유리하오."

"그렇다고 강을 건너는 우릴 보지 못하겠소?"

공묘천이 투덜댔다. 그러나 등나가 다시 말했다.

"적어도 방심을 유도할 수는 있소. 인원이 적다고 생각할 테니. 갑시다."

등나가 먼저 배에 올랐다. 그러자 장내의 사람들이 작은 배 위로 비좁게 올라섰다.

"가세!"

모두 열세 명의 사람을 태운 배가 등나의 말에 빠르게 강을 건너기 시작했다. 배 위에 태운 사람의 숫자를 생각하면 의외의 속도였다.

강을 건너면서 등나와 공묘천은 연신 청풍과 강검산을 살피고 있었다. 떨어져서 이야기를 나눌 때는 몰랐는데 이렇게 좁은 공간에 함께 있고 보니 두 사람의 기도가, 아니, 정확히는 조명까지 세 사람의 기도가 범상치가 않았기 때문이었다.

물론 두 사람이 실종되기 전에도 두 사람은 같은 나이 또래에서는 적수를 찾을 수 없는 뛰어난 후기지수였다. 그러나 그렇다고 지금처럼 그 기도로 사람들을 긴장시킬 만한 절대고수는 아니었다.

그런데 일 년여 만에 만난 청풍과 조명은 함께 있는 것만으로 사람들을 긴장시키고 경계심을 일게 만들고 있었다. 그런데 기이한 것은 그 기도의 강렬함이 청풍보다는 오히려 조명이 더 강해 보인다는 점이다. 그리고 또 한 사람, 여전히 정체를 알 수 없는 건장한 체구의 사내 강검산의 기도는 조명과는 또 다른 강렬함으로 두 사람의 눈길을 끌었다.

"그런데 누구신가?"

궁금함을 참지 못한 사람은 결국 공묘천이었다. 공묘천이 청풍에게 강검산을 눈짓으로 가리키며 물었다.

"제 의형이십니다."

"의형?"

"지난 일 년 동안 많은 도움을 주셨지요. 덕분에 다시 강호로 나올 수 있었습니다."

"음, 그렇군. 자네에겐 은인이시군. 그런데… 그 기도가 대단한 듯한데 사문이……?"

"의형께서는 남이 자신의 이야기를 하는 것을 좋아하지 않으십니다."

청풍이 매정하게 공묘천의 말을 끊었다.

"아, 그렇군. 미안하네. 난 그저 기도가 하도 특별해서……."

공묘천이 말을 얼버무리며 슬쩍 강검산을 본다. 그러나 분명 자신들의 이야기를 들었을 강검산은 태산처럼 우뚝 서서 아무런 변화를 보이지 않는다.

"고집은 좀 세겠군."

공묘천이 혼잣말처럼 중얼거렸다.

일행은 대략 반 시진 정도 배를 탔다. 배가 하류로 흘러내려가며 강 건너 안개 낀 숲에 닿았을 때는 이미 날이 어둑해지고 있었다.

"어디서 좀 쉽시다."

뭍에 내리자마자 공묘천이 말했다. 그러자 등나가 고개를 저었다.

"그럴 시간이 없소."

"아니, 뭘 그렇게 급히 서두시오? 내가 알기로 혈막의 혼돈시는 대략 이레 정도 열리는 것으로 알고 있는데……."

공묘천이 심드렁하게 물었다. 그러자 등나가 대답했다.

"혈막이 문제가 아니라 그가 문제요."

"그러니 누구… 아, 마뇌 말이오?"

"그렇소."

"거 성질 급한 작자 뒤치다꺼리하기도 힘드네. 쉴 시간을 주질 않아. 그나저나 의천맹의 사람들은 어디쯤 있소?"

"오늘 밤, 어둠을 타고 강을 건널 거요. 팔비수가 다시 불려 간 것도 그 때문인 듯하오."

"흥, 정파랍시고 거들먹거리더니만 밤 고양이 흉내 내는 것은 나와 다를 바 없군."

공묘천이 코웃음을 흘린다.

"갑시다."

등나가 일행을 재촉했다. 그러자 공묘천이 다시 물었다.

"길은 알고 있소? 이 안개 속에서……."

"들어올 때 대략 반나절 거리는 파악하고 왔소. 이후에는 역시 공 노사의 도움이 필요하오."

"역시 자부진인이오!"

공묘천이 진심으로 감탄했다. 외부에서는 전혀 그 안의 사정을 알 수 없는 가한산 주변인데 어느새 반나절 길을 파악했다니 자부진인 등나의 특출한 두뇌에 감탄하지 않을 수 없었던 것이다.

"서둡시다."

등나가 다시 일행을 재촉한다. 그리고는 스스로 앞장서서 안개와 어둠이 내린 숲을 걷기 시작했다.

등나는 확실히 특별한 사람이었다. 청풍은 그를 예전부터 보아왔고, 천중원에서는 제법 친밀하게 지내기도 했으나 오늘처럼 그의 능력을 놀라운 시선으로 바라본 적이 없었다.

등나는 빛이라고는 거의 존재하지 않는 어두운 숲을 오직 별의 방위와 그가 강을 건너기 전 머릿속에 계산해 두었던 지형에 의지해 일행을 인도하고 있었다. 그러면서도 혈막에서 준비한 숲의 진에 단 한 번도 휘말리지 않았다. 그러니 그의 능력이 강호사대현인으로 불리는 것은 결코 과장된 것이 아니리라.

일행은 밤이슬을 맞으며 어두운 밤길을 두어 시진 걸었다. 그러자 한순간 바람의 방향이 바뀌었다. 그 변화를 가장 먼저 느낀 사람은 청풍이었고, 또한 가장 먼저 검을 잡아간 사람도 청풍이었다.

"멈춰라!"

한순간 일행의 앞에 복면을 한 자들이 혼령처럼 나타났다. 필시 혈막의 고수들이리라.

"어디에 속한 형제들인가?"

복면인들이 물었다.

"형제들이 정체를 먼저 밝히는 것이 순서가 아닐까?"

공묘천이 앞으로 나서며 능청스레 말했다. 그러자 복면인들이 주저하지 않고 자신의 정체를 밝힌다.

"우린 총사의 명에 따라 외인의 가한산 출입을 막는 임무를 맡고 있소. 혈시를 보이시오!"

복면인들이 서릿발 같은 목소리로 말했다. 이미 청풍 일행이 혈시를 가지고 있지 않다는 확신을 하고 있는 듯 보였다. 그도 그럴 것이 사실 혈시의 주인은 이미 혼돈록에 모두 올라 있으므로 가한산을 지키는 자들이 그 얼굴을 모를 리 없었다.

순간 공묘천이 등나 등을 돌아보며 말했다.

"가한산에 들기도 전에 혈시부터 보이라니 참으로 총사의 위험이 하늘을 찌르는구랴. 혈시들을 준비하시오."

공묘천의 말에 등나를 비롯한 그의 동료들이 품속으로 손을 넣는다.

"어떻게 하려는 거죠?"

조명이 나직하게 청풍에게 물었다. 그러자 청풍이 속삭이듯 대답했다.

"방법은 하나죠. 저들을 베는 것."

"아!"

조명이 그제야 공묘천 등이 하려는 일을 깨닫고는 나직하게 탄식을 흘렸다. 그때 공묘천이 품속에서 손을 꺼내며 말했다.

"와서 보시오."

공묘천의 말에 복면인이 멈칫한다. 자신들의 생각으로는 분명 혈시를 가지고 있지 않은 것이 확실한데 공묘천의 태도가 너무도 당당하기 때문이었다.

"이리 주시오."

복면인이 손을 내밀었다. 그러자 공묘천이 갑자기 음흉한 미소를 지으며 말했다.

"이것들이 정말 보자보자 하니까 세상 무서운 줄 모르는구나. 네놈들이 비록 총사의 명을 받아 가한산의 경계를 서고 있다고는 해도 한낱 총사의 수족에 불과하다. 그런데 감히 혈시의 주인에게 혈시를 건네달라고? 뭘 믿고 얼굴을 가린 네놈들에게 혈시를 건네준단 말이냐? 혈시를 확인하려거든 응당 네놈들이 이리로 걸어와 눈으로만 보아라. 그게 아니라 혈시가 욕심나는 것이라면 지난 혈시의 난에서 숨죽이고 있지 말았어야지!"

공묘천의 호통에 복면인들이 움찔하며 곤혹스런 눈빛을 흘린다. 비록 얼굴을 가리고 있지만 그들이 어떤 표정일지는 보지 않아도 알 수 있다. 잠시 망설이던 복면인 중 하나가 용기를 내어 앞으로 걸어 나왔다.

"무례를 범했다면 용서하십시오. 하나 저희로서는 총사의 명이 워낙 엄중한 터라… 말씀대로 혈시를 제 눈으로 확인하겠습니다."

복면인이 공묘천에게 다가서며 말했다. 그러자 공묘천이 고개를 끄떡이며 손에 들고 있는 물건을 들어 올렸다.

"보라!"

너무도 자연스럽고 당당한 모습에 복면인이 의심 없이 공묘천의 손 위로 시선을 주었다. 순간 공묘천의 손에서 눈부신 광채가 번쩍였다. 그것이 혈시에서 흘러나오는 빛인지 아니면 다른 물체의 빛인지 분간하기 어렵다.

복면인이 눈부신 광채에 놀라 손을 들어 눈을 가린다. 그런데 그 순간 공묘천의 손에 있던 물건이 거짓말처럼 허공으로 떠올랐다.

팟!

그리고 미처 누가 무슨 말을 하기도 전에 은빛 물체가 그대로 복면인의 목을 스치고 지나갔다.

"악!"

복면인의 입에서 짤막한 비명이 터져 나오더니 목에서 피를 뿌리며 그 자리에 무너져 내렸다.

"적이닷!"

순간 복면인들 사이에서 뒤늦게 동요가 일어났다. 그러나 때는 이미 늦었다. 이미 그들 주위를 공묘천과 둥나가 데리고 온 고수들이 에워싸더니 조금의 망설임도 없이 도검을 휘두르는 것이었다.

"컥!"

"악!"

순식간에 장내에서 비명 소리가 터져 나오기 시작했다. 복면인의 숫자는 본래 일곱이었는데, 일단 그 숫자에서 공묘천 일행에 비해 턱없이 부족할 뿐 아니라 생각지 않은 기습을 당한 터라 제대로 저항도 하지 못하고 속절없이 쓰러져 갔다.

그렇게 다섯이 쓰러지자 살아남은 두 명의 복면인이 황급하게 안개 속으로 모습을 감췄다.

"갑시다."

복면인들이 사라지자 둥나가 재빨리 사람들을 재촉했다. 그리고는 마치 오래전부터 이 안개진을 알고 있었던 사람처럼 사람들을 이끌고 달리기 시작했다.

　청풍의 표정이 우울하다.

　더 이상 복면인들의 공격은 없었다. 어쩌면 등나가 복면인들이 찾을 수 없는 길을 찾아 이동하고 있기 때문인지도 몰랐다. 더군다나 가끔 공묘천이 땅속으로 길을 내기도 했다.

　'시작부터 피를 보는군.'

　피에 대한 청풍의 본능적인 거부감이 이 행보를 불쾌하게 만든다. 사람들의 얼굴에 어느새 살기가 돋아 있었다. 일단 피를 보기 시작하면 선악과 정사를 떠나 살기가 사람의 인성을 지배한다.

　죽고 사는 문제에서 초연한 사람들조차도 일단 살기가 승하기 시작하면 자신이 살기 위해서가 아니라 상대를 죽이기 위해 검을 든다.

　"다 왔소이다."

　청풍의 무거운 마음을 등나의 말이 걷어낸다. 청풍이 고개를 들어보니 과연 안개가 옅어지고 가한산의 높은 봉우리가 눈에 들어왔다.

　"휴, 이젠 진을 걱정할 일은 없겠군."

　공묘천이 한숨을 내어쉰다. 그러자 등나가 말했다.

　"그러나 더 조심해야 하오. 안개가 걷혔다는 것은 우리의 시야도 확보되었지만 또한 저들도 우리를 볼 수 있단 의미요."

　"그렇기는 하지만 그래도 보이지 않는 적을 상대하는 것보다야 낫지 않겠소?"

"그렇긴 하오."

등나가 고개를 끄떡인다. 그러자 공묘천이 주변을 돌아보며
말했다.

"적당한 곳을 찾아 일단 몸을 숨깁시다."

"그건 걱정 마시구려. 진이라는 것은 저들만 이용할 수 있는
것이 아니니."

"하긴 진인의 육진(六陣)은 세상에 없는 기진이지요. 어디에
진을 펼치실 생각이오?"

공묘천이 묻자 등나가 어두운 가한산을 살펴보다가 손을 들
어 산 중턱의 위태로운 절벽 위쪽을 가리켰다.

"저곳으로 합시다."

"너무 위험한 지형이 아니오?"

문득 지금까지 침묵을 지키고 있던 고수 중 평범한 산사람
모습을 한 중년 사내가 물었다. 청풍 일행은 그동안 그에 대해
각별한 관심을 가지고 있었는데 그 이유는 그의 기도와 모습
이 계속해서 변하고 있기 때문이었다.

함께 가한산으로 오면서 말을 섞지는 못했지만 그의 이름을
들을 수는 있었는데 그의 이름을 듣고 나서는 더욱더 그에 대
한 관심이 갈 수밖에 없었다.

사내의 이름은 비궁이다. 과거 상원에서 무상 목우가 그 이
름을 언급했던 자로 환술의 대가이자 역용으로는 천외천의 인
물로 여겨지는 사람이 그였다.

그런 그가 어떻게 공묘천 일행에 합류했는지는 알 수 없으나 그 내막과 상관없이 비궁이라는 이름만으로도 그는 사람들의 관심을 끌기에 충분했다.

"위태롭다는 것은 적도 접근하기 어렵다는 말이 되오."

"그러나 절벽 위에 진을 쳤다가는 만약의 경우 퇴로가 막히지 않소?"

이번에는 또 다른 사람이 입을 열었다. 등나에게 질문을 던진 자는 육십 대 초반의 초로의 노인이었는데 그는 부유한 상인의 모습을 하고 있어 이런 무림인들의 싸움에는 어울리지 않아 보였다.

그러나 청풍은 그가 결코 평범한 상인이 아님을 알고 있었다. 그가 이끄는 다섯 명의 인물을 보는 것은 처음이지만 이미 그들의 이름은 오래전에 등나를 통해 들었기 때문이었다.

노인의 이름은 곽홍, 등나의 오랜 친구들인 상산오괴의 맏이가 그다. 상산오괴는 과거 천중원의 야율씨가 타유에게 그 장원을 내어주고 강호를 떠나게 만들었던 인물들이다. 당시 등나에게 그들의 존재를 말로만 들었던 청풍이 이번에 그들의 실제 모습을 보게 되었던 것이다.

"그렇지가 않소. 오히려 완벽한 퇴로를 만들 수 있을 거요. 우리가 애초에 이곳에 온 이유가 무엇이오. 정파의 고수들이 위급지경에 처했을 때 그들에게 생로를 열어주기 위함이 아니오? 그런데 내가 어찌 퇴로를 생각하지 않을 수 있겠소."

"저런 곳에서 어떻게 퇴로를 확보할 수 있단 말인지 저로서는……."

곽홍이 고개를 갸웃한다. 그러자 등나가 다시 빙그레 미소를 짓는다.

"우리에게 공 노사가 있음을 계속 잊으시는구려."

"설마 저 절벽 위에서 아래로 굴을 뚫는단 말이오?"

곽홍이 불가능하다는 얼굴로 되물었다. 그도 그럴 것이 공묘천이 굴을 뚫는 것은 땅에서나 가능한 일이지 바위로 이뤄진 절벽에는 불가능한 일이었다. 곽홍의 반문에 등나가 빙그레 미소를 지으며 대답했다.

"내가 어찌 공 노사에게 바위를 뚫으라고 말하겠소. 생각이 있으니 일단 올라갑시다. 곧 날이 밝을 터인데 날이 밝으면 사람들의 눈을 피하기가 더 어렵소이다."

등나의 재촉에 사람들이 의구심을 품은 채로 안개를 벗어나 절벽을 향해 움직이기 시작했다.

놀라운 일이다. 등나의 진법은 그야말로 전광석화와 같았다. 그는 일단 일행이 절벽 위에 도착하자, 사람들을 시켜 커다란 바위와 몇 그루의 나무를 가져오게 한 후 그것들을 이용해 순식간에 진법을 펼쳤다. 그러자 외부에서는 절대 그 안을 들여다볼 수 없는 그들만의 공간이 단 이각도 되지 않아 생겨났다.

예전 단천마검의 추격전에서 등나의 오묘한 진법을 경험한 청풍이었지만 오늘 다시 본 등나의 능력은 그가 알고 있던 것 이상이었다.

탁!

순식간에 진이 완성되고 그 안에 몸을 숨길 수 있게 되자 등나가 너른 바위 위에 한 장의 종이를 펼쳤다. 종이에는 주변의 지형과 작은 선들이 이어져 있었는데 보통 사람들이 보아서는 도저히 그 의미를 알 수 없는 그림들이었다.

"이것이 무엇이오?"

비궁이 물었다. 그러자 등나가 대답했다.

"우리가 만들 퇴로요."

등나의 대답에 사람들이 시선이 일제히 바위 위의 종이로 향했다. 그러나 여전히 그들 중 누구도 쉽게 종이 위에 그려진 그림들의 의미를 알 수 없었다.

"우린 도저히 이 그림을 이해할 수 없구려."

곽홍이 고개를 저으며 말했다. 그러자 등나가 빙그레 웃으며 공묘천에게 물었다.

"공 노사께서는 아시겠지요?"

그러자 공묘천이 한참 고개를 숙이고 고민을 하다가 입을 열었다.

"너무 위험한 계책이구려."

"그러나 또한 유일한 생로이기도 하오. 이곳에는 이미 혈막의 천라지망이 펼쳐져 있소. 만약 추격전이 시작된다면 누가 이곳을 안전하게 벗어날 수 있겠소? 더군다나 강을 건너면 또한 혈막오류의 주력들이 기다리고 있소. 필시… 도주만으로는 전면을 면치 못할 거요."

"그렇기는 하지만… 위험하면서도 천운이 있어야 가능한 수법이오."

공묘천이 말했다. 그러자 등나가 고개를 끄떡였다.

"그 말씀에는 나도 동의하오. 이건 천운이 있어야 가능한 수법이오."

사람들은 두 사람이 무슨 이야기를 나누고 있는지 알 수 없었다.

"도대체 이 종이에 그려진 것이 무슨 뜻입니까?"

비궁이 정색을 하며 물었다. 그러자 공묘천이 대답했다.

"진인께서는 등하불명의 수법을 쓰려하시오."

"등하불명?"

"그렇소. 절벽의 좌측으로 거짓 퇴로를 만들어 적들의 추격을 유인한 후 절벽 아래를 횡으로 가로질러 도주로가 이어질 것이오. 절벽 아래로 이어지는 도주로는 물론 내가 땅을 파서 만들어야 할 거요. 그러면 적들은 절대 의심하지 않고 우리를 추격하게 될 것이오. 그때 절벽 위에서 사태가 일어나 절벽 아래 도주로 전체를 함몰시킬 거요. 도주자나 추격자 모두가 땅에 묻히는 큰 사태가 말이오."

"그런……!"

비궁이 놀란 표정으로 등나를 바라본다. 그러자 등나가 그림의 한곳을 가리키며 말했다.

"우린 이곳에 숨을 거요."

등나의 말에 비궁이 의혹 어린 표정으로 물었다.

"그러나 이곳에 몇 명이나 숨을 수 있겠습니까?"

"조금 손을 보면 백여 명은 능히 숨을 수 있을 거요. 추격자들은 사태가 난 이후에는 절대 이곳을 의심치 않을 거요. 등하불명의 계책이 정도의 고수들이 패했을 경우 유일하게 목숨을 부지하는 길이오. 시간이 지나면 의천맹의 각 문파에서 생존자를 찾기 위해 대규모 고수를 파견할 거요. 그때가 되면 살길이 열릴 것이오."

"그럼 이곳에 숨지 못하는 다른 사람들은 어찌 됩니까?"

"운명에 맡길밖에… 솔직히 말해 희생자가 없다면 이 계책은 성공하기 어렵소. 다른 도주자들이 있어야 은신처에 숨은 고수들이 안전할 거요."

"하면… 누굴 숨길 것입니까?"

"그 일은 팔비수 지광이 알아서 할 거요."

"아, 팔비수도 이 일을 알고 있소이까?"

"그가 없다면 어찌 이런 일을 계획할 수 있겠소. 이건 손발이 잘 맞아야 성공할 수 있는 계책이오. 이곳의 지형을 그린 지도도 팔비수에게 얻은 것이라오."

"음… 그렇군요. 그러나 마음이 좋지는 않군요. 누군가의 죽음으로 누군가는 생명을 부지해야 하니. 죽음이 필요한 계책이라…….."

"그렇긴 하지만 이 계책이 아니라면 전멸을 할 수도 있으니 역시 없는 것 보단 나은 계책일 거요. 아무튼 조금 서둘러야겠소. 일단 혼돈시가 시작되면 언제 사단이 날지 모르오. 오늘내

일 중으로 의천맹의 고수들이 가한산에 도착할 거요. 과연 그들이 얼마나 혈막의 경계를 뚫고 이곳에 올지 모르겠지만……."

등나의 말에 비궁이 한숨을 쉬며 말한다.

"언제나 일은 그가 벌이고 수습은 진인께서 하시는구려."

"하하하, 그게 그와 나의 타고난 업인 모양이오!"

일행은 아침이 밝자 잠자리에 들었다. 은신처를 만들고 함정을 파는 일을 밝은 대낮에 할 수는 없다. 앞으로 며칠간은 밤에 일을 하고 낮에 잠을 자야 할 터였다.

청풍은 잠든 등나 일행을 보며 한동안 생각에 잠겨 있었다. 그러자 그의 곁으로 강검산이 다가왔다.

"어쩔 생각인가?"

"이들과 함께 있을 수는 없지요."

"그렇겠지? 그런데 말일세."

강검산이 잠시 주저하며 말을 흐린다.

"말씀하세요, 형님!"

청풍이 강검산의 말을 재촉했다. 그러자 강검산이 고개를 끄떡이며 다시 입을 열었다.

"그를 공격하는 일을 조금 늦추는 것도 좋을 것 같네."

"역시… 형님도 그 생각을 하셨군요."

"자네도 그리 생각하고 있었나?"

"그렇습니다. 애초의 계획대로 그가 혈막의 주인이 되기 전에 베는 것은 물론 불가능한 일이 아니지만 그를 베고 난 후 퇴로가 걱정이 되는 일이지요. 그럼에도 그를 혼돈시가 끝나기 전에 베려 했던 것은 일단 혈막을 장악하면 그를 벨 기회가 더 이상 없을 것 같았기 때문인데 의천맹이 개입하면 이야기는 달라지지요."

"그렇겠지? 그가 설혹 혈막의 주인이 되어도 일단 혼돈시의 끝은 의천맹과의 싸움이 될 테니까. 그 싸움이 우리에게 좀 더 좋은 기회를 줄 것 같아. 의천맹이 승리하면 당연히 그는 고립무원이 될 테니 베기 쉬울 테고, 모두의 예상처럼 혈막이 승리해 자부진인의 예상대로 일이 진행되면 의천맹도들을 추격하느라 그의 곁에 남는 자가 별로 없을 걸세. 역시 지금보다야 나은 사정이 되겠지."

"단 하나의 문제가 있지요."

"음… 자네 아버님 말이군."

강검산의 말에 청풍이 고개를 끄떡였다.

"미리 만나볼 수 없을까?"

"시도는 해봐야지요. 그러나 과연 우릴 노출시키지 않고 만날 수 있을지는……."

"일단 혼돈시가 열리는 곳으로 가보세."

"그러지요."

청풍이 고개를 끄떡였다.

"가겠다고?"

둥나와 공묘천이 거의 동시에 되물었다. 그러자 청풍이 고개를 끄떡였다.

"위험한 일이네."

등나가 즉시 고개를 젓는다. 공묘천 역시 얼른 거들었다.

"이곳에서 우리와 함께 있으시게. 여기까지는 몰라도 혼돈시가 열리는 정상에는 혈시가 없다면 들어갈 수 없네. 누구보다 그걸 잘 알고 있지 않은가? 타 대협을 생각하는 자네 마음을 모르는 것은 아니나 지금 타 대협을 찾아간다면 오히려 그에게 부담이 될 수도 있네."

"아버지를 뵙지 않으려면 이곳에 올 필요도 없었지요."

청풍이 목소리가 담담하긴 하지만 꺾을 수 없는 고집이 느껴졌다. 그러자 등나가 얼른 시선을 조명에게 돌렸다.

"조 여협, 정말 이대로 가려는가?"

조명이라면 청풍을 설득할 수 있을 거란 생각에 한 말이다. 그러자 조명은 오히려 청풍을 거들었다.

"우리 한 몸은 충분히 지킬 수 있으니 걱정들 마세요. 오히려… 이곳에서의 일이 걱정이군요. 지금이라도 가한산을 빠져나가시는 것이 어떤가요?"

"아, 그것은……."

"안 되시죠? 우리도 마찬가지예요. 이곳까지 와서 어찌 아버님을 뵙지 않겠어요. 진인께서도 나름대로 최선을 다해 준비를 하시듯 우리도 준비가 되어 있어요. 그러니 걱정 마세요."

"화산의 문도들에게는 어찌 말할까?"

"알리지 마세요."

조명이 단호하게 말했다.

"그러나……."

"어떻게 생각하실지 모르겠지만 전 이제 화산의 사람이 아니에요. 물론 그렇다고 제 뿌리를 부정하는 것은 아니에요. 그러나 전 이제… 이분의 사람이에요."

조명이 청풍의 팔을 잡았다. 그러자 등나와 공묘천이 나직한 탄식을 흘렸다.

"휴우… 그렇다면 어쩔 수 없군. 하지만 부디 조심하게들!"

"걱정 마세요. 결코 죽는 일은 없을 테니까요. 가요."

조명이 청풍에게 길을 재촉한다. 그러자 청풍이 고개를 끄떡이고는 한순간에 등나가 펼쳐 놓은 진을 벗어났다. 조명과 강검산이 얼른 청풍의 뒤를 따른다. 그런데 그 이후 세 사람의 행보가 등나와 공묘천을 놀라게 했다.

진을 벗어난 청풍 등 삼 인은 가파른 산을 정면으로 오르기 시작했는데 보통 사람이라면 제대로 서 있기도 힘든 산비탈을 세 사람은 마치 평지를 걷듯 가볍게 오르는 것이었다.

"음… 우리가 보지 못한 게 있었던 것 같소."

등나가 말했다.

"그러게 말이오. 그저 몸이 크게 상했다가 회복하는 과정에서 기도가 변했다 싶었는데 그게 아니라 무공이 변한 듯하오."

"가늠할 수 없음이라. 놀라운 일이군. 단 일 년 만에."

"말하지 않은 것이 있을 것이오."

"맞소이다. 단지 밀황을 만나기 위해 가는 것은 아닌 것 같소. 무슨 일일까. 저 젊은이들이⋯⋯."

등나가 걱정스레 중얼거렸다

산을 오르자 광활한 대지가 눈에 들어온다. 가한산 주변에 펼쳐진 안개의 진이 구름처럼 가득하다. 하늘에 올라와 하계를 보는 듯한 느낌이 들 정도였다. 그 너머로 가한산 주변의 숲을 휘감아 흐르는 강이 보이고 다시 강 너머 끝없이 펼쳐진 산야가 눈에 들어온다. 평화로운 정경이다. 사람이 그 안에서 피를 흘리지만 않는다면.

"가지."

강검산이 산 아래 풍경에 시선을 빼앗긴 청풍의 어깨를 가볍게 건드린다.

청풍이 시선을 돌렸다. 그러자 산 아래와는 전혀 다른 세상이 모습을 드러낸다.

검은 산과 검은 흙이다. 바위도 검다. 그래서일까. 그 안에 자라고 있는 수목조차 검게 보인다. 아주 오래전, 인간의 역사가 시작되기 전에 화산이 분출한 것이 분명해 보이는 분화구다. 아니, 어쩌면 전해지지 않았을 뿐이지 이곳에서 모든 것을 태워 버리는 화산이 터져 나오는 광경을 두 눈으로 본 사람이 있을 지도 모른다.

가한산 정상에는 불규칙한 원을 그리며 형성된 화산의 분화구가 자리 잡고 있었다. 본래 화산의 분화구라면 균형 잡힌 원형이어야 하는데 가한산의 분화구는 그렇지 않았다. 사람에 의해 변형된 것 같기도 하고 혹은 처음부터 그리 생겼던 것 같기도 하다.

"아직도 살아 있는 화산이네."

강검산이 말했다.

"그런가요? 전혀 열기가 느껴지지 않는데……."

조명이 고개를 갸웃한다. 그러자 강검산이 말했다.

"이는 오직 화기를 타고난 자만이 느낄 수 있지요."

"아하. 그렇군요, 화마경주님!"

"이크, 아버님이 들으시면 경을 칠 일입니다. 제 주제에 화마경주라니요. 패경주께선 농도 지나치시군요."

"호호호, 그야말로 패경주께서 들으시면 도를 뽑아 들 말이군요."

조명과 강검산이 짐짓 농들을 한다. 아마도 화산의 분화구로 이어진 혈막의 대회합 장소로 들어가는 길을 보고는 긴장을 한 모양이었다.

"가죠."

청풍이 앞장을 선다. 그러자 조명과 강검산이 얼굴에서 웃음기를 거두고 청풍을 따라나섰다. 그렇게 세 사람이 혈막의 세계로 걸어들어 갔다.

第二章 혼돈시

수선경

숲이 하늘을 반쯤 가렸다. 검은 숲은 빛조차 뚫고 들어오지 못해 혈막오류의 고수들이 머물고 있는 곳은 낮이나 밤이나 어둠에 싸여 있었다. 사람의 손길을 타지 않은 자연은 연옥처럼 거칠다.

타유는 언제나처럼 막사 앞에 작은 나무 의자를 놓고 앉아 한때 뜨거운 용암을 토해냈을 커다란 동굴을 바라보고 있었다. 동굴 입구까지 물이 차 있었는데 그 물에서 은은하게 물안개가 피어오른다. 그 아래쪽 땅이 여전히 열기를 품고 있다는 증거다. 어쩌면 높은 산임에도 불구하고 숲이 무성한 것은 땅속의 지열 때문일지도 몰랐다.

정확하게 분화구의 삼분지 일만 빛이 들었다. 그래서인지

빛이 들어오는 곳은 더욱 눈부셨다. 그 외의 지역은 어둠이었다. 밤낮을 구분할 수 없는 어둠, 그 안에 천하를 손에 넣고 싶어 하는 야심가들이 들어차 있다. 혼돈시에 들어온 자 어느 하나 야망 없는 자가 있던가.

'나는……?'

타유가 스스로에게 물었다. 복수를 위해, 혹은 금석촌의 안위를 위해 혈막을 무너뜨려야 한다는 명분을 가져다 댄들 이 혼돈시에 들어온 이유를 온전히 설명할 수 없다.

타유도 자신할 수 없는 것은 그의 마음속에 야망이라는 그림자가 조금도 들어 있지 않느냐는 것이었다. 물론 그는 번잡한 삶이 싫었다. 조용히 은거하여 세상을 살아가는 것이 자신과 어울린다고 생각하고 있었다.

그러나 또한 그는 무서운 사실 하나를 알고 있다. 은거한 자도 세상을 지배할 수 있다는 것. 혈막이 지난 수백 년 동안 그러했듯이 번잡한 세상을 벗어나 있어도 세상을 지배하는 자가 있다. 혹, 타유 자신에게도 그런 욕망이 있는 것이 아닌지 최근 들어 가끔 자기 자신을 의심해 보는 타유였다.

아니라고 말할 수 없는 명확한 증거는 하나다. 그가 이곳에 있다는 것, 그가 혼돈시에 밀황의 이름으로 와 있다는 것이 누구도 부정할 수 없는 증거가 아닐까.

"후우… 풍!"

타유가 문득 청풍을 떠올렸다. 기분이 좋아진다. 얼마나 맑은 이름인가. 녀석의 웃음을 생각하니 마음에 깃들었던 어둠이 사라지는 듯하다. 아마도 청풍이 있었다면 복수는 예전에 적당한 선에 마무리 지었을 것이다. 그리고 지금쯤은 둘이서, 혹은 셋이서 천하를 돌아다니며 청풍의 이름처럼 맑은 바람을 즐기고 있을 것이다.

'불행한 것은 세상에서 가장 흔한 것을 즐기지 못하는 것이지. 이 바람, 공기… 햇살……'

타유가 손을 내밀었다. 어둠이 한 움큼 손에 잡힌다. 빛은 저 멀리 있다. 이제 곧 사람들은 어둠을 떨치고 빛의 광장에 서기 위해 싸울 것이다. 모두가 함께 걸어 나가도, 모두가 함께 서도 충분한 량의 빛을 혼자서 차지하기 위해서 말이다.

"밀황!"

한순간 갈목생의 목소리가 들린다.

"무슨 일이오?"

타유가 뒤도 돌아보지 않고 물었다. 그러자 갈몽생의 얼굴에 한순간 두려운 빛이 흐른다. 이 중년의 밀황은 하루가 다르게 그 기도가 변해가고 있었다. 특히나 이 가한산의 분화구에 들어와서는 더욱 그러했다. 어둠에 웅크리고 있던 그가 처음에는 괴물처럼 보였으나 이제는 염왕처럼 보인다. 그의 마음에 따라 자신의 목숨이 한순간에 사라질 수도 있을 것 같다는 공포심이 생길 정도다.

"총사께서 일차 회합을 통보했습니다."

"언제요?"

"한 시진 뒤입니다. 이번 회합에는 오직 오류의 주인들만이 참여하는 것입니다. 아마도 혼돈시의 일정을 상의하려는 듯합니다."

"알겠소."

"그리고……."

"다른 일이 있소?"

"혈마천주가 만나고 싶다는 기별이 왔습니다."

"음… 자리를 만드시오."

"알겠습니다."

갈목생이 고개를 숙여 보이고는 자리를 떠났다. 그러자 타유가 다시 깊은 침묵에 빠져들었다.

타유가 단천마검을 들고 천천히 빛과 어둠의 경계로 다가갔다. 그는 늙은 학인(學人)의 모습으로 빛 속에 앉아 있었다. 타유가 다가가자 왕함보가 자리에서 일어나 가볍게 타유를 향해 포권을 해 보인다.

"오셨습니까?"

진정 혈막의 총사다운 모습이다. 밀황 타유를 대하는 데 한 치의 흐트러짐도 없다. 이미 타유를 자신의 아랫사람으로 생각하고 있는 그일 테지만 그런 내심은 단 한 올도 드러나지 않는다.

"빠른 것이오?"

타유가 물었다.

"곧들 오겠지요. 이런 경우에는 보통 조금 늦게 나오는 버릇들이 있어서… 물론 그것이야말로 약자의 치부를 드러내는 것이지만 말입니다."

왕함보가 빙그레 미소를 지으며 말했다. 그러자 타유가 그의 말에는 대꾸를 하지 않고 굵은 나무를 베어 만든 탁자의 한쪽 끝에 자리를 잡고 앉았다. 왕함보가 그런 타유를 일별하더니 고개를 돌려 동쪽 그늘 속을 바라본다.

저벅저벅!

한 사내가 기척을 숨기지 않는 발걸음으로 모습을 드러냈다. 타유도 알고 있는 자다. 왕묘문, 왕함보의 아들이다. 그러나 이곳에서 그가 왕함보의 아들임을 아는 자는 그리 많지 않을 것이다.

"살막주께서 오셨군요."

"늦었나요?"

아무리 왕묘문이 왕함보의 아들임을 숨기고 있다 해도 그가 아비에게 하대를 할 수는 없는 일이다.

"아닙니다. 앉으시지요."

왕함보가 부드럽게 왕묘문에게 자리를 권했다. 타유는 왕묘문에게 관심이 없는 듯하면서도 왕함보와 왕묘문의 행동 하나, 말 한마디를 눈여겨보고 있었다. 그러다가 내심 속으로 탄식을 흘렸다.

'설마 했더니 정말이구나. 그는 어째서 자신의 아들에게는 저렇게 약한 것일까? 부정(父情)이 유난한 것에는 분명 사연이 있을 듯한데…….'

그러나 그 사연이 무엇인지 타유는 알 수 없었다. 그러는 사이 다시 거의 동시에 두 명이 장내에 나타났다. 그들은 타유와 왕묘문과는 달리 소리 없이 불쑥 장내에 나타났는데 그 무공의 신묘함에 누구라도 혀를 내두를 정도다.

"혈마천주님과 독곡주께서 오셨군요. 어서 오십시오."

왕함보가 정중하게 두 사람에게 포권을 해 보인다. 그러나 둘둘 천을 몸을 말아 살을 가린 노고수와 검은색의 장삼을 걸친 노인은 왕함보에게 고개를 까딱이고는 자리에 앉았다. 그들은 타유와 왕묘문에게는 아는 척도 하지 않았다.

'이들은 나와 왕묘문은 오류의 주인으로 인정하지 않겠다는 것이군.'

타유가 씁쓸한 미소를 흘린다. 타유와 왕묘문은 엄밀히 말해 오류에서 보자면 외인 출신이었다. 천마성주나 혈마천주, 그리고 독곡주는 혈막이 탄생할 때부터 존재했던 자들의 후손이다. 그래서 그들은 혈막에 대해 혈연의 느낌을 가지고 있었고, 그건 곧 혈막의 전통에 대한 자부심으로 이어졌다.

그런 그들의 눈에 외부에서 들어와 반란을 일으켜 정통의 오류 주인들을 베고 그 자리를 차지한 타유와 왕묘문이 곱게 보일 리 없었다.

"천마성주께서 조금 늦으시는군요."

왕함보가 어색해진 장내의 분위기를 풀어보려는 듯 입을 열었다. 그런데 그 말이 끝나기 무섭게 어둠 속에서 굵고 늙은 목소리가 들린다.

"미안하오. 내 나이가 드니 몸이 성치 않아서……."

순간 그 목소리를 들은 오류의 주인이 모두 자리에서 일어 났다. 당대의 혈막 막주인 혈마천주조차도 자리에서 일어나 어둠 속에서 걸어 나오는 노인을 맞이했다.

노인이야말로 혈막은 물론 강호에서도 최고의 배분을 자랑 하는 천마성주 마제 구륜이다. 천산 깊은 곳에 웅크리고 앉아 천하의 향배를 지켜보던 그가 드디어 혼돈시를 기회로 강호에 모습을 드러낸 것이다.

본래 오류의 주인들 사이에는 주종이나 혹은 서열 같은 것 이 존재하지 않는다. 그럼에도 불구하고 마제 구륜은 다른 오 류의 주인들에게 공경을 받을 만한 인물이었다. 그의 나이가 백 세에 가까워진 것으로 알려져 있었다. 그가 처음 천마성의 주인된 것이 그의 나이 혈기왕성했던 오십 세의 일이니 그는 장장 오십여 년을 천마성의 주인으로 있었던 것이다. 당연히 혈막의 가장 오래된 주인으로서 혈막의 산 증인과 같은 인물 이었다.

"오셨습니까?"

혈마천주 가충이 정중하게 마제 구륜을 맞이한다.

"천주께서는 여전히 정정하시구려."

"웬걸요. 저도 이제 늙었습니다."

"하하하, 천주께서 그리 말씀하시면 난 그만 죽어야겠소이 다."

"무슨 그런 말씀을. 강호가 이렇게 혼란스러울 때는 성주와 같은 분이 중심을 잡아주서야지요."

"후후, 그리 말씀해 주시니 고맙소. 총사."

구륜이 왕함보를 불렀다.

"예, 성주!"

왕함보가 정중하게 천마성주 구륜을 보며 대답했다.

"일정은 정해졌소?"

"일정을 확정하는 것은 오늘 오류의 주인들께서 합의를 하셔야 하는 것이지요. 대략 과거의 예를 따라 제가 간단하게 정리를 해두기는 했습니다."

왕함보가 탁자 위에 올려놓았던 몇 장의 종이를 오류의 주인들에게 나누어 준다. 그러자 오류의 주인들이 각기 왕함보가 나누어 준 것을 받아 들여다보고 있는데 오직 천마성주 구륜만이 글을 읽지 않고 깊은 눈으로 타유와 왕묘문을 바라보더니 다시 입을 열었다.

"일의 선후가 잘못된 것 같소."

"제가 무슨 실수를⋯⋯?"

왕함보가 짐짓 걱정스런 표정으로 구륜에게 물었다. 그러자 구륜이 다시 입을 열었다.

"본래 오류의 주인은 서로 경쟁관계이고, 혈시의 난을 거치면서 혈막의 역사에 유례없는 혈전이 벌어졌다고 해도 어차피 한 배를 탄 형제 아니오? 그런데 오늘 보니 새로 혈막오류의 주인이 된 사람들이 있구려. 어찌 통성명도 없이 일부터 시작하겠소."

천마성주 구륜의 말에 왕함보가 고개를 끄떡였다.

"듣고 보니 제가 실수를 하였습니다. 밀황, 그리고 살막주께서는 번거로우시더라도 먼저 다른 세 분께 인사를 드리는 것이……."

왕함보가 타유와 왕묘문을 보며 말했다. 그러자 타유와 왕묘문이 고개를 끄떡이고는 자리에서 일어났다.

"새로 살막의 막주가 된 왕묘문이외다. 혼돈시에 참여하게 되어 영광이오. 이미 앞서 각 파의 주인께 따로 인사를 드렸으니 저에 대해 다른 말씀은 드리지 않겠소이다."

아마도 왕묘문은 회합이 있기 전 각 파의 주인을 찾아갔던 모양이다.

"밀황 타유요. 오류의 주인들을 뵈어 기쁘오. 잘 부탁드리오!"

타유가 그 말을 하고 자리에 앉자 혈마천주와 독곡주의 얼굴에 불쾌한 기색이 역력하다.

"밀황께서는 우리를 너무 업수이 여기는구려."

독곡주 단월이 차가운 말투로 말했다.

"왜 그런 생각을 하시오?"

타유가 기세에서 밀리지 않고 되물었다.

"새로 오류의 회합에 참여하셨다면 좀 더 자신에 대해 제대로 된 소개를 하는 것이 예가 아니겠소?"

그러자 타유가 잠시 생각에 잠겼다가 입을 열었다.

"지난 혈막의 역사에서 매번 혼돈시가 열릴 때마다 오류의 주인 중 한 두 명은 새로운 얼굴이 참여했을 것이오. 그런데 그때마다 새롭게 오류의 주인이 된 자들이 자신의 내력을 세세히 다른 사람들에게 설명했소?"

"그런 것은 아니지만, 그건 당시에는 새로 오류의 주인이 된 사람의 내력을 모두 알고 있었기에 그리했던 것이오. 그러나……."

"난 다르다는 말이구려."

"워낙 밀황에 대해선 알려진 바가 없으니……."

그러자 타유가 한줄기 미소를 지으며 대답했다.

"모르기는 나도 마찬가지요. 나 역시 여기 계신 다른 분들의 내력을 자세히 알지 못하오. 혈막에 들어온 지 얼마 되지 않아서 말이오. 그럼 혹 다른 분들도 제게 자신의 내력을 자세히 설명해 주실 생각이 있으시오? 그래야 공평할 것 같은데… 아니면 서로에 대해서는 차차 알아가기로 하고 급한 일부터 처리하는 것은 어떻겠소?"

타유의 말에 독곡주 단월이 선뜻 답을 하지 못한다. 하지만 그의 얼굴에는 타유에 대한 적대감이 여실히 드러났다. 타유이 말이 틀리지는 않았으나 자신의 말에 이렇게 노골적으로 반박하는 타유의 행동이 불쾌할 수밖에 없었던 것이다.

"자자, 사람을 어찌 몇 마디 소개로 한순간에 알 수 있겠소. 그런 것은 천천히 해도 늦지 않으니 역시 밀황의 말처럼 급한 일부터 해결합시다."

천마성주 구륜이 독곡주를 달래듯 말했다. 그러자 혈마천주 가충이 타유와 독곡주 단월에게는 눈길도 주지 않으면서 왕함보에게 물었다.

"이 계획대로라면 결국 혈막의 다음 대 막주는 사흘 후에 결정되겠구려."

"그렇습니다."

"너무 촉박한 것이 아니오? 보통의 경우 혼돈시는 짧게는 십여 일 길게는 보름 정도까지 걸렸소. 그런데 이번에는 겨우 사흘이라니 왜 이렇게 촉박하게 혼돈시의 일정을 잡은 것이오?"

가충의 물음에 왕함보가 대답한다.

"일을 서두르게 된 것은 결국 저의 불찰입니다."

"그게 무슨 소리요? 총사의 불찰이라니?"

"다른 때의 혼돈시는 우리 혈막만의 행사였습니다. 그래서 충분한 시간을 두고 혈막의 미래를 그려낼 수 있었지요. 그런데 이번에는 그렇지가 않습니다. 지금 적지 않은 외인이 가한산 주변으로 몰려왔습니다. 혼돈시에 대한 비밀을 지키고 또한 외인의 접근을 막는 것도 저의 일 중 하나인데 제가 부족해서 그들 모두를 제압하지 못했으니 역시 저의 불찰로 생긴 일이지요."

"의천맹을 말하는 것이오?"

가충이 다시 물었다.

"그렇습니다. 그들이 대표적인 자들이지요. 그러나 꼭 그들만 있는 것은 아닙니다. 적은 수지만 정체를 알 수 없는 자들도 발견되었다는 소식이 있습니다."

"음… 곤란한 일이군. 어째서 이번 혼돈시는 이토록 복잡한 것일까?"

천마성주 마제 구륜이 고개를 저으며 중얼거렸다. 그러자 혈마천주가 다시 입을 연다.

"아무래도 이번 혼돈시를 통해 혈막을 크게 정비해야 할 것 같습니다. 하긴 이백여 년 동안 큰 변화 없이 그 전통을 이어왔으니 변할 때가 되기도 했지요."

"그렇기는 하오. 그동안 혈막이 조용했던 것은 강호에 우리 혈막오류의 존재가 제대로 알려지지 않았기 때문이었소. 그런데 금번 혈시의 난을 치르면서는 어찌 된 일인지 혈막의 존재가 여실히 강호에 드러났소. 당연히 파리 떼가 꼬이지 않을 수 없소."

"맞습니다. 그러니 이번 기회에 혈막을 크게 바꾸어야지요."

가충이 슬쩍 타유와 왕묘문을 보며 말했다. 그의 심사는 독곡주와 마찬가지로 타유와 왕묘문 같은 외인은 혈막의 일에서 배제되어야 한다고 생각하는 듯했다.

"아무튼 좋소. 이대로 시행합시다. 내일 혈시를 가진 자 모두가 모여 혼돈록을 정비해 향후 혈막의 일백고수를 정하고, 그 다음 날 강호의 움직임과 혈막의 미래에 대해 논의하고, 마지막 날 새로운 혈막의 막주를 결정하도록 합시다. 그리고 거기에 더해 난 하루의 시간을 더 추가할 것을 제안하는 바요."

구륜이 말했다.

"제가 간과한 것이 있습니까?"

왕함보가 물었다. 그러자 구륜이 고개를 저으며 말했다.

"아니오. 예전 같으면 새로운 막주가 뽑히는 순간 혼돈시를 끝내는 것이 전통에 맞소. 그러나… 지금은 비상한 때가 아니오? 혈막의 행보가 결정되면 막주가 움직일 새로운 조직이 있어야 할 것 같소. 막주의 뜻을 시행할 혈막의 조직들을 새로 만들었으면 하오."

구륜의 말에 다른 오류의 주인들 눈빛이 번쩍인다. 구륜의 말대로라면 그동안 오류 각 파가 각자 나름대로의 행보를 하던 관행을 깨고, 막주 아래 혈막의 주요 고수들을 모아둘 수 있게 되는 것이다. 누구든 혈막의 막주가 되길 꿈꾸는 자에게는 구미가 당기는 일이 아닐 수 없었다.

"오류가 독립적으로 분립하는 관례를 깨자는 것입니까?"

타유가 오랜 만에 입을 열었다. 그러자 구륜이 고개를 저었다.

"오류의 분립을 깨자는 것이 아니라 세상의 향배가 결정될 때까지 혈막의 힘을 모으자는 말이오. 이렇게 흩어져 있다가는 다시 혈시의 난과 같은 오류 간의 상쟁이 없을 거라고 누가 장담하겠소. 만약 이런 시기에 오류가 상쟁하면 남는 것은 하나… 공멸이오."

"천마성주님의 말씀이 옳습니다. 지금은 힘을 모을 때이지 각자의 이득을 생각할 때가 아닙니다."

혈마천주 가충이 단호하게 말했다. 반대를 용납하지 않겠다는 듯한 강고함이 보인다. 그러자 타유가 차가운 미소를 흘리며 말했다.

"나쁜 생각은 아니오. 그러나 과연… 새로운 막주가 탄생했을 때도 모두가 같은 생각일지는 모르겠구려. 아무튼! 총사, 오늘 더 논의할 것이 있소?"

타유가 왕함보를 보며 물었다. 그러자 왕함보가 잠시 망설이다가 입을 열었다.

"오류의 주인들께서 동의해 주실 일이 하나 있습니다."

"말해보시오."

구륜이 말했다.

"아무래도 오류의 고수 중 일부를 가한산에 들여야 할 것 같습니다."

"혈시의 주인들을 제외하고 말이오?"

가충이 눈살을 찌푸리며 물었다.

"그렇습니다."

"그렇게 급박하오?"

"제가 데리고 있는 아이들의 숫자를 아시지 않습니까? 진을 유지하고 또한 이곳에서 혼돈시를 준비하는 것으로도 벅찬 상황이라. 마침 오류의 고수들이 강 너머에 모두 와 있으니 적당한 사람들을 들이면 어떠할지……?"

"음, 몇이나 들이면 되겠소?"

이번에는 마제 구륜이 물었다. 그러자 왕함보가 대답했다.

"각 파에서 십여 명씩 오십이면 족합니다."

"오십이라… 어떻소?"

가한산에 혈시의 주인이 외의 사람을 들이는 일은 신중할 수밖에 없다. 만약의 경우 그들에 의해 혼돈시의 공정성이 위협받을 수도 있기 때문이었다. 그러나 그렇다고 외인들이 혼돈시가 열리는 가한산 정상까지 접근하는 것을 허용할 수도 없었다.

"어쩔 수 없는 일이지요."

가충이 대답했다. 그러자 구륜이 왕함보를 보며 말했다.

"그렇게 하시오. 오류 각 파에 전갈을 보내놓을 테니 총사가 사람을 보내 필요한 인원을 데려오시오."

"그리하겠습니다."

왕함보가 정중하게 대답했다.

"자, 그럼 오늘의 회합은 그만 파합시다. 얼마 지나지도 않았는데 몸이 피곤하군."

구륜이 자리에서 일어나더니 인사도 없이 시적시적 어둠 속으로 사라졌다. 그러자 가충과 단월도 기다렸다는 듯이 인사말도 없이 자리를 떴다.

"참으로 고약한 노인네들이군요."

왕묘문이 붉어진 얼굴로 중얼거렸다.

"뭐가 말이냐?"

오류의 주인들이 사라지자 왕함보의 말투도 변했다. 그는 왕 대인, 그리고 왕묘문의 아버지로 돌아왔다.

"구륜과 가충 그 두 늙은이가 모든 일을 결정하지 않습니까? 우리 의견은 물어보지도 않고……."

"잘된 일이 아니냐? 의심을 살 필요도 없고. 아니 그렇소?"

왕함보가 타유에게 물었다. 그러자 타유가 잠시 생각에 잠겼다가 물었다.

"오십으로 가능하겠소?"

"후후, 걱정 마시오. 솔직히 말하면 그 오십도 필요 없소. 단지… 나중을 대비에 내 사람들을 불러들일 핑계가 필요한 것뿐이오. 이 가한산은 이미… 나의 세상이오."

왕함보가 강렬한 눈빛을 흘리며 대답했다. 그러나 그런 기세에 흔들릴 타유는 아니다.

"독곡주는 어찌 된 것이오?"

"그는 걱정 마시오."

"동의를 얻었소?"

타유가 묻는 것에는 이유가 있었다. 오늘 회합에서 독곡주가 자신과 왕묘문에게 적의를 드러냈기 때문이었다. 만약 그가 왕함보의 사람이 되었다면 두 사람에게 적의를 드러낼 이유가 없었다.

"그의 마음이 어떤지는 알 수 없소. 그러나… 적어도 날 반대하지는 못할 거요."

"마음을 얻지 못했지만 그를 통제할 수단이 있다는 말이구려."

"역시 밀황이시오."

왕함보가 빙그레 미소를 짓는다. 그런 왕함보가 타유는 다시 조금 더 두려워졌다.

*   *   *

"왜 따라오셨어요?"

조명이 의아한 표정으로 공묘천에게 물었다.

"걱정이 되어서 말이지."

공묘천이 고개를 주억거리며 대답했다.

"퇴로를 만드는 일은요?"

"뭐, 그 친구들도 나름대로 재주가 있으니까. 그들이 누군지는 알지?"

"상산오괴라면서요."

"그래, 맞네. 그들은 각기 한 방면에 뛰어난 재주가 있어. 그 중에는 토목의 대가도 있네. 그 친구가 있는 이상 내 재주는 잔재주에 불과하네. 땅 파는 재주야 그 친구도 제법 되니까 내가 없어도 될 거야. 반면에 자네들에게는 내가 아주 필요하지."

"무슨 말씀이세요?"

"혼돈시가 열리는 곳에 그냥 걸어 들어갈 수는 없잖나?"

"그럼 우릴 위해서 굴이라도 파주시겠다는 건가요?"

"그래서 온 걸세."

공묘천의 대답에 조명이 어이없는 표정을 지으면서 청풍을 바라봤다. 그러자 청풍이 잠시 생각에 잠겼다가 고개를 끄떡인다.

"나쁘지 않군요."

"흐흐, 이럴 때는 나 같은 사람이 쓸모가 있다니까? 자자, 어서 가세."

공묘천이 자신이 앞장서서 가한산 정상을 향해 걷기 시작했다.

*   *   *

'혼돈시라더니 너무 조용하군.'

가한산 주변에서 어떤 일이 벌어지고 있는지는 정확히 알 수 없었다. 그러나 적어도 혈시의 주인들이 모여 있는 가한산 정상의 오래된 분화구는 지루할 정도로 조용했다.

첫째 날 오류 주인들의 회합이 끝나고도 마찬가지였고, 둘째 날 역시 마찬가지였다.

총사 왕함보가 세운 계획에 따르면 오늘이 혈시 주인이 모두 모이는 첫 번째 날이 된다. 그러니 제법 소란한 북적거림이 있어야 하는데 오류의 고수들은 어둠 속에서 침묵을 지키고 있을 뿐 누구 하나 앞으로 나서서 소란을 떠는 자가 없었다.

하긴 생각해 보면 당연한 일일 수도 있었다. 혈시의 주인들은 하나같이 절정의 고수였다. 그들의 행보는 진중할 수밖에 없었고, 또한 혼돈시의 무게감이 혈막의 고수들에게 부산함을 허용치 않고 있었다.

"모두 모이셨습니까?"

문득 지하수가 내비치는 동혈 위쪽의 바위에 올라선 총사 왕함보가 주위를 돌아보며 말했다. 혈시의 주인이 모두 모인 첫 번째 자리다. 드문드문 빛이 있는 곳에 서 있는 사람도 있었지만 대부분의 경우에는 여전히 분화구 위쪽에 하늘을 가리며 자란 숲의 그늘 아래 있었다. 이들이 선천적으로 밝은 곳을 꺼리는 자들이기 때문일 거라고 타유는 생각했다.

"시작합시다. 모두 온 것 같으니."

혈마천의 천주 가충이 말했다. 그러자 왕함보가 고개를 끄떡였다.

"좋습니다. 그럼 지금부터 혼돈록을 마지막으로 정리하겠습니다. 아시다시피 혼돈록에 오른 일백 명의 혈시 주인은 향후 혈막의 행사에서 특별한 권한을 가지게 됩니다. 비록 타 문의 형제라도 혼돈록에 오른 자의 명은 특별한 사유가 없는 한 따라야 하고, 또한 오늘 혼돈록에 오는 혈막 일백고수는 다음 대 혈시의 난까지 그 지위가 유지됩니다. 더불어… 이번 혼돈시의 마지막 날 새로운 혈막의 막주를 선택하는 데 일 푼의 지분을 가지게 됩니다. 이 영광스런 혼돈록의 정리를 불초한 제가 맡게 된 것을 영광으로 생각합니다."

왕함보가 장황하게 혼돈시에 이름을 올릴 자들의 권리를 설명했다. 그리고는 마지막으로 정중하게 포권을 해 보였는데 그의 행동은 오늘 이 자리에 온 혈시의 주인들에게 자부심을 심어주기 충분한 것이었다.

"그럼 어느 문파부터 시작하리까?"

왕함보가 사람들의 반응을 살피며 천마성주 구륜과 혈마천주 가충에게 물었다. 여전히 혼돈시를 주도하는 것은 두 사람이기 때문이었다.

"그야 뭐 어느 곳이 먼저든 무슨 상관이 있겠소?"

가충이 대답했다. 그러자 왕함보가 고개를 끄떡이며 대답했다.

"좋습니다. 순서는 제가 임의대로 정하도록 하지요. 그럼… 독곡부터 할까요?"

왕함보가 독곡의 곡주 단월에게 물었다.

"그럽시다."

독곡주가 망설이지 않고 대답을 하고는 왕함보가 있는 곳으로 걸어 나왔다. 그러자 그의 뒤를 따라 독곡의 고수 십여 명이 함께 모습을 드러냈는데 이들이야말로 최후까지 혈시를 지킨 독곡의 고수였다.

"본 곡은 겨우 열두 개의 혈시만을 지켜냈소. 혈막의 형제들에게 부끄러울 다름이오."

"애초에 독곡에 배분된 혈시가 적었지요. 독곡은 세력으로 움직이는 곳이 아니지 않습니까?"

왕함보가 위로하듯 말했다.

"그렇긴 하지만 그래도 오류의 분포를 생각하면 턱없이 적은 숫자요."

단월의 말이 틀리지 않았다. 정확하게 혈시의 배분을 이룬다면 독곡은 이 할 오 푼, 그러니까 스물다섯 개의 혈시를 가지고 있어야 한다. 그런데 지금 겨우 열두 개의 혈시를 가지고 있으니 독곡이 그 세력 면에서 혈막의 최약체라는 것을 부인할 수 없었다.

그러나 또한 그럼에도 불구하고 혈막의 고수들이 독곡을 무시할 수 없는 이유는 왕함보의 말대로 그들이 애초부터 무공이나 세력이 아니라 독으로 강호를 지배해 온 자들이기 때문이었다.

"가져오라!"

단월이 넋두리를 끝내자 왕함보가 자신의 뒤쪽을 보며 소리쳤다. 그러자 어둠 속에서 세 명의 사내가 모습을 나타냈다. 그중 가장 앞쪽에 선 자는 어른 허리 높이의 서탁을 들고 있었는데 그 모양이 보통의 서탁과 큰 차이가 있었다.

사내가 들고 있는 서탁은 황금빛으로 빛나고 있었다. 서탁 전체에 황금으로 입힌 것이 분명했다. 아니, 어쩌면 서탁 자체가 황금일지도 몰랐다.

그 화려한 서탁이 왕함보 앞에 내려졌다. 그러자 다음 사내가 서탁 위에 하나의 서책을 내려놓았다. 겉면이 피처럼 붉은 서책이다. 혼돈록이다.

서책을 내려놓은 사내가 물러나자 마지막 사내가 붓과 작은 항아리를 내려놓았다. 항아리 안에는 붉은색 염료가 가득 들어 있었는데 아마도 먹을 대신해 쓰일 염료인 것 같았다.

"혈시를 보이고 본인의 이름을 적으시면 됩니다. 혈시의 난중에 기록된 혼돈록은 세 달 전까지의 혈시 주인만이 기록되어 있습니다. 오늘 새로운 혼돈록이 만들어지면 예전 것은 오늘 이 자리에서 불태워 버릴 것입니다. 자, 시작하시지요."

왕함보가 모든 준비가 끝나자 단월에게 말했다. 그러자 단월이 고개를 끄떡이고는 품속에서 혈시를 꺼내 왕함보에게 건넸다. 그러자 왕함보가 혈시를 자세히 살핀 후 혈시를 다시 단월에게 건네며 말한다.

"진본이 확실합니다."

단월이 혈시를 되받은 후 붓에 붉은색 염료를 가득 묻혀 혼돈록의 첫 장에 자신의 이름을 기록했다.

단월이 가장 먼저 혼돈록에 자신의 이름을 올린 후 독곡의 고수들이 줄지어 혈시를 확인받고 혼돈록에 자신의 이름을 적었다. 그렇게 시작된 혼돈록의 정리는 두어 시진 동안 이어졌다.

백 명의 혈시 주인이 혼돈록에 이름을 올리는 일은 무척 엄숙하게 진행되었다. 개중에는 물론 귀찮은 기색이 역력한 사람도 있었지만 대부분의 사람은 혼돈록에 자신의 이름을 쓸 때 손을 떨 정도로 감격스러워했다.

스스슥!

한 노인이 마지막으로 혼돈록에 이름을 썼다. 천마성주 구륜이다. 기이한 일이다. 천마성은 성주부터 혼돈록에 이름을 올리지 않고 그가 가장 나중에 이름을 올렸다.

"내가 마지막이군."

자신의 이름이 말라가는 것을 보며 구륜이 말했다.

"수고하셨습니다."

"수고는 무슨. 두 글자 쓰는 것인데."

"그래도 기다리시는 것이……."

왕함보가 정중하게 말했다.

"후후후, 그렇지 않았소. 이번에 혼돈록에 이름을 올린 형제 중 처음 보는 사람이 워낙 많아서 지루한 줄 몰랐소."

"그러셨습니까? 그래도… 천마성의 저력이 대단하군요."

"후후후, 제법 성과있었던 모양이오."

구륜이 빙그레 미소를 짓는다. 그도 그럴 것이 혼돈록의 정리가 완전히 끝났을 때 가장 많은 사람의 이름을 올린 곳이 바로 천마성이었다. 그 사실은 무척 중요한 의미를 내포한다.

혈막의 역사가 시작된 이래 매번 혼돈시가 있을 때마다 한 권의 혼돈록이 탄생했다. 물론 그 안에 적힌 사람의 이름도 그 때마다 변했다. 그러나 그 와중에 변하지 않는 것도 있었다. 그건 바로 혼돈록에 가장 많은 이름을 올리는 곳이 언제나 혈마천이라는 사실이었다. 혈막의 역사 이백여 년 동안 혈마천은 단 한 번도 그 자리를 다른 세력에게 내주지 않았다.

그런데 오늘 드디어 이 마지막이 될지도 모르는 혼돈시에서 변하지 않던 전통이 깨졌다. 천마성이 혈마천을 능가해 더 많은 이름을 혼돈록에 올린 것이다.

"그런데 한 분이 빠지셨는데……."

"이마는 물론 혈시를 지니고 있지만 상원의 일이 중하여 오지 못했소."

"그렇다고 해도 이 혼돈시는 혈막의 가장 중대한 행사인데 아쉽군요."

"글쎄… 이마의 행보는 나도 강제할 수 없는 것이니 그의 판단에 따를밖에."

"하면 천마성에서는 천산이마께서 가지고 계신 혈시의 권한을 포기하시는 겁니까?"

"그가 혈시의 주인임은 변하지 않는 것 아니오?"

"그러나 혈시의 권한은 대행할 수 없게 되어 있습니다."

"뭐, 그건 상관없소. 이번 혼돈시에선 그의 권한은 포기하겠소."

"알겠습니다. 그럼 모두 아흔아홉 분의 혈시의 주인께서 이번 혼돈시에 참여하시고 그 자격을 확인한 것으로 하겠습니다."

"그럼 오늘은 파회하는 것이오?"

"잠시 다른 말씀을 좀 드리고자 합니다."

왕함보가 말했다. 그러자 어둠 속에서 혈마천주 가충이 물었다.

"무슨 일이오? 급한 일이 아니면 내일 논의합시다. 오늘은 모두 피곤한 것 같으니……."

피곤한 것은 그 자신일 터였다. 그의 대에 와서 처음으로 혈시의 숫자에서 천마성에 밀리는 굴욕을 당했으니 그의 심사가 편할 리 없었다. 그러나 왕함보는 그의 사정을 보아주지 않고 입을 열었다.

"오늘 결정해야 할 황급한 일이라서……."

"그렇소? 그럼 어쩔 수 없지. 무슨 일이오?"

가충이 물었다. 그러자 왕함보가 잠시 생각에 잠겼다가 말했다.

"의천맹도들의 진입을 어디까지 허락하면 좋겠습니까?"

"그건 또 무슨 말이오. 이미 어제 그들의 가한산 진입을 막겠다면서 산 밖에 머물고 있는 각 파의 고수 중에서 십여 명씩을 차출하지 않았소?"

가충이 귀찮다는 듯 물었다.

"물론 그렇기는 합니다만 그건 어디까지나 그들이 혼돈시에 방해가 되지 않게 하겠다는 의미였습니다. 그런데 어젯밤 곰곰이 생각을 해보니 그들을 아예 이곳까지 불러들이는 것도 나쁜 일은 아닌 듯합니다. 물론 그들이 이곳에 도착했을 때는 혈막의 혼돈시가 끝나야겠지요."

왕함보의 말에 혈마천주가 입을 다물었다. 그뿐이 아니었다. 다른 모든 사람도 입을 열지 않았다. 그건 곧 그들이 왕함보가 말한 의미를 제대로 알아들었다는 뜻이다.

"그러니까 총사의 생각은 그들을 새로운 혈막의 첫 번째 제물로 삼자는 것이구려."

"그야말로 가장 좋은 제물이 될 것입니다. 사실 요 몇 년간

의천맹의 행보는 혈막의 권위를 무척 깎아내렸지요. 그들에게 강호의 주인이 누구인지 각인시켜 줄 필요가 있습니다. 새로운 세상을 열기 위해서라도 말이지요."

"음… 총사의 말에 일리가 있소."

천마성주 구륜이 고개를 끄ㅎㄸㅓㄲ인다. 그러자 가충이 말했다.

"하지만 우려되는 바도 있습니다."

"그것이 무엇이오?"

구륜이 물었다.

"만약 이번 혼돈시가 아무 탈 없이 끝난다면 그들을 끌어들여 강호에 혈막의 강대함을 알려주는 것도 좋겠지요. 그러나 만에 하나라도 혼돈시 와중에 혈막이 분열이라도 하게 된다면… 오히려 그들에게 어부지리를 안겨줄 수도 있습니다."

"혈막의 분열이라… 그런 일이 있겠소?"

구륜이 깊은 눈으로 가충을 보며 물었다. 그러자 가충이 대답했다.

"사람의 일이란 모르는 것이지요."

"음… 그래서 총사의 생각에 반대하오?"

"그건 아니지만……."

가충이 말꼬리를 흐린다. 그러자 구륜이 조금 냉정한 목소리로 말했다.

"이런 경우는 오직 두 가지 답밖에 없소. 그리고 반드시 가부의 결정이 나야 하는 일이오. 우리 오류의 주인 중 한 사람이라도 반대하면 불가능한 일이기도 하오. 그러니 모두 자신의 의견을 정하는 것이 좋겠소."

구륜의 말에 불쑥 살막의 주인이 된 왕묘문이 말했다.

"전 총사의 의견에 이의가 없습니다. 이 기회에 혈막이 강호의 천외천임을 가르쳐 주는 것도 나쁘지 않겠지요."

"음… 살막주는 역시 혈기왕성하구려. 젊음은 좋은 것이지."

천마성주가 빙그레 미소를 짓는다. 그러나 그 미소 속에는 약간의 가소로움이 내포되어 있었다. 자신도 모르게 드러낸 왕묘문의 성급함이 그의 실체를 고스란히 드러냈기 때문이었다.

"성주께서는……?"

왕함보가 구륜에게 물었다. 표정에는 변함이 없으나 내심 아들이 누군가에게 비웃음을 사는 것이 좋을 리는 없을 터였다.

"나도 찬성이오. 좋은 시작이 되겠지."

구륜이 고개를 끄떡인다. 그의 행동으로 보면 그가 이번 혼돈시에서 혈막의 막주가 될 것을 확신을 하고 있는 듯 보였다.

"천주께서는 어찌 생각하시는지요?"

왕함보가 이번에는 가충에게 물었다. 그러자 가충이 심드렁한 표정으로 대답했다.

"그리합시다. 뭐, 의천맹 정도야 언제라도 상대해 줄 수 있는 자들이지만……."

그에게는 의천맹이 안중에도 없는 모양이었다.

"그럼 이제 독곡주님과 밀황께서만 동의해 주시면 되겠군요."

"나도 좋소."

단월이 짧게 대답한다.

"나 역시 찬성이오."

타유까지 동의하자 왕함보가 포권을 해보이며 말했다.

"다섯 분 모두 동의를 하셨으니 그럼 제가 제대로 자리를 마련해 보겠습니다."

"총사께서 수고를 해주시오. 자고로 모든 일은 시작이 중요한 법, 총사께서 우리 혈막을 위해 화려한 제상을 차려주시길 바라오."

"최선을 다하겠습니다."

왕함보가 정중하게 고개를 숙여 보인다. 그렇게 그날의 모든 일정이 끝나자 혈막의 고수들은 다시 수도승이 수도처를 찾아들듯 숲 아래 어둠 속으로 돌아갔다.

그나마 분화구의 중심부를 비추던 태양도 산 너머로 넘어간 지 오래다. 밤은 더욱 가한산 정상을 어둡게 만들었다. 산 아래에서는 혈막과 의천맹 고수들 간의 치열한 숨바꼭질이 벌어지고 있을 테지만 산 위는 침묵의 세계였다.

타유가 그 침묵의 세계에 작은 소리를 내며 걸음을 옮겼다. 한순간 타유가 가볍게 땅을 찍었다. 그러자 그의 신형이 머리

위 우거진 숲으로 순식간에 사라졌다.

그는 작은 바위에 올라 뒷짐을 진 채 타유를 기다리고 있었다. 약속된 만남이기에 그를 만나러 오기는 했으나 내키지 않는 걸음이기도 했다. 타유에게 혼돈시는 이미 그 길이 정해져 있는 행사였다.

왕함보가 야심을 드러내는 순간 그는 왕함보를 지지할 것이다. 그렇게 되면 왕함보는 필시 혈막의 막주가 될 것인데, 과연 천마성주와 혈마천주가 그 사실을 어떻게 받아들일지는 알 수 없었다.

어쩌면 왕함보는 이미 두 사람의 반발에 대한 대비를 하고 있는지도 몰랐다. 의천맹의 고수들을 가한산 정상까지 끌어들이는 것은 그가 말한대로 혈막의 새로운 출발에 어울리는 제물이 필요해서일 수도 있지만 혹은 내부의 반발을 외부의 적을 출현시켜 무마시키려는 것일 수도 있었다.

의천맹이 가한산 정상에 올라 혈막과 생사전을 벌이는 순간 혈막의 고수들은 외부의 적을 상대하느라 왕함보에 대한 반란을 생각하기 힘들 터였다.

'노련한 자니까.'

타유가 왕함보의 치밀함에 고개를 저으며 오늘 그를 초대한 자의 곁으로 다가섰다.

"오서 오시오."

혈마천주 가충이다. 도도한 그의 얼굴이 달빛을 받아 더욱 괴이하게 보인다.

"무슨 일로 보자 하셨소이까?" '

타유가 물었다. 그러자 혈마천주 가충의 얼굴에 언뜻 노기가 서린다. 그는 지금도 역시 내심으로는 결코 타유와 왕묘문을 자신과 같은 오류의 주인으로 인정하지 않는 듯 보였다. 그러니 타유의 무심한 반응이 신경에 거슬릴 수밖에 없는 가충이다. 그러나 그렇다고 그가 타유를 적대시할 수도 없었다. 왜냐하면 지금의 타유는 그에게 꼭 필요한 사람이기 때문이었다.

"밀문은 어떻소?"

가충이 마음의 노기를 참으며 물었다.

"무슨 말씀이시오?"

타유가 되물었다.

"외인으로서 밀문은 장악하는 것이 쉽지 않았을 터인데……."

"밀문이 어떤 곳이지 모르시는 모양이구려."

"적어도 그대보다는 더 오랫동안 밀문을 보아왔소."

가충이 더 이상이 불쾌함을 참지 못하고 말했다. 그러자 타유가 잠시 가충을 바라보다 입을 열었다.

"밀문은 강자존의 세계요. 강자가 밀황의 자리에 올랐는데 문도들이 반발할 이유가 없지 않소? 그런데 오늘 날 만나자고 한 이유가 밀문의 사정을 알고 싶어서였소? 그렇다면 난 그만 가보겠소. 천주께 밀문의 사정을 알려줄 사람으로 난 적당한 것 같지가 않구려."

타유가 미련 없이 고개를 돌렸다. 타유에게서 차가운 반발의 기운이 느껴졌으므로 가충이 일순간 당황했다. 그도 그럴 것이 어렵게 만든 자리에서 타유를 이대로 돌려보낼 수는 없는 일이기 때문이었다.

"세상의 절반을 주겠소. 어떻소?"

가충이 급히 입을 열었다. 그러자 타유가 걸음을 멈추고 신형을 돌려 가충을 바라본다.

"세상의 절반이라 하셨소?"

"그렇소. 이제 혈막과 무림은 새로운 옷을 입어야 할 때요. 날 도와준다면 그대에게 천하의 반을 주겠소."

"난 사람을 믿지 않소."

타유가 냉정하게 말했다.

"날 못 믿겠다는 거요?"

"천주가 아니라 누구라도 마찬가지요. 난 사람을 믿지 않소."

"하면 그대 스스로가 혈막의 주인이 되려하오?"

가충이 가소롭다는 듯 물었다. 그러자 타유가 대답했다.

"혈막의 주인 따위 관심 없소. 내 원칙은 하나요. 누가 혈막의 주인이 되든 상관없이 밀문과 나의 독존을 인정하면 되오. 천하의 향배야 내가 알 바 아니오."

"혈막의 주인 자리를 차지하는 자가 과연 밀문과 그대의 안위를 보장할 것 같소?"

"아마도 그래야 할 거요. 아니면 그가 죽을 테니까."

한순간 타유의 눈빛이 번뜩인다. 순간 무림의 거인 가충조차도 소름끼치는 두려움을 느꼈다. 타유의 눈에 드러난 살기는 결코 인위적인 것이 아니다. 날것처럼 생생한 살기, 본능이 만들어내는 살기다. 이런 살기를 지닌 자는 예로부터 살성으로 불려왔었다.

타유의 본색을 보자 오히려 가충은 그에 대한 두려움을 넘어서 그에 대한 욕심이 솟구쳤다. 이런 자를 얻는다면 천하에 두려워할 것이 없을 것이다.

"나와 손을 잡는다면 밀문과 그대는 영원히 영화를 누릴 거요."

다시금 이어지는 가충의 설득에 타유가 무심히 그를 지켜보다가 입을 열었다.

"거듭 말하지만 난 누가 혈막의 주인이 되든 상관없소. 그러니 그대가 그대의 힘으로 혈막의 주인이 된다면 난 그대를 막주로서 존중할 것이오. 이것이 나의 혼돈시고 나의 혈막이오."

"음… 적어도 나의 적이 되지는 않겠다는 것으로 생각해도 되오?"

"천주가 날 적으로 돌리지 않는 이상은 그렇소."

"휴… 좋소. 그렇게 생각한다면 어쩔 수 없는 일이지. 오늘은 그저 밀황의 마음을 안 것으로 만족하겠소."

"천주의 권주를 받지 못해 미안하오. 이만 가보겠소."

타유가 가볍게 고개를 까딱여 보인 후 그 자리에서 사라졌다. 그러자 가충이 아미를 모으며 중얼거렸다.

"쉽지 않은 자라 생각했지만 운이 좋아 밀문의 문주가 된 것은 아니었군. 그나저나 이리되면 결국 살막주를 설득하는 수밖에는 없겠어. 하긴 그자가 한결 수월할 수 있지. 성정이 가벼운 듯 보였으니. 독곡주는 이미 천마성주와 손을 잡은 듯하고… 그래도 여전히 혈막은 혈마천의 것이어야 한다. 애초에 혈막의 시작이 가섭봉 조사로부터 시작된 것이 아니었던가. 혈사신경의 주인이 곧 혈막의 주인이라는 조사님의 유언을 내 대에서 끊을 수는 없는 일이다!"

가충의 눈에 붉은 열기가 은은하게 담기기 시작했다.

*   *   *

"혈막을 하나의 세력으로 만든다는 말이오?"

단월이 조금 놀란 표정으로 물었다. 그러나 왕함보가 대답했다.

"일시적이긴 하지만 그럴 필요가 있다고 생각합니다."

순간 장내에 모인 일백 혈시의 주인 사이에 작은 동요가 있었다. 혈시의 주인 모두가 참여하는 두 번째 회합이다. 오늘 혈막의 향후 행보가 결정된다. 그런데 회합이 시작되자마자 총사 왕함보가 오류로 나뉘어져 철저히 분립하는 혈막의 원칙을 지키고 있는 혈막오류를 한곳에 모아 하나의 세력으로 만들 필요가 있다고 제안하고 있었다.

"그건 오류의 전통을 깨는 일이오. 혈막이 처음 결성되었을 때도 오류 각 파의 자립은 철저하게 보장되었소. 그 상태로도 천하를 지배해 온 오류요. 그런데 이제 와서 굳이 한곳에 모일 이유가 무엇이오?"

천마성주가 물었다. 그러자 왕함보가 망설이지 않고 대답했다.

"이유는 단 하나입니다. 그동안 혈막의 힘이 크게 소진되었기 때문에 힘을 하나로 모으지 않으면 지금까지처럼 강호를 주도할 수 없을 것입니다."

"혈막의 힘이 약해졌다고 생각하시오?"

이번에는 혈마천주 가충이 물었다.

"그렇습니다."

왕함보의 대답이 너무 확고하다.

"이유가 뭐요? 뭘 보고 혈막의 힘이 약해졌다는 것이오?"

"혈시의 난을 통해 유례가 없는 생사전이 벌어졌습니다. 과거와 달리 각 파의 손실이 적지 않지요. 더군다나… 오류 중 두 곳의 주인이 바뀌었습니다. 그 또한 어쨌든 크고 작고 간에 두 문파의 힘을 약화시키는 결과를 가져왔지요. 그러나 사실 이런 것들은 그리 중요한 문제가 아닙니다. 혈막의 힘이 약화된 것에는 결정적인 이유가 있습니다."

"궁금하구려. 총사가 어떤 혜안으로 혈막의 힘이 약해졌다고 생각한 것인지?"

가충은 왕함보를 추궁하기보다는 그의 생각에 호기심을 드러냈다. 사실 야심가들에게는 오류의 힘을 한데 모은다는 것이 무척 욕심나는 일이기도 했다. 가려워 긁지 못하는 곳을 왕함보가 긁어준 꼴이랄까. 가충은 하나가 된 혈막에 욕심을 내고 있었다.

"그 이유는 사실 모든 사람이 알고 있는 것이지요. 바로 혈막이 세상에 드러났다는 것입니다. 다시 말해 혈막은 더 이상 어둠 속에서 세상이 모르게 세상을 지배하는 일을 더 이상 할 수 없습니다. 세상에 드러난 세력은 이미 절반의 힘을 잃게 마련입니다. 더군다나 눈에 보이는 적은 그 두려움도 절반으로 줄어들게 마련이지요."

왕함보가 자신의 야망을 위해 혈막의 힘을 하나로 모으자고 한 것은 맞지만 그가 지적하는 대로 혈막이 세상에 드러남으로 인해 그 힘이 절반으로 줄었다는 말도 틀린 말이 아니었다. 그간 강호인들은 자신에게 일어나는 일이 혈막이라는 보이지 않는 존재에 의해서라는 것조차 모르는 경우가 많았던 것이다.

"음… 총사의 말을 듣고 보니 일리가 있기는 하오. 그러나 오류는 각자 고유한 자신의 전통을 가지고 있소. 자신의 뿌리를 버리고 혈막이라는 이름의 새로운 세력에 들어오는 것은 쉬운 일이 아니라는 말이오."

천마성주 구륜은 오류의 전통을 훼손하는 것이 여전히 마땅치 않은 듯 보였다. 그러자 왕함보가 부드럽게 말했다.

"말씀드렸듯이 혈막이 하나로 모이는 것은 한시적인 일입니다. 혈막의 이름으로 강호를 평정한 후, 천하에 새로운 왕조를 세워 세상을 안정시키면 오류는 다시 각자의 가문으로 돌아가면 됩니다."

"세상일이라는 것이 그리 쉽지 않다는 것을 총사가 더 잘 것이오. 한 번 모인 힘이 흩어지는 일은 간단치 않소. 더군다나 천하대사를 치르면서 새로운 막주에게 강력한 권력이 주어질 텐데……."

구륜의 말은 권력의 속성을 정확히 꿰뚫은 노련한 의견이었다. 일단 혈막이라는 이름으로 새로운 막주 아래 혈막의 모든 고수가 모인다면 누가 혈막의 막주가 되어도 그 세력을 포기하는 일은 없을 것이다.

그러자 문득 왕묘문이 입을 열었다. 비록 살막의 막주이기는 하나 그가 혼돈시의 회합에서 자신의 의견을 개진한 것은 이번이 처음이나 마찬가지였다.

"훗날이 걱정된다면 중책을 택할 수도 있습니다."

"중책이라면 어떤 것이오?"

천마성주가 물었다. 그러자 왕묘문이 즉시 대답했다.

"육 할의 힘은 각 문파에 남기고 각기 사 할의 전력을 내놓는 것이지요. 각 문파에서 사 할의 전력씩만 모아도 강호에 대적할 세력이 없을 겁니다. 더군다나 각 문파에 남아 있는 육 할의 전력이 수시로 강호 각처에서 혈막의 일을 돕는다면 오히려 모든 힘을 한곳으로 모았을 때보다 훨씬 효율적으로 강호를 경영해 나갈 수 있을 겁니다."

"음… 사 할이라. 나쁘지 않군. 총사 어떻소?"

구륜이 묻자 왕함보가 천천히 고개를 끄떡였다.

"살막주께서 좋은 의견을 주셨습니다. 사실 제 판단으로는 혈막오류의 모든 힘을 모아야 다시 한 번 혈막이 세상의 주인을 바꿀 수 있다고 생각했습니다만 각 파에 남은 형제들이 사방에서 혈막을 위해 움직여 준다면 오히려 그것이 나을 수도 있겠습니다."

"좋소. 그 정도라면 혈막의 힘을 모으는 안에 난 동의하오."

구륜이 대답했다. 일단 구륜이 동의한다면 다른 오류의 주인들은 문제될 것이 없었다. 혈마천주야 스스로 혈막의 유일한 지배자가 되고 싶은 사람이니 당연히 동의할 것이고, 타유와 왕묘문이 왕함보의 의견을 반대할 이유가 없다. 그렇게 되면 독곡주 단월 역시 홀로 이 책략에 반대할 수는 없을 터였다.

"나도 찬동하오."

혈마천주가 기꺼운 표정으로 말했다.

"찬성이오."

"저도 마찬가집니다."

타유와 왕묘문이 동시에 말했다. 그러자 단월은 여전히 뭔가 불안한 표정이었지만 어쩔 수 없이 고개를 끄떡인다.

"나 역시 찬성이오."

단월까지 찬성하자 왕함보의 얼굴이 한층 여유롭게 변했다. 그가 좌중을 돌아보며 말했다.

"오류의 주인들께서 혈막의 힘을 한데 모으는데 동의하셨소. 이 안에 혹시라도 다른 의견이 있으신 분은 말씀해 보시오."

그러나 오류의 주인들이 찬성한 일을 반대할 인물은 없다. 혈시의 주인들이 침묵으로 왕함보가 제시한 안에 찬성했다. 그러자 왕함보가 다시 입을 열었다.

"모든 사람이 찬성을 했으므로 각 파의 주인들께서는 오늘 당장부터라도 준비를 해주시기 바랍니다. 혼돈시가 끝나면 바로 혈막의 본산을 만들기 시작하겠습니다."

"장소는 어디로 하려 하오?"

혈마천주가 물었다.

"이곳 가한산으로 하려 합니다만."

"이곳에 말이오? 너무 척박하지 않소?"

혈마천주가 물었다. 그러자 왕함보가 고개를 저으며 말했다.

"물론 이 가한산의 땅이 척박한 것은 맞습니다. 그러나 이곳은 수로로 중원의 곳곳과 사통팔달을 이루는 교통의 요지이고, 또한 이미 혼돈시를 치르기 위해 주변에 수많은 진식과 기관을 만들어놓았으니 적의 침임을 방비하기 쉽습니다. 땅이 척박해 산물이 부족한 것이야 수로를 통해 물자를 들여오면 해결이 가능한 일이지요."

"음… 막대한 재정이 들 터인데 그건 어찌 감당하려오?"

가충이 다시 물었다. 그러자 왕함보가 대답했다.

"각 파에서 일정 부분 재정을 지원해 주시고… 천마성과 밀문에서 약간의 도움을 더 받으려 합니다."

"우리 두 문파가 재정을 더 지원해야 하는 이유가 무엇이오?"

천마성주가 의아한 표정으로 물었다.

"그건 지금 두 문파의 재력이 오류 중 가장 낮기 때문입니다. 천마성에는 상원이, 밀문에는 금석촌이 있지 않습니까?"

순간 타유의 눈빛이 번뜩인다. 자신도 모르게 살기가 인다.

'왕함보 당신은 정말 죽어야겠군. 금석촌을 입에 올리다니… 그 한마디로 당신은 나와 친구가 될 수 없음을 알겠다.'

타유가 혈막이라는 난마전에 뛰어는 이유 중 하나는 복묘상이 이끄는 청복원과 금석촌의 존립이다. 그런데 왕함보가 금석촌을 언급했으니 그의 마음속에 금석촌에 대한 욕심이 있다는 의미일 것이다. 그런 자를 살려둘 수는 없다.

타유가 무심한 눈으로 왕함보를 바라본다. 마침 왕함보가 타유와 눈길이 마주쳤다. 왕함보의 얼굴에 언뜻 의아함이 떠오른다. 무색의 눈, 타유의 시선이 그가 지금까지 보았던 것과는 전혀 다르기 때문이었다.

"밀황께서는 이 안을 허락해 주시겠습니까?"

왕함보가 타유의 내심을 살피려는 듯 물었다. 그러자 타유가 여전히 한 올의 감정도 느껴지지 않은 눈빛을 하며 대답했다.

"가능하오. 단, 혈막이라 해도 금석촌의 일에 직접적으로 관여할 순 없소."

"그야 물론이지요. 금석촌은 온전히 밀황님의 것입니다."

"금석촌은 나의 것이 아니오. 그들 스스로의 것이지."

타유가 말했다. 그러자 왕함보의 표정이 다시 바뀐다. 그러다가 이내 고개를 끄떡였다.

"알겠습니다. 밀황께서 그들에게 자유를 주셨다면 그 또한 밀황님의 권리지요."

타유와 감정이 상해서 좋을 것이 없는 왕함보가 그가 얼른 타유의 말에 수긍했다. 그리고는 천마성주 구륜에게 말머리를 돌렸다.

"마제께서도 이 안을 허락하시겠습니까?"

"어쩔 수 없는 일 아니오? 그러나 확답을 줄 수는 없소. 알겠지만 상원을 움직일 수 있는 사람은 내가 아니라 천산이마요. 그는 나의 명으로 움직이는 사람이 아니오."

"물론 천산의 아홉 영웅이 각자 나름대로의 행보를 결정할 권한이 있음을 모르지는 않습니다. 그러나 천산이마께서는 현자 중의 현자, 대세를 읽는 눈이 뛰어나시니 오늘의 결정을 이해하실 겁니다."

"그렇게 기대해 봅시다. 그가 동의하면 필요한 자금을 지원할 거요."

"알겠습니다. 그럼 그 일은 그리 정하도록 하겠습니다."

그러자 문득 혈마천주 가충이 물었다.

"혈막의 새로운 막주를 세우는 일이야 내일이면 결정이 되겠지만 천하의 주인을 새로 세우는 일은 어떤 계획이 있소?"

가충의 물음에 왕함보가 고개를 저으며 말했다.

"그 일이야말로 제가 감히 거론할 문제가 아니지요. 그에 대한 것은 역시 오류의 다섯 주인께서 논의를 하셔야 하는 일이 아니겠습니까?"

그러자 가충이 천천히 고개를 끄떡이다가 문득 천마성주에게 물었다.

"마제께선 혹 눈여겨본 인물이 있으신지요?"

"음… 그간 몇몇 사람에 대해 듣기는 했소. 그러나 한 가지 중요한 사실을 결정해야 천하의 주인이 될 인물을 세울 수 있을 것이오."

"그것이 무엇입니까?"

"그건… 우리 혈막의 뿌리와 관련이 있는 일이오. 모두 알다시피 우리 오류는 모두 새외에 그 뿌리를 두고 있소. 혈마천은 대막에, 천마성은 천산에, 밀문은 곤륜 깊은 산속에, 독곡은 남만에… 말이오. 물론 살막의 경우는 조금 다르지만. 어쨌든 그래서 이백 년 전 혈막이 탄생했을 때 초원의 철목씨를 세상의 주인으로 만들기로 결정했던 것이었소."

"그렇기는 하지요."

"난 묻고 싶소. 지금도 그 원칙이 유효한 것이오?"

"마제님의 말씀은 여전히 새외의 사람을 세워 새로운 왕조를 열어야 하는 것이냐는 말씀이군요."

"그렇소. 천주의 생각은 어떻소?"

마제 구륜의 물음에 가충이 즉시 대답을 하지 못하고 심각한 표정을 짓는다. 그건 그의 뿌리와 연관이 있었다. 다른 문파들과 달리 혈마천은 그 뿌리가 명확했다. 몽골초원의 신성한 피를 이어받았다고 생각하는 것이 혈마천주들의 자부심이었다.

그들의 절대신공 혈사신공은 지금까지 초원의 운명을 결정해 온 숨겨진 힘이었다. 그러니 그의 내심에는 여전히 천하의 주인이 초원에서 나와야 한다는 생각이 있을 것이다. 그러나 그런 자신의 생각을 관철시키기에는 상황이 썩 좋지 않았다. 왜냐하면 지금 혈막이 이렇게 커다란 분란을 겪으며 새로 세상의 주인을 세우고자 하는 것은 바로 그 초원의 절대왕조 원 황실이 혈막을 배신했기 때문이었다.

그러니 아무리 가충이라 해도 다시 초원의 사람을 내세워 새로운 왕조를 세우자고 말할 수는 없었다.

"음… 지금으로써는 원에 대한 한인의 반항심이 워낙 강하니 다시 세외의 왕조를 세우는 것은 어려운 일이지요."

가충이 한발 물러선다. 시세를 읽을 줄 아는 자다.

"천주의 생각이 그렇다니 다행이오. 나 역시 마찬가지 생각이오. 사실 원을 세운 이후 가장 큰 문제는 그들이 싸움을 할 줄은 알아도 다스릴 줄은 모른다는 것이었소. 그들이 통치의 술을 알았다면 이렇게 빨리 몰락하는 일은 없었을 거요."

그러자 지금까지 가충과 구륜의 대화를 듣고 있던 왕함보가 입을 열었다.

"하면 출신이 상관없이 사람을 고르면 된다는 말씀들이시군요."

"그렇소. 하지만 가급적 한인 중에 골랐으면 하는 것이 내 생각이오."

구륜이 말했다. 아무래도 지난 세월 원에 대한 반감을 해소하려면 한인 중에서 왕조를 열 자를 찾는 것이 좋다는 의미였다.

"그럼 혹 보아두신 분이 있으신지요?"

왕함보가 물었다. 그러자 구륜이 대답을 하려다 말고 잠시 생각에 잠겼다가 입을 열었다.

"물론 심중에 생각하는 사람이 없는 것은 아니오. 그러나 그 일은 아무래도 강호의 향배가 결정된 이후에 언급하는 것이 좋겠소. 오늘은 다만 출신에 상관없이 속세의 왕조를 여는 것에 대해 동의하는 것으로 마칩시다."

타유는 구륜이 무척 신중한 사람이라는 것을 새삼스레 느꼈다. 그는 자신이 마음에 둔 사람이 일찍 혈막의 고수들에게 노출되어 화를 당하는 것을 걱정하고 있는 것이다.

"좋습니다. 그럼 그 일은 거기까지 하고… 한 가지 더 결정해야 할 일이 있습니다."

왕함보가 말했다.

"그것이 무엇이오?"

구륜이 묻자 왕함보가 신중한 어조로 입을 열었다.

"혼돈시가 끝난 이후 강호를 어찌 다룰지에 대한 합의가 필요한 것 같습니다. 강온의 양책 중 하나를 택해야 이후의 일을 결정할 수 있을 것입니다."

"강온의 양책이라 무슨 뜻이오?"

가충이 물었다.

"지금까지 혈막은 패권을 앞세워 강호를 다스려 왔습니다. 암중에 혈막의 행사에 방해가 되는 자는 모두 죽였지요. 수십 년 전 송백림의 사건이 대표적이라고 할 수 있습니다. 당시 혈막은 송백림에게 항복할 기회조차 주지 않았지요. 그런데 그러한 책략을 앞으로 계속 사용할 것인지를 묻는 것입니다."

"강호는… 힘으로 다스려지는 곳이오."

가충이 무겁게 대답했다.

"물론 그렇기는 하지요. 그것이 강호의 생리입니다. 그러나… 지금 강호의 사정은 예전과 다릅니다. 혈막의 실체가 드러난 이상 그 반대편에 선 자들이 하나로 뭉칠 것입니다. 혈막의 세가 강하다고는 하나 강호 전체로 보자면 한 줌의 모래와 같지요. 원에 대한 반감이 곧 혈막에 대한 적대감으로 이어질 때 혈막이 과연 힘만으로 강호를 제압할 수 있겠습니까?"

왕함보의 지적은 정확했다. 이제 혈막은 강호의 모든 사람에게 알려진 조직이었다.

"설득이 가능한 문파가 있겠소?"

구륜이 물었다.

"정파라 불리는 자들은 설복하기 어렵겠지요. 그러나… 강호에 정파만 있는 것은 아니지 않습니까? 강호 제 세력의 팔할은 이득을 따라 움직입니다. 하물며 천하의 주인이 되는 일이라면······."

"음, 그러나 그들이 혈막과 섞였을 때 과연 우리 오류가 여전히 강호의 주인일 수 있겠소?"

가충이 물었다. 그러자 왕함보가 빙그레 미소를 지었다.

"거기에 대한 대비는 옛말로 대신하겠습니다. 토사구팽!"

순간 가충의 얼굴에 희미한 미소가 피어난다.

"하하하! 총사의 계책이 참으로 섬뜩하오. 그러나 좋소. 혈막의 문을 엽시다. 기왕에 얼굴을 드러내고 강호를 제패하려면 세력은 많을수록 좋소."

가충이 호탕하게 대답한다. 그러자 구륜도 고개를 끄떡이며 대답했다.

"나도 찬성이오. 어차피 이득을 따라 모인 자들이라면 무공의 고하에 상관없이 오합지졸, 나중에라도 충분히 그들을 다룰 수 있을 것이오."

구륜도 동의하자 왕함보가 타유 등을 보며 물었다.

"다른 분도 모두 동의하시는지요?"

"반대하지 않소."

"나도 좋습니다."

단월과 왕묘문이 동시에 대답했다. 그러자 왕함보의 시선이 타유에게로 향했다. 타유가 조용히 고개를 끄떡였다. 그러면서도 내심으로는 왕함보의 치밀함에 소름이 끼친다.

'토사구팽! 무서운 말이다. 그러나 이들은 알고 있을까? 사냥이 끝나고 삶아지는 사냥개의 운명이 왕함보가 강호에서 끝어들인 자들이 아니라 자기 자신일 거라는 것을… 외부에서 끌어들인 자는 모두 혈막이 아니라 왕함보에게 충성을 하게 될 것이니…….'

*　　　*　　　*

"참 기이한 재주군. 믿을 수가 없어."

강검산이 길게 이어진 땅속의 굴을 보면서 말했다.

"저도 처음에는 믿지 못했지요."

청풍이 대답했다.

"천하제일의 대도라고?"

"그렇죠. 세상에 훔치지 못할 것이 없는 분이지요."

"음… 도둑질을 하기에는 아까운 재주군."

강검산이 아쉬운 표정으로 말했다. 비록 대장장이로 성장했지만 그에게는 숨길 수 없는 그의 친부 강천궁의 피가 흐르고 있다. 강천궁의 대나무 같은 절개를 피로 물려받은 그에게 도둑으로 사는 것은 그리 달가운 인생이 아니었다.

"평범한 도둑은 아니세요. 탐관오리나 졸부들의 재물을 털어 가난한 사람들에게 나눠 주시니까요. 사욕으로 물건을 훔친 경우는 없으세요."

"한마디로 의적이라는 말이구려."

"그렇다고 할 수 있죠."

"음… 그래도 재주가 아깝기는 마찬가지요."

강검산이 혀를 차는데 문득 굴속에서 공묘천이 나타났다.

"그게 내 팔자인 걸 어찌하겠나?"

"기분이 상하셨다면 용서하십시오."

강검산이 정중하게 고개를 숙여 보인다.

"아냐. 다 날 위해서 한 소리 아닌가? 그러나… 세상에는 가끔 자네와 다른 방식으로 사는 사람이 있네. 옳고 그름을 떠나 다른 생각, 다른 방식의 삶이 있다는 것을 인정하는 것이 좋아."

"명심하지요. 뭐, 저도 그리 대단한 사람도 아니니까요. 기껏해야 산골의 대장장이지요."

"대장장이라… 대장장이치고는 기도가 너무 세군."

"다 잘난 의부를 둔 덕이지요. 그나저나 이젠 다 뚫린 겁니까?"

"음… 대충 길은 냈네. 하지만 문제가 있어."

"무엇입니까?"

곁에 있던 청풍이 물었다. 그러자 공묘천이 시선을 청풍에게로 돌리며 말했다.

"살펴봐서 알겠지만 분화구 안쪽은 암흑세계야. 가운데에 겨우 빛이 들어오는 곳이라네. 그렇다고 장소가 좁은 것도 아니야. 능히 일천 명의 사람이 머물 수 있는 곳이네. 그런 곳에서 정확하게 자네 아버지가 있는 곳을 찾기란 어렵네."

"길은 낼 수 있지만 아버지가 계신 곳으로 낼 수는 없단 말이군요."

"그렇지. 마지막 흙을 걷어냈을 때 우리 눈에 무엇이 보일지는 알 수 없단 말이지. 물론 바깥의 소리를 듣고 추측할 수는 있어도 그것으로는 자세한 사정을 알 수 없지."

"일단 조용히 들어가서 안의 사정을 살펴야 한단 말이군요."

"바로 그렇다네."

공묘천이 고개를 끄떡였다.

"일단 가죠."

"음, 알겠네. 따라오게."

공묘천이 고개를 끄떡이고는 앞서서 자신이 뚫어놓은 굴속으로 사라졌다. 그러자 그 뒤를 이어 조명과 청풍이 공묘천을 따라 들어갔다.

"휴… 아무래도 내겐 너무 작은 것 같은데……."

이제 홀로 남은 강검산이 동굴 앞에서 투덜거렸다. 그도 그럴 것이 공묘천이 뚫어놓은 땅굴은 장대한 강검산의 체구에 비하면 너무 좁았다. 그러나 그렇다고 아니 들어갈 수도 없는 사정이다.

"숨이나 제대로 쉴 수 있으려나."

강검산이 크게 숨을 들이쉬고는 기어코 땅굴 속으로 자신의 몸을 비집어 넣었다.

*　　*　　*

차가운 한기가 흐른다. 어둠을 타고 흐르는 한기에 얼핏 살기도 서려 있다. 빛이 내리는 분화구의 한가운데에 어제까지 없었던 거대한 태사의가 놓였다. 백호의 가죽이 덮여 있는 태사의에는 아무도 앉아 있지 않았다. 단지 그 옆에 총사 왕함보가 서 있을 뿐이다.

"시작합시다."

천마성주 마제 구륜이 왕함보를 보며 말했다. 평소와 달리 그의 얼굴에 조급함이 드러난다.

"알겠습니다. 그럼 다시 혼돈시를 이어가겠습니다. 모두가 알다시피 오늘은 향후 혈막을 이끌어갈 새로운 막주를 뽑는 날입니다. 지난 여러 번의 혼돈시에서도 막주의 선출이 없었던 것은 아니지만 이번에 막주를 선출하는 일은 다른 때와는 비교할 수 없이 중대한 일임을 모두 알고 계실 겁니다."

왕함보가 일장 연설을 하여 사람들의 시선을 모은다. 사실 총사로서의 직분을 생각하자면 그가 혈막의 고수들에게 이런 말들을 늘어놓는 것은 주제넘은 일일 수도 있었다. 그러나 장중의 엄숙한 분위기와 들뜬 마음들, 그리고 사람의 마음을 묘하게 끌어들이는 왕함보의 언변에 그의 행동에 반발하는 이가 아무도 없었다.

"이번에 막주로 선출되시는 분께선 혈막의 형제들을 이끌고 강호를 평정한 후 천하에 새로운 주인을 세우셔야 합니다. 막중한 책임이 따르는 자리지요. 그에 따라 강력한 권한도 얻게 되실 겁니다. 제가 알기로 혈막의 역사상 이렇게 강력한 힘을 가졌던 막주는 없었던 것으로 압니다."

"맞는 말이오. 혈막으로선 새로운 도전을 하는 것이지."

가충이 고개를 끄떡인다.

"해서 여러 형제분께선 신중하게 차기 막주를 선택해 주시기 바랍니다. 그럼 이제 새로운 막주를 뽑겠습니다. 혹, 막주의 선출에 앞서 달리 하시고 싶은 말이 있으신 분이 계십니까?"

왕함보의 질문에 좌중이 침묵에 빠져든다. 이곳에 모인 사람은 모두 고수 중의 고수였다. 치열한 혈시의 난을 통과한 사람들이니 심장 역시 독한 자들이다. 그럼에도 그들은 혼돈시가 주는 압박감에 누구 하나 쉽사리 입을 열지 못했다. 그런데 그 침묵의 시간을 깨는 사람이 있었다.

"한마디 동의를 구할 것이 있소이다."

문득 좌중의 침묵을 깬 목소리에 사람들의 시선이 일제히 입을 연 자에게로 향했다. 순간 왕함보의 얼굴에 가벼운 미소가 지어진다.

"귀령문주께서는 어떤 가르침이 계십니까?"

침묵을 깨고 입을 연 자는 살막삼문의 은인지처라는 귀령문의 문주 아원이다. 귀령문은 살막삼문에 속한 만큼 혈막 내에서 제법 유명한 문파였지만 또한 그 행사가 은밀하고 강호행을 극히 꺼려해 그들에 대해 제대로 아는 사람이 적었다.

그래서 평소 은인자중하던 귀령문의 문주가 혈시의 주인들 앞에 나섰다는 것이 사람들에게는 신기한 일이기도 했다. 당연히 그의 입에서 나올 소리가 사람들의 관심을 끌었다.

그런데 다음 순간 귀령문주의 입에서 흘러나온 소리는 사람들의 호기심을 경악과 분노 혹은 전율 속으로 빠져들게 만들었다.

"내가 두어 번 혼돈시에 참여하는 동안 궁금했던 것이 있소. 오늘은 그 궁금증을 꼭 풀어야겠소."

"말씀하시지요."

왕함보가 말했다.

"거두절미하고 말하겠소. 혈막의 막주는 꼭 오류의 주인들께서만 되실 수 있는 것이오?"

침묵은 얼음처럼 깊어진다. 그러나 그 안에서 수많은 감정이 요동친다. 개중에는 도검을 잡아가는 사람도 있었다. 누굴 공격하기 위해서라기보다는 이 침묵의 끝에 혈겁이 일어날 것 같은 불안감 때문이었다.

"그게 무슨 말씀이신지 소생이 아둔하여 문주의 말뜻을 제대로 알아듣지 못했습니다."

왕함보가 당황한 표정으로 말했다.

"그럴 리가 있겠습니까? 총사께서는 충분히 제 말뜻을 알아들으셨을 겁니다."

귀령문주 아원의 말에 거침이 없다.

"물론… 그야… 음, 그러니까 귀령문주께선 꼭 오류의 주인만이 혈막의 막주가 되어야 하느냐는 것이지요?"

"후후, 역시 알아들으셨구려. 이에 대한 답을 해주실 수 있겠습니까?"

아원이 다시 물었다. 그러자 왕함보가 곤란한 표정을 지으며 대답을 하지 못한다. 그러자 잠시 침묵에 빠졌던 좌중이 웅성이기 시작한다. 혈시의 주인으로 혼돈시에 참여한 자는 모두 오류의 주인 다섯 중에서 혈막의 막주가 나오는 것을 당연하게 생각하고 있었다. 대체 혈막을 지탱하는 오류의 주인이 아니라면 누가 감히 혈막의 막주가 될 수 있겠는가?

"귀령문주는 무슨 의도에서 그런 질문을 하는 것이오?"

살기 어린 음성이 흘러나온다. 혈마천주 가충이다. 그런데 기이한 것은 그의 질문을 받은 귀령문주 아원의 모습이었다. 다른 때라면 가충의 눈도 제대로 바라보지 못했을 아원이 가충을 정면으로 응시하며 말했다.

"무슨 의도가 있겠습니까? 말 그대로 궁금해서 여쭙는 것이지요. 과연 혈막의 다른 형제들! 그들이 혈막의 주인이 되는 것은 불가능한가 하는 것이 궁금할 뿐입니다."

"그 말은… 그대가 혈막의 막주가 되고 싶다는 것이오?"

가충의 말이 한층 날카로워진다. 곧이라도 검을 들어 아원의 목을 칠 듯한 기세다.

"나같이 불초한 자가 어찌 혈막의 막주가 되고자 하겠습니까?"

"막주의 자리에 욕심이 없다면 나로서는 도저히 그대가 이 문제를 거론한 이유를 모르겠구려."

가충의 추궁에 아원이 망설이지 않고 대답한다.

"제가 이 문제를 궁금해하는 것은 모두 혈막을 위해서입니다."

"혈막을 위해서라… 어째서 그렇소. 오류의 주인이 아닌 다른 사람이 혈막의 막주가 되어야 하는 것이 혈막을 위한 일이라는 것이오?"

"천주, 지난 몇 년간의 혈시의 난을 어찌 보십니까?"

"무슨 의도로 하는 질문이오?"

가충이 아원의 술수에 휘말리지 않겠다는 듯 대답 대신 질문을 던졌다.

"이번에 치러진 혈시의 난이 과거와 비교해 어떠했냐는 말입니다."

기이한 일이다. 아무리 귀령문주 아원의 배포가 크기로서니 혈마천주 가충과 대거리를 한다는 것은 혈막에서는 상상도 할 수 없는 일이었다. 아원의 행동은 마치 지금까지 지켜왔던 혈막오류 주인들의 권위를 한순간에 무너뜨리려는 듯 도발적이었다. 그러나 가충은 분노를 밖으로 내보이지 않았다. 복수란 항상 때가 있는 법이어서 이번 회합이 끝난 후에라도 아원의 행동에 대한 대가를 치러줄 날은 언제든 있다.

"물론 과거에 비해 무척 치열한 혈시의 난이었소. 그런데 그게 어쨌다는 거요?"

"치열한 정도가 아니지요. 당장 우리 살막의 경우 삼문 중 한 가문이 절단이 났습니다. 더불어 오류 중 두 곳의 주인이 바뀌었지요. 또한 오류 각 문파 간에 흘린 피는 과거에 비해

서너 배는 더할 것입니다."

"그래서 뭘 말하고 싶은 거요?"

"지금 오류의 고수들은 서로에 대한 적개심으로 가득 차 있습니다. 그리고 그 적개심 이면에는 불안감이 존재하지요. 혈막의 새로운 막주를 배출하는 문파가 곧 혈막의 주도권을 움켜쥘 것이라는 것은 누구라도 예상할 수 있는 일입니다. 더군다나 혈막의 힘을 잠시나마 하나로 모으기로 했으니 새 막주의 권한은 그야말로 무소불위, 누구든 감히 막주의 힘을 거스르지 못할 것입니다. 그런데… 그렇게 권력을 잡은 막주와 그 문파의 형제들이 혈시의 난에서 쌓인 원한을 과연 그대로 넘기겠습니까?"

아원의 질문에 가충이 당장 할 말을 잃는다. 마치 가충 자신이 혼돈시가 끝나면 지금 아원의 무례에 대한 대가를 반드시 치러주겠다고 결심한 것을 추궁당하는 느낌이기도 했다. 가충이 대답을 하지 못하자 아원이 계속해서 말을 이었다.

"대저 권력이 한곳에 모이면 대사를 효율적으로 치러 나가기가 수월한 법이지요. 반면… 권력을 잡은 자의 독단 또한 피하기 어려운 법입니다. 해서 질문을 드리는 것입니다. 과연 혈막의 막주는 오직 오류의 주인만이 가능한 것인지 말입니다. 차라리 오류의 대립을 가운데서 잘 조절하고 내분을 막을 수 있는 사람을 막주로 뽑는 것이 낫지 않느냐는 뜻입니다. 총사!"

아원이 왕함보를 불렀다.

"말씀하시오."

왕함보가 기다렸다는 듯이 대답했다.

"과거의 전례에 오류의 주인 이외에 막주가 사람이 있습니까?"

그러자 왕함보가 잠시 생각에 잠겼다가 대답했다.

"물론 한 사람이 있기는 한데… 그건 사실 아주 특별한 경우였지요. 귀령문주께서도 아실 겁니다. 삼대 혈막의 막주이신 혈신 가돈중 노사의 일 말입니다."

"음… 그렇군요. 그분이 있었군요."

아원이 고개를 끄떡인다. 그러자 천마성주 마제 구륜이 입을 열었다.

"그건 경우가 좀 다른 경우요. 총사가 말했듯이 특별한 경우라는 말이오. 당시 혈신 가돈중 노사께서는 혈마천의 천주로 계시다가 그 직을 후계자에게 넘기신 직후에 혈막의 막주가 되신 것이오. 그러니 어찌 그분이 오류의 주인이 아닌 사람이라 할 수 있겠소?"

"그러나 어쨌든 막주가 되실 때에는 혈마천의 천주가 아니시지 않았습니까?"

천마성주 구륜 앞에서도 물러남이 없는 아원이다. 구륜 역시 표정이 일변한다.

"해서… 귀령문주 그대는 이번 혼돈시에서도 오류의 주인이 아닌 다른 사람을 막주로 뽑아야 한다고 고집하는 것이오?"

"고집하는 것이 아니라 그것도 생각해 볼 문제라는 것이지요. 혈막의 안정과 미래를 위해서 말입니다."

아원이 단호하게 말했다. 그런데 그때 갑자기 살막의 막주 왕묘문이 자리에서 일어나며 입을 열었다.

"이 사람도 귀령문주의 말에 일리가 있다고 생각하오. 사실… 우리 살막의 경우만 하더라도 지난번 흑룡문의 일로 인해 밀문과 결코 편치 않은 관계요. 내가 본 살막의 주인이 된 것도 흑룡문의 멸망을 막지 못한 전대 막주의 실책에 대한 형제들의 원망이 한몫했소. 지금도 본 막의 형제 중 일부는 밀문에 대해 복수하고자 하는 사람들도 있소. 그러나… 난 혼돈시가 끝난 이후 밀문과 좋은 관계를 유지하기 바라오. 그러기 위해서는 우리 양 파의 대립을 조율해 줄 사람이 필요하오. 난 새로운 혈막의 막주가 그 일을 해주길 바라고 있소. 그런데 만약 나나 밀문의 주인이신 밀황께서 막주가 되면 그 일은 거의 불가능한 일이 될 거요."

왕묘문의 말에 가충이 별일 아니라는 듯 대답했다.

"그건 두 문파의 문제 아니오? 다른 사람이 막주가 된다면 충분히 조율이 가능한 일이오."

"물론 그럴 수도 있소이다. 그러나… 어찌 혈시의 난을 치르며 쌓은 원한이 우리 살막과 밀문만 있겠소이까. 오류의 모든 문파가 서로에게 작든 크든 간에 모두 혈원이 만들어졌음을 부인하지 못할 것이외다. 그러니… 역시 이 일은 제삼자에 의해 조정되는 것이 맞다는 것이오. 물론 그런 자격이 있는 사람이 있을지는 모르겠지만, 어쨌든 난 오류의 주인들 이외의 사람도 막주가 될 수 있는 기회가 주어져야 한다고 생각하오."

"음… 살막주님의 고견을 잘 들었습니다. 이런 의견이 나오게 된 것은 사실 혈막에는 큰 불행이지요. 서로가 서로를 믿지 못하는 상황이 되었으니 말입니다. 이에 대한 다른 분들의 의견이 필요하겠군요."

왕함보 짐짓 심각한 표정을 지으며 주변을 돌아본다. 그러다가 그의 시선이 타유에게서 멈췄다.

'멍석을 제대로 깔아달라는 말이군. 이건… 그와의 거래에서 없었던 일인데 내게 어떤 값을 치르려고 이렇게 많은 것을 원하는 것일까?'

타유가 왕함보의 시선을 받고는 내심 음흉한 왕함보의 속내에 비웃음을 흘리며 자리에서 일어났다. 내심으로야 왕함보가 하는 짓이 비열해 보일지언정 지금은 그의 편에 설 때다.

"밀황 타유요. 내 생각을 말하자면 솔직히 혈막의 막주가 누가 되든 크게 상관없소. 하지만 귀령문주와 살막주의 말을 들어보니 제삼자에게도 기회를 주는 것도 좋을 것 같소이다. 현명한 자가 막주가 된다면 우리 오류의 주인들은 힘들이지 않고 앉은 자리에서 천하의 주인이 되지 않겠소? 누군들 오류의 주인이 아닌 자가 혈막의 막주가 되었다고 그가 진정한 혈막의 주인이라고 생각하겠소. 결국… 혈막은 우리 오류의 것이 아니겠소?'

"그 말씀이 아주 지당하십니다. 제 생각이 바로 그것입니다. 우리에게 필요한 것은 지배자가 아니라 조정자지요."

타유의 말에 아원이 얼른 동의한다. 그러자 장내에 작은 술렁임이 일어난다. 듣고 보면 아주 틀린 말도 아니고 현실성이 없는 문제도 아니었다. 왕함보는 이렇게 한 번 움직인 분위기를 몰아가 자신이 원하는 것을 쟁취할 수 있는 사람이다.

　"그럼 오류의 주인 중 두 분께서 제삼자에게도 혈막의 막주가 될 기회를 주는 것에 찬성하시는군요. 그럼 이제 다른 분들의 의견이 필요한 듯한데⋯⋯."

　왕함보의 시선이 독곡의 곡주 단월에게로 향했다. 그러자 단월이 불쾌한 표정을 짓다가 어쩔 수 없다는 듯 자리에서 일어났다.

　"내 생각에는⋯ 혈막이 오류의 것임이 확실한 이상 다른 사람에게 막주의 자리를 잠시 맡기는 것도 나쁘지는 않을 것 같소이다."

　"곡주, 그게 진심이오?"

　급히 단월을 추궁하듯 묻는 것은 천마성주 마제 구륜이다. 그는 방금 전까지만 해도 단월이 자신의 사람이라고 생각하고 있었다. 그가 이번 혼돈시에서 자신을 혈막의 새로운 막주로 만들어줄 가장 확실한 인물이라고 철썩같이 믿고 있던 구륜이었다.

　"가만히 생각해 보니 나쁜 안이 아닌 것 같습니다. 마제, 그러나 결국 그래도 혈막의 막주는 오류의 주인 중에 나오게 되지 않겠습니까?"

　그 말에 마제 구륜이 금세 굳어졌던 표정을 푼다. 단월의 말처럼 오류의 주인이 아닌 자에게 혈막의 막주가 될 수 있는 기회를 열어준다고 해서 누가 감히 오류의 주인을 제치고 혈막의 막주가 되려 하겠는가. 더군다나 막주는 혈시의 주인들이 결정하는 것, 결국은 혈시를 많이 확보한 문파의 수장이 막주가 될 것이다. 단월이 여전히 자신을 지지한다면 결국 막주가 되는 것은 자신일 터였다.

"형제들에게 공평하게 기회를 준다는 의미에서라면 그도 나쁜 일은 아닌 것 같군."

마제 구륜이 큰 인심을 쓰듯 말했다. 그의 심중에 단월의 말처럼 결국 혈막의 막주는 오류의 주인들에게서 나올 수밖에 없다는 확신이 선 것이다.

"난 여전히 불만이긴 하오. 그러나… 다른 분들이 찬성을 한 이상 그 일은 좋도록 하시오."

가충이 불쾌한 표정으로 내뱉듯 말하고는 고개를 돌려 버린다. 그 모습을 잠시 바라본 왕함보가 부드러운 미소를 지으며 말했다.

"그럼 이 문제는 결론이 났군요. 귀령문주께서는 만족하시는지?"

"불초한 소인의 의견을 대범하게 받아들여 주신 오류의 문주님들께 감사드립니다. 혈막의 형제는 모두 오늘 문주님들 결정에 크게 감사할 것입니다."

"좋습니다. 그럼 이제… 새로운 혈막의 막주를 절차에 따라 정하도록 하지요. 이 문제는 아시다시피 이미 정해진 절차가 있습니다. 각자 지닌 혈시를 제시하시고 자신이 원하는 한 사람의 이름을 적으시면 됩니다. 연후에 가장 많은 사람의 추천을 받으신 분이 새로운 혈막의 막주로 결정될 것입니다. 하면 시작하지요! 들여라!"

왕함보의 명에 그의 수하들이 혼돈록을 정리할 때와 마찬가지로 거대한 서탁을 들고 나온다. 다른 것이 있다면 오늘은 붉은색 종이와 황금통에 담긴 검은 먹물이 올려졌다는 것뿐이었다.

"이제 시작을 해도 되겠습니까?"

왕함보가 구륜과 가충에게 물었다. 그러자 두 사람이 동시에 고개를 끄떡였다.

"시간을 끌 일이 아니오."

"좋습니다. 그럼 바로 시작하겠습니다. 순서는 전대 막주를 배출하신 혈마천의 형제들부터 시작하겠습니다. 이후 천마성의 형제들이, 그리고는 밀문과 살막, 독곡의 형제들이 차례로 막주를 선출해 주시기 바랍니다."

왕함보의 말에 혈마천주 가충이 자리에서 일어났다. 그러자 그의 뒤쪽으로 혈마천의 고수들이 늘어선다. 그 숫자가 대략 이십삼사 인이 되었는데 애초에 혈마천이 얻은 혈시의 숫자를 생각하면 혈신의 난을 겪으며 제법 많은 혈시를 잃었다는 것을 알 수 있었다.

"그럼!"

왕함보가 손을 들어 가충에게 앞으로 나올 것을 권했다. 그러자 가충이 망설이지 않고 앞으로 걸어 나와 탁자 위의 붉은 종이에 한 사람의 이름을 적어 낸다. 물론 당연하게도 그 자신의 이름이다.

가충을 시작으로 혈마천 고수들이 일제히 앞으로 나와 자신의 혈시를 보이고 지지하는 사람의 이름을 적어내기 시작했다.

혈마천의 고수들에 의해 시작된 막주의 선출은 금세 끝이 났다. 혈시의 주인이라야 겨우 백여 명, 그들이 한 사람의 이름을 붉은 종이에 적어 내는 것은 채 반 시진도 걸리지 않았다.

탁!

가장 마지막에 자신이 원하는 사람의 이름을 쓴 자는 독곡주 단월이었다. 그는 붉은 종이 위에 자신이 쓴 이름을 한참동안 내려 보다 가볍게 한숨을 쉬며 종이를 들어 서탁 앞에서 왕함보를 도와 막주의 선출을 돕고 있던 무사에게 건넸다.

그러자 무사가 공손하게 단월이 건넨 붉은색 종이를 받아 검은색으로 옻칠이 되어 있는 목함에 담았다. 그리고는 목함을 들어 왕함보에게 건넸다.

"모두 몇 분인가?"

왕함보가 물었다.

"아흔아홉 분입니다."

"정확하군."

천산이마 갈륵이 혼돈시에서 빠졌으므로 장내의 혈시 주인은 아흔아홉이다. 그러니 모든 사람이 빠짐없이 자신의 뜻을 표현했다고 할 수 있다.

"그럼 바로 결과를 확인하겠습니다."

왕함보가 오류의 주인들을 보며 말했다.

"그렇게 하시오."

노련한 천마성주 구륜조차 긴장한 표정이 역력하다. 기대와 불안이 겹쳐 있는 표정이다. 그런데 막 목함에서 혈시의 주인들이 써낸 붉은 종이를 꺼내려던 왕함보가 잠시 생각에 잠겼다가 입을 열었다.

"아무래도 이 일은 최대한 공정을 기해야 하니 각 파에서 한 사람씩 사람을 내어 그 결과를 확인하는 것이 좋겠습니다."

그러자 가충이 말했다.

"지금껏 총사는 혈막의 일을 불편부당함이 없이 수행했는데 새삼 다른 사람을 세울 이유가 뭐요?"

"물론 저로서야 하늘을 우러러 한 점 부끄러움이 없습니다. 그러나 역시 새로운 막주를 뽑는 것이 오류 각 파에는 문파의 운명을 결정하는 중요한 일이니 그 당사자들이 확인을 하는 것이 좋을 듯싶습니다."

왕함보가 계속 자신의 주장을 굽히지 않자 가충이 어쩔 수 없다는 듯 고개를 끄떡였다.

"뭐, 어쩔 수 없는 일이구려. 총사께서 오해를 받기 싫어하신다니. 일천주!"

"예, 천주님!"

혈마천을 떠받치는 구천 중 일천의 주인 홀돈이 앞으로 나선다.

"혈마천을 대표해 가서 결과를 확인하시오."

"명을 받습니다."

홀든 날카로운 눈빛을 흘리며 총사 왕함보 곁으로 다가선다. 그러자 마제 구륜이 입을 열었다.

"일마께서 수고를 해주시오."

"알겠습니다. 성주!"

천산일마 모마경이 구륜의 명을 받고 역시 앞으로 나가갔다. 그러자 이번에는 타유가 시선을 돌려 일왕 원왕련에게 고개를 끄떡였다. 원왕련이 말없이 고개를 숙여 보인 후 왕함보 옆으로 다가가 섰다.

살막에서는 귀령문주 아원이 나섰고, 독곡주 단월은 독곡이 자랑하는 십이독마의 수장 천위를 앞세웠다.

"오류의 대표분들이 모두 나오셨으니 그럼 이제 혈막의 새로운 막주를 확인하겠습니다. 시작한다!"

왕함보의 명에 그의 수하들이 목함에서 혈시의 주인들이 써낸 붉은 종이들을 하나씩 꺼내 들기 시작했다.

"이, 이건⋯⋯!"

"으음⋯⋯!"

연이어 곤혹스런 음성이 흘러나온다. 장내의 고수들 사이에서 웅성거림이 이어졌다. 그들은 혈시의 주인들이 뽑은 새로운 혈막의 막주가 누구인지 알 수 없었다. 그러나 그 결과가 그들의 예상과는 크게 다를 것이라는 것은 누구나 알 수 있었다. 왕함보의 청으로 각 파에서 내세운 고수들의 표정이 수시로 변하고 있기 때문이었다.

드디어 목함에 남은 붉은 종이의 숫자가 겨우 십여 장이 되었을 때 문득 혈마천의 고수 홀돈이 탁자를 치며 소리쳤다.

"이건… 있을 수 없는 일이오. 뭔가 잘못되었소!"

그러자 천산일마 모마경 역시 고개를 끄떡이며 홀돈의 말에 동조했다.

"맞소이다. 이건 뭔가 잘못되었소. 어떻게 이런 일이 있을 수 있단 말이오?"

두 사람의 반응에 겨우 십여 장을 남겨놓은 막주 선출의 결과 확인이 중지되었다.

"도대체 무슨 일인데 그러시오?"

일이 심상찮게 돌아가자 멀리서 혈마천주 가충이 물었다. 그의 얼굴에 초조감이 묻어난다. 그가 내세운 홀돈의 표정이 좋지 않은 것으로 보아 자신이 막주가 되지 못한 것은 확실했다. 그런데 홀돈의 반응은 혈마천주 가충이 막주가 되지 못한 것에 대한 아쉬움을 넘어선다. 분노와 당황이 함께 느껴지는 행동이었다.

더군다나 이번 혼돈시에서 가충의 가장 강력한 적수가 될 것이라고 예상했던 천마성주 구륜의 대리인 천산일마 모마경 역시 홀돈과 같은 모습이었는데 그건 구륜 역시 막주로 뽑히지 않았다는 말이 된다.

두 사람이 아니라면 장내의 그 누구도 새로운 막주가 누구인지 짐작할 수 없었다. 물론 여전히 오류의 세 주인 타유와 왕묘문 그리고 독곡의 단월이 남아 있었지만 이들 삼 인이 막주로 뽑히기에는 가충과 구륜에 비해 부족한 점이 많았다.

누가 새로운 막주로 뽑히게 된 것인지 오리무중인 상황, 결국 사람들의 시선이 다시 왕함보를 중심으로 서 있는 다섯 명의 각 파 대리인들에게로 향했다.

"누가 지목되었소?"

이번에는 구륜이 물었다. 그러자 모마경이 잠시 망설이다가 눈길을 왕함보에게로 돌렸다.

"총사께서… 혈시의 주인들로부터 가장 많은 지지를 받았습니다."

"음!"

"으음……!"

구륜과 가충의 입에서 나직한 침음성이 흘러나온다. 총사 왕함보라면 타유 등 다른 세 문파의 문주보다도 까다로운 인물이다. 물론 그들이 아는 총사 왕함보에게는 그만의 세력이 없었다. 또한 무공 역시 오류의 주인들에 비할 바가 아니다. 그런데 그것이 묘하게도 오히려 그의 막주 선출을 긍정적으로 생각할 수 있게 만들고 있었다. 힘 없는 자의 공정함을 혈막의 고수들이 원하고 있다는 말이 되기 때문이었다.

"총사를 지지한 사람이 모두 몇이오?"

구륜이 신중하게 물었다. 그러자 다시 모마경이 대답했다.

"아직 열어보지 않은 것이 있습니다만 지금까지도 이미 오십여 명 이상의 지지를 얻었습니다. 그러니… 모두 개봉을 하게 되면 적어도 육십여 명의 지지를……."

쿵!

"불가한 일이오!"

갑자기 가충이 발로 땅을 구르며 소리쳤다. 그의 발에 실린 진기가 지축을 울린다. 가한산 정상의 분화구가 무너질 듯 흔들렸다.

"무슨 이유에서 불가합니까?"

단상에 서 있던 귀령문의 문주 아원이 가충을 보며 물었다.

"물론 총사를 지지하는 사람이 있을 수도 있소. 그러나… 총사는 결코 육십 명의 지지를 얻을 수 없소. 혈마천과 천마성에 속한 혈시의 숫자가 오십이 넘소. 그런데 어떻게 총사가 육십 명의 지지를 받을 수 있단 말이오? 그건 곧 필시 이 안에 어떤 곡절이 있다는 의미요. 아니 그렇습니까?"

가충이 얼른 구륜에게 동의를 구한다. 그러자 구륜이 얼른 고개를 끄떡인다.

"맞는 말이오. 더군다나 다른 오류에 속한 혈시의 주인들이 모두 총사를 선택했다는 것 역시 믿기 어려운 일이오. 총사! 이게 어찌된 일이오?"

구륜이 추궁하듯 왕함보에게 물었다. 그러자 왕함보가 잠시 침묵을 지키다가 불쑥 구륜와 가충을 번갈아 보며 물었다.

"두 분께서는 지금 이 왕함보를 의심하시는 겁니까?"

"음… 그런 것이 아니라. 이치가 그렇지 않소?"

구륜이 겸연쩍은 표정을 지으면서도 결코 자신의 의견을 굽히지 않았다. 그러자 왕함보가 나직하게 한탄을 했다.

"아, 내가 총사 노릇을 잘못했나 보군. 늘그막에 이런 오해를 받다니."

왕함보의 탄식에 갑자기 살막의 막주 왕묘문이 일어나더니 큰 소리로 말했다.

"이번 막주의 선출이 공정하게 이뤄진 것은 우리 모두가 보아 알고 있소. 형제들의 뜻을 거스르는 것은 혈막의 분열을 자초하는 일이오. 그리고 그동안 총사께서는 자신을 낮추시고 혈막의 대소사를 큰 무리 없이 이끌어오셨소. 혈시의 난으로 어지러운 혈막의 제 파를 공정하게 이끄는 데 총사만 한 사람이 없음을 모두 알고 있을 것이오. 그런데 어째서 이 결과가 이치에 맞지 않다고 하시는 것이오?"

"살막주, 그대는 자중하라!"

가충이 노성을 흘리며 말했다. 순간 왕묘문의 얼굴에 분노가 치민다.

"천주께서야말로 자중하시오. 천주께서 말씀하셨듯이 난 살막의 막주요. 이곳에서 누가 감히 나의 말을 막을 수 있단 말이오?"

"살막주, 그대가 정말!"

가충이 자리를 박차고 일어나려는데 문득 구륜이 손을 들어

두 사람을 제지했다.

"아아, 두 분은 그만 고정하시오. 지금 중요한 것은 과연 이 문제를 어찌 처리하느냐요. 그러니까 살막주는 이 결과를 받아들이자는 것이고… 혈마천주께선 일이 이렇게 된 내막을 자세히 알아보자는 것 아니오?"

"맞습니다."

가충이 얼른 대답했다. 적어도 천마성주 구륜이 자신과 같은 생각이란 것을 확인했기 때문이었다. 구륜과 자신이 한 목소리를 낸다면 장내의 그 누구도 두 사람의 뜻을 거스를 수는 없다.

"이 사람의 결백을 어찌 증명하면 되겠습니까?"

왕함보가 불쾌한 빛을 드러내며 물었다. 그러자 가충이 잠시 망설이다가 대답했다.

"일은 사실 간단하오. 혈시의 주인들이 과연 정말 총사를 지지했는지를 확인하면 되오. 그러니… 총사를 혈시의 주인으로 지목한 형제들은 자리에서 일어나 주시오. 그 숫자가 맞으면 총사에 대한 의심은 당연히 풀릴 것이오!"

"천주……! 그 일이 혈막의 전통에 크게 어긋나는 것이라는 것은 알고 계시는지요?"

"물론 혈시 주인들의 의사는 철저히 비밀로 보장되어야 한다는 것은 알고 있소. 그러나 전통은 이미 깨졌소. 오류의 주인들이 맡아오던 혈막의 막주 자리가 모두에게 개방된 것 또한 전통을 깬 것 아니오? 이런 상황에서는 혈시 주인들의 의사를 확실하게 확인할 필요가 있소. 아니 그렇소?"

가충의 말에 왕함보가 다시 탄식을 흘린다.

"아… 이러다가는 결국 혈막은 사분오열되고 말겁니다. 만약 혈마천의 누군가가 천주가 아닌 이 사람을 지지했다고 한다면, 그리고 그 사실이 모두에게 알려진다면 그가 계속 혈마천에 남아 있을 수 있겠습니까?"

"물론… 그러기는 쉽지 않을 거요."

"그 위험을 감수하고라도 혈시 주인들의 의사를 공개적으로 확인해야겠다는 것입니까?"

"그렇소."

가충이 단호하게 말했다. 그로서는 손해날 것이 없는 일이다. 혈마천 내부에 배신자가 있다면 누군지 알 수 있는 기회이고, 만약 왕함보를 지지한 사람의 숫자가 맞지 않는다면 막주 선출의 결과를 뒤집을 수 있기 때문이었다.

억지스러운 일이지만 그 결과는 결국 가충 자신과 구륜에게 유리할 수밖에 없었다. 설혹 혈마천과 천마성의 혈시 주인 중 왕함보의 이름을 써낸 자가 있더라도 이렇게 공개적으로 그 의사를 밝히라고 하면 결국 그들이 왕함보를 지지했다고 나설 가능성은 거의 없었다. 그러니 결국은 왕함보를 막주로 지목한 결과는 어떤 경우든 뒤집어질 것이다.

"시작합시다."

일을 추진할 때는 달리는 말에 채찍을 가하듯 해야 한다. 구륜은 그 이치를 아는 사람이다. 멍석을 가충이 깔았으니, 구륜이 힘을 보탰다. 그러자 왕함보가 가만히 눈을 감고 생각하다 기 입을 열었다.

"좋습니다. 두 분의 뜻에 따르지요. 그러나 그전에 제가 한 말씀 드리겠습니다."

"해보시오."

이미 자신들을 제치고 혈막의 막주로 지목되었다는 것만으로도 왕함보는 가충과 구륜의 적이다. 적에 대한 대접이 고울 리 없다.

"보통의 경우 이 정도의 의심을 받는다면 당연히 제가 스스로 형제들의 뜻을 물리치고 물러남이 옳을 것입니다. 평소의 제 성정 역시 그러하고 말입니다. 그러나… 오늘만큼은 나도 형제들의 뜻을 알아보겠습니다. 그 이유는 바로 혈막에 대한 나 왕함보의 애정과 충심 때문입니다. 지난 수십 년간 난 어떤 권세도 탐하지 않고 혈막을 위해 어둠 속에서 일해왔습니다. 그건… 아마도 모두가 인정할 것입니다."

왕함보의 말에 가충과 구륜도 불쾌한 표정을 지었지만 그의 말을 반박하지는 못했다. 그러자 왕함보가 다시 말을 잇는다.

"그런데 최근 들어 혈막의 상황이 급격하게 나빠졌습니다. 혈시의 난을 통해 드러난 분열의 수준은 혈막이 거의 와해될 정도입니다. 이 왕함보는 권력을 탐하지는 않지만 혈막이 무너지는 것을 두고 볼 수는 없습니다. 해서… 형제들의 뜻을 확인하고 형제들이 진심으로 제가 혈막을 위해 일해줄 것을 바란다면 그 뜻을 따를 생각입니다. 그래서… 이 모욕적인 일을 감수하려 하는 것입니다. 형제들! 이 사람 때문에 위험한 일을 하게 되었습니다. 그러나… 적어도 혈막을 충심으로 생각하시는 분이라면 자신의 뜻을 용기 있게 밝혀주시기 바라오. 이 왕함보 그분들을 사지로 모는 일을 절대 없을 것이오!"

한순간 강렬한 안광이 왕함보에게서 흘러나왔다. 그건 지금까지 혈막의 총사로서 그가 보여주던 기도와는 너무도 다른 것이었다. 그의 안광을 접한 가충과 구륜의 표정이 일변했다. 그들은 마치 뜨거운 것에 데인 듯한 표정을 지었다.

한순간 불안감이 그들의 얼굴에 떠올랐다. 그것은 어쩌면 눈앞에 서 있는 총사 왕함보가 그들이 알고 있던 그가 아닐지도 모른다는 생각이었다. 왕함보의 눈빛 한 번에 그들은 자신이 사실은 왕함보에 대해서 아무것도 모르고 있었다는 것을 깨달았던 것이다.

"형제들! 시작합시다!"

왕함보가 마치 시장판의 왈패처럼 소리쳤다. 그가 이렇게 거친 모습을 보인 것은 혈막의 총사라는 신분을 가지고 사람들 앞에 선 이후 처음일 터였다.

"나 살막의 막주 왕묘문은 총사를 지지했소."

왕묘문이 가장 먼저 자리에서 일어났다. 그러자 살막의 고수들이 누가 먼저랄 것도 없이 자리에서 일어났다. 말을 하지 않아도 그들이 왕함보가 혈막의 막주가 되는 것에 찬성한 사람들임을 알 수 있다.

"독곡도 총사를 지지했소."

왕묘문에 뒤이어 독곡의 곡주 단월이 일어났다. 그러자 그를 따라 독곡에 속한 혈시의 주인들이 자리를 털고 일어난다.

"곡주!"

구륜의 입에서 배신의 분노가 터져 나왔다. 그러자 단월이 정중하게 구륜에게 고개를 숙여 보인다.

"성주께는 죄송하오. 그러나 개인적인 친분보다는 혈막의 미래를 위한 선택임을 이해해 주시기 바라오."

단월의 말에 구륜은 물론 가충까지도 얼굴이 일그러진다. 일은 이미 잘못되어 가고 있었다. 살막과 독곡의 주인들이 총사 왕함보를 지지했다는 것은 이미 오래전부터 이들 사이에 은밀한 거래가 있었다는 것을 의미한다.

"밀문 역시 총사가 당분간 혈막을 맡아야 한다고 생각하오."

뒤이어 타유가 자리에서 일어났다. 그런 타유에게 왕함보가 가벼운 미소를 지어 보인다. 원왕련 등 밀문의 고수들 역시 타유의 뒤를 이어 자리를 털고 일어나는 것으로 자신의 의사를 표했다.

그렇게 세 개 문파의 혈시 주인들이 왕함보를 지지하자 장내의 혈시 주인 중 절반이 넘는 숫자가 이미 왕함보의 지지자로 드러났다. 더 이상 혈시의 주인들의 의사를 표할 필요가 없는 상황, 그러니 혈마천과 천마성의 혈시 주인 중 왕함보를 지지한 자들은 굳이 나설 필요도 없었다.

하지만 왕함보가 혈막의 막주가 되는 데에는 더 이상의 지지자가 필요 없었지만 가충과 구륜에게는 그렇지 않았다. 기왕에 왕함보에게 혈막의 막주 자리가 넘어갈 상황이라면 그들 내부에서 자신들을 배신한 자들을 밝혀내기라도 해야 했다.

"아직 육십이 넘지 않았소. 총사를 지지한 사람들은 어서 앞으로 나서시오."

가충이 혈마천과 천마성의 고수들을 보며 말했다. 그러나 누구도 쉽게 가충의 말에 따라 왕함보에 대한 지지를 드러내지 않았다. 그것이 곧 죽음의 위험이 따르는 일임을 잘 알고 있기 때문이었다. 그런데 그때였다. 문득 타유가 입을 열었다.

"내가 한 말씀 드리겠소이다."

그동안 조용하던 타유가 입을 열자 장내의 사람들이 일제히 타유를 바라본다.

"하고 싶은 말이 무엇이오?"

천마성주 구륜이 물었다.

"두 분께서는 혈막의 멸망을 원하시오? 아니면 다시 한 번의 번영을 원하시오?"

"그야 당연히 번영을 원하지 않겠소?"

구륜이 차갑게 대답했다.

"그렇다면 이쯤에서 이 어리석을 일은 그만두십시다. 이미 절반이 넘는 혈시의 주인이 총사를 혈막의 막주로 결정했소이다. 그런데 더 이상 총사를 지지하는 사람을 확인해서 무엇하겠소? 그건 오히려 천마성과 혈마천 내부에 분란만 일으키는 일이 아니겠소?"

"그건 우리의 문제요!"

가충이 단호하게 대답했다.

"좋소이다. 그럼 그건 혈마천과 천마성의 문제라고 합시다. 그러나 혈막의 입장에서 보자면 더 이상 총사를 지지하는 사람을 확인할 필요가 없소. 이미 총사가 혈막의 새로운 막주가 되는 데 충분한 지지를 얻었기 때문이오. 그러니 두 문파에서 내분의 변절자를 찾기를 원한다면 혼돈시가 끝난 후 각 문파로 돌아가서 하시는 것이 좋을 것이오. 혼돈시에서 논의할 것은 혈막의 미래지, 각 문파의 내부 변절자를 찾는 것이 아니기 때문이오."

타유의 말에 가충도 천마성주 구륜도 반박을 하지 못했다. 그러자 왕함보가 만족한 듯한 미소를 지으며 앞으로 나섰다.

"밀황의 말씀이 지당한 것 같소이다. 솔직히 나도 마음 같아서는 날 혈막의 막주로 지지하신 분들의 얼굴을 확인하고 싶소. 그러나 그 일이 두 문파에 내분을 일으키는 일이라니 이쯤에서 그 일은 그만둡시다. 두 분… 괜찮겠습니까?"

왕함보가 가충과 구륜에게 부드럽게 물었다. 그러자 두 사람이 서로 눈빛을 교환하더니 구륜이 입을 열었다.

"좋소. 각 문파의 일은 혼돈시가 끝난 후 처리하도록 하겠소. 어쨌든 그래서… 총사께서 이제 혈막의 새로운 막주가 되셨구려."

"고맙기도 하고 두렵기도 한 일이지요."

왕함보가 고개를 조아렸다. 그러자 가충이 자리에서 일어나며 말했다.

"아니오. 총사에게는 충분히 그럴 자격이 있소. 자 그럼 오늘의 회합은 이것으로 파합시다. 내일… 새로운 막주를 모시고 혈막의 미래를 열 사람들을 추리는 일만 남았구려."

"한 가지 일이 더 남았지요."

왕묘문이 입을 열었다.

"무슨 일 말이오?"

가충이 가소롭다는 듯 물었다.

"이곳에 몰려온 의천맹의 무리들을 주살해 혈막의 위엄을 세우는 일 말이오."

"후후, 그것이야말로 새로운 막주께서 하실 일이구려. 아무튼 그 일도 내일 논의토록 합시다. 오늘은 좀 피곤하구려! 그럼 난 이만 물러가겠소."

가충이 더 이상 장내에 머물기 싫다는 듯 서둘러 자리를 떠났다. 그러자 구륜도 자리에서 일어났다. 그리고는 왕함보를 향해 뼈 있는 말을 한다.

"내일 총사께서는 어떻게 혈막을 다시 세상의 주인으로 만들지 그 계책이 무척 기대가 되는구려."

"그동안 생각해 놓은 것이 있으니……."

"오, 그럼 역시 오래전부터 총사께서는 혈막의 막주가 될 생각이 있으셨던 것이구려."

"그럴 리가요. 단지 총사로서 그 방안을 생각해 왔던 것이지요."

"후후후, 어쨌든 좋소. 내일 기대하겠소. 돌아간다."

구륜의 명에 천마성의 고수들이 일제히 구륜을 에워싸고 장내를 벗어났다. 그러자 왕함보가 눈을 가늘게 뜨며 말했다.

"내일… 피가 흐르려나……."

"그들이 반격을 할 거라고 보십니까?"

왕묘문이 물었다.

"그렇지 않겠느냐? 그들이 누구냐? 지금까지 천하의 주인이었던 사람들이다. 앉아서 그 자리를 빼앗길 리 없지."

"하면 차라리 오늘 밤 그들을 치는 것은……."

"어리석은 소리!"

왕함보의 호통에 왕묘문이 겸연쩍은 표정을 지으며 입을 닫는다. 다른 사람들의 시선을 아랑곳하지 않고 자신을 꾸짖는 아버지에 대한 원망이 얼굴에 드러난다. 그런 왕묘문에서 왕함보가 타이르듯 말했다.

"대업을 이루려면 반드시 명분이란 것이 필요하다. 내가 먼저 그들을 치면 난 명분을 잃게 된다. 그러나 그들이 먼저 날 공격하면 난 명분을 얻을 수 있지. 더불어… 더 강력한 권력도 얻을 수 있을 것이다. 아니 그렇소? 밀황!"

왕함보의 말투가 완전히 변해 있었다. 타유를 마치 수하 부르듯 한다.

'벌써 내심을 드러내다니. 생각보다 조급한 면이 있군.'

타유가 속으로 쓴웃음을 지으며 입을 열었다.

"왕 대인의 말이 맞소이다. 내일이 지나면 왕 대인께서는 명

실상부한 혈막의 주인이 되어계실 것이오. 그러나… 모든 일
이란 것은 결국 끝나봐야 아는 것, 방심하지 마시길!'

　타유는 여전히 왕함보를 거래의 대상으로 대하고 있었다.
그러나 이미 왕함보는 자신이 혈막의 주인이 되었다고 생각하
는지 너그럽게 타유의 말을 받아주었다.

　"후후후, 밀황의 기대에 어긋나지 않겠소!"

　왕함보가 나직한 웃음을 흘리며 대답했다.

＊　　　＊　　　＊

　공묘천이 벽에 손을 댔다. 흙과 돌이 섞인 땅이다. 한 번 힘
을 쓰면 단번에 무너져 내릴 테지만 그러자면 돌 때문에 필시
소리가 날 것이다.

　"제길 손이 고생하겠어."

　공묘천이 나직하게 중얼거렸다.

　"뚫기 어렵나요?"

　뒤에서 조명이 물었다.

　"어려운 것은 아니지만 소리가 날 수 있네. 해서 시간이 좀
걸려."

　"시간이 걸려도 들키지 않는 것이 중요하죠."

　"나도 알고 있다네. 아무튼 좀 기다리게."

　공묘천의 말에 조명이 청풍이 있는 곳으로 다시 돌아갔다.

　"시간이 걸린대요. 소리가 나지 않게 하려면."

"그럼 좀 쉬어도 되겠군. 아이구야."

청풍 뒤에 있던 강검산이 허리를 부여잡으며 동굴 속에 길게 누웠다. 큰 체구에 기어 오느라 허리가 아픈 모양이었다. 그사이 공묘천은 품속에서 제법 넓은 천을 꺼내더니 바닥에 깔았다. 그리고 조심스레 흙 속에서 작은 돌들을 들어내기 시작했다.

공묘천은 노련한 인물이었다. 소리를 내는 것은 흙이 아니라 돌이므로 그는 흙벽에 섞여 있는 돌들을 일일이 손으로 제거하려는 것이었다. 당연히 많은 시간이 필요한 일이다.

공묘천은 무던하게 돌들을 들어냈다. 그의 일은 반 시진 정도가 지나서야 끝이 났다. 그리고 어느 순간 흙벽 밖에서 사람의 소리가 들리기 시작했다.

"그가 제일 문제입니다."

"그렇지가 않소. 그는 드러난 적이오. 제일 문제는 우리 중에 숨어 있는 배신자들이오."

흙벽 밖에서 들려오는 소리에 청풍 일행이 일제히 눈을 크게 뜨고 조심스레 공묘천에게로 다가갔다. 그러자 공묘천이 손을 들어 돌 하나 크기의 구멍을 가리켰다. 그 구멍을 통해 은은한 불빛이 들어온다.

청풍이 구멍에게 눈을 가져갔다. 그러자 구멍으로부터 십여 장 떨어진 곳에 작은 등을 밝히고 이야기를 나누고 있는 두 노인이 보였다. 그들 주위는 검고 커다란 바위들로 둘러싸여 있었는데 그 바위들 위에는 다섯 명의 무사가 도검을 들고 올라 사방을 경계하고 있었다.

"누구죠?"

청풍이 공묘천에게 물었다.

"나도 모르네. 좀 더 그들의 이야기를 들어보세."

공묘천의 말에 청풍이 고개를 끄떡이고는 다시 두 노인을 살피기 시작했다.

"지금으로썬 위험을 감수하는 수밖에 방법이 없지 않습니까?"

"그렇기는 하오만… 뒤에 적이 있음을 알고 일을 벌이는 것은 너무 위험한 일이라…….."

"일단 믿을 수 있는 자들을 추려 주변에 두는 것으로 방비를 하지요."

"그게 상책인 듯싶소."

"그의 무공을 어찌 보십니까?"

조금 더 젊은 쪽이 물었다.

"총사말이오?"

"이젠 총사도 아니지요. 그자는 애초부터 혈막의 주인 될 생각을 하고 있었던 것 같습니다."

"그렇긴 하오. 지금 생각해 보면 지난 날 그가 행했던 일 중 의심스러운 것이 여럿 있었소."

"아무튼… 낮에 보았던 그의 눈빛이 마음에 걸리는군요."

"나 역시 천주와 마찬가지요. 그런 눈빛이란 건 절대의 경지에 오른 자만이 보여줄 수 있는 것이오. 그를 보는 순간 난 그와의 승부를 자신 할 수 없다는 느낌을 받았소."

그러자 천주라 불린 노인이 말했다.

"그럴 리야 있겠습니까? 그가 비록 우리가 눈치채지 못한 무공을 가지고 있었다 하더라도 어찌 감히 마제님의 상대가 되겠습니까?"

순간 토굴 안에서 두 사람의 대화를 듣고 있던 청풍 등이 놀란 눈빛을 교환한다.

"이제 보니 저자들은 혈마천주 가충과 천마성주 마제 구륜이 아닌가? 그런데 저들이 떠드는 소리를 들어보니 이미 왕함보라는 자가 혈막을 장악한 것 같은데?"

공묘천이 중얼거렸다.

"그런 듯해요. 그래서 저들이 그를 공격할 요량인 듯싶어요."

"음… 그렇다면 나쁘지 않군. 자중지란이 일어난다면 의천맹에도 기회는 있어."

공묘천이 말했다. 그러자 강검산이 청풍을 보며 말했다.

"우리도 조금 기다리세. 어쩌면 어부지리를 얻을 수도 있겠군."

"저들이 그를 상대해 낼 수 있을까요?"

청풍이 고개를 갸웃하며 물었다.

"물론 그야 어렵겠지. 그러나… 덕분에 번거로운 자들은 건어낼 수 있지 않겠는가?"

강검산이 말했다. 그러자 순간 공묘천이 기이한 눈빛으로 청풍과 강검산을 보며 물었다.

"도대체 자네들 무슨 말을 하고 있는 건가?"

"들으신 그대롭니다."

강검산이 투박하게 대답했다.

"그럼 이곳에 온 이유가 타유 그 사람을 만나기 위함이 아니라 총사 왕함보라는 자를 상대하기 위함이었던가?"

"두루두루 볼 일이 있었던 거지요."

다시 강검산이 대답한다. 그러자 공묘천이 청풍을 보며 물었다.

"내막을 알아야겠네."

지금껏 공묘천은 청풍 등이 타유를 만나기 위한 목적으로 이곳에 온 것으로 생각하고 있었다. 의천맹의 공격이 있기 전 타유에게 청풍의 생존을 알려 그가 혈난 속에 스스로 몸을 던지지 않도록 하기 위해서 말이다.

그런데 청풍 일행에게는 공묘천 자신이 모르는 다른 목적이 있었던 것이다. 공묘천과 같은 사람은 정확한 목적을 모른 채 다른 사람을 위해 움직이지 않는다. 그것이 비록 청풍이라 해도 말이다.

그러나 사실 또한 공묘천이 청풍 등을 위해 할 수 있는 일은 이미 끝나 있었다. 청풍 등이 혼돈시가 열리는 가한산 정상에 은밀히 도달할 수 있는 길을 마련해 주는 것으로 공묘천의 일은 끝났다. 더군다나 그 일조차도 그가 스스로 원한 일이었다.

"그는 위험한 사람입니다."

청풍이 대답했다.

"총사 왕함보 말인가?"

"그렇습니다."

그러자 공묘천이 그 짧을 대답을 듣고는 곰곰이 생각에 잠겼다가 물었다.

"그의 정체가 뭔가?"

역시 공묘천은 노련한 자다. 핵심을 볼 줄 아는 자이기도 하다. 왕함보의 정체를 아는 순간 이 모든 의문은 풀릴 것이다.

"그는… 해동에서 왔지요. 세상에 그 존재가 알려지지 않은 신비로운 무공을 수련했습니다. 그 무공은… 결코 강호의 고수들이 상대할 수 있는 것이 아니지요."

"그런 자를 자네들은 상대할 수 있다?

"불가능할지도 모르지요."

"도대체 자넨 그동안 어디에 있었던 건가?"

공묘천이 청풍에게 물었다.

"그의 스승들과 함께 있었습니다."

굳이 선승 묵철이 그의 아버지라고 밝힐 이유는 없었다. 또한 오경의 경주들이 왕함보의 스승이라는 말도 틀린 것은 아니었다. 왕함보가 수련한 묵공은 결국 오경을 기반으로 신인 도명이 창안하려 했던 것이고, 또한 어린 시절 왕함보는 몇몇 경주에게 가르침을 받기도 했기 때문이다.

"그의 스승들? 도대체 그의 사문이 어디인가?"

"그건 말씀드릴 수 없군요."

"사문이 어디든 그런 자를 강호에 내보냈다는 것은 그 의도가 의심스럽군."

공묘천의 입장에서 보자면 당연한 반응이었다. 왕함보와 같은 야심가를 강호에 내보낸 것 자체가 의심을 일으키는 행위가 아닌가.

"그분들이 그를 강호로 내보낸 것이 아니라 그 스스로 그분들을 떠난 겁니다."

강검산이 청풍을 대신해 투박하게 말했다. 그의 표정에는 왜 이런 일을 당신에게 설명해야 하느냐는 불쾌함도 내포되어 있었다. 강검산은 나이가 어리지만 그 체구가 장대하고 행동이 호방해 공묘천조차도 강검산의 말을 함부로 무시할 수 없었다.

"음… 그런가? 뭐, 그 안에 어떤 사정이 있겠지. 아무튼… 그래서 자네들은 그를 상대하려 한다는 건가?"

"그렇습니다."

청풍이 대답했다.

"그의 무공은 어떠한가?"

공묘천이 물었다. 그러자 조명이 말했다.

"방금 전에 들으셨잖아요. 혈마천주와 천마성주에게서."

"음, 그야… 자네들보다야 자세히 알까."

"그들의 말이 틀리지 않아요. 단지 하나 틀린 것은 그들 두 사람은 결코 그의 상대가 될 수 없다는 거죠."

조명의 말에 공묘천이 화들짝 놀라 눈을 크게 떴다.

"그 말은 그가 무슨 천하제일인이라도 된다는 건가?"

"아마 그럴지도 모르지요."

곁에 있던 청풍이 대답했다.

"도대체 그가 어떤 무공을 수련했기에……?"

"우리도 그의 무공을 보지 못했지요. 그러나 들은 바로는 그의 무공은 세상의 모든 무공을 잠들게 할 수 있는 것이라더군요."

"세상의 모든 무공을 잠들게 한다? 결국 천하제일의 무공이란 말이군."

"그렇다고 할 수 있지요."

청풍이 고개를 끄떡인다. 그러자 공묘천이 즉시 되물었다.

"그런 자를 자네들이 어찌 상대한단 말인가?"

"우린 셋이잖아요."

청풍이 대답했다.

"그 말인 즉슨 자네들 셋이면 그를 제압할 수 있다는 말인데, 미안하지만 내가 아는 자네들의 무공은 결코 저기 두 늙은이를 따라가지 못해."

"그건… 두고 보면 알 일이지요."

강검산이 다시 투박한 목소리로 끼어들었다.

"휴… 난 도통 일이 어찌 돌아가는지 모르겠군. 어쨌든 자네들의 진짜 목적은 타유 그 사람을 만나는 것이 아니라 왕함보 그를 제압하는 것이고, 자신도 있다는 말이지?"

"해야 할 일이니 하는 것이지 자신을 갖고 하는 일은 아니지요. 그러나… 아주 불가능한 일도 아닙니다."

"아아, 좋네. 좋아. 나야 좋은 구경을 하게 되었으니 그로 만족하지. 그나저나… 어쨌든 기다려야 할 시간이군."

"아버지를 미리 만날 수 있으면 좋겠는데요."

청풍이 말했다. 그러자 공묘천이 고개를 저었다.

"아서게. 저 안쪽을 보게. 도대체가 천지를 분간할 수 없는 어둠이야. 저런 곳에 들어가 자네 아버지를 찾아다니다가는 금세 들통이 날거야. 그렇다고 사방으로 굴을 뚫고 돌아다니는 것도 불가능하고. 일단 기다리세. 날이 밝으면 타유 그 사람이 어디에 있는지 알게 될 걸세. 그런데……."

"알겠습니다. 어차피 기다리기로 했으니 편히 쉬는 것도 좋겠지요."

청풍이 고개를 끄떡이자 강검산이 다시 토굴 바닥에 몸을 뉘었다.

"잠시 눈을 붙이자고."

"그러나 코는 골지 마시게."

공묘천이 경고했다.

＊　　　　＊　　　　＊

타유가 가부좌를 틀고 어둠 속에 앉아 있었다. 욕망의 시간이다. 오늘 혈막의 막주가 된 왕함보나 혹은 어이없게도 기습

당하듯 혈막의 주인 자리를 **빼앗긴** 가충이나 구륜 또한 다가오는 아침을 꿈꾸고 있을 것이다.

누구나 새날이 평화로운 하루가 될 거라고 생각하는 사람은 없었다. 이 밤, 어둠을 먹듯 야망을 삼킨 자들이 낮이 되면 반드시 피를 보려 할 것이다. 그러나 꿈꾸고 계획한다고 모든 일이 그들의 뜻대로 이뤄지는 것은 아니다.

"한쪽은 죽고 한쪽은 살겠지. 혹은… 둘 모두 죽을 수도 있다. 세상의 운명이 어찌 변할지 사람이 알 수 있겠는가?"

타유가 나직하게 혼잣말을 중얼거렸다. 그런데 그런 그를 향해 갈목생이 다가왔다.

"총사에게서 기별이 왔습니다."

"총사? 여전히 총사요? 죽고 싶지 않다면 그를 조심해서 부르시오."

"쉽게 고쳐지지 않는군요."

갈목생이 대답했다.

"하긴 사람의 버릇이란 하루아침에 고치기 힘들지. 그러나 그 약간의 노력이 생사를 결정할 거요."

"알겠습니다. 조심하겠습니다."

"그래 무슨 전갈이오?"

"인시에 자신의 거처에 들러달랍니다."

"인시?"

타유가 조금 의외라는 듯 되물었다.

"그렇습니다."

"이자가 무슨 일을 꾸미는 것인가?"

"어쩌면 선공을 할지도 모르겠다는 생각입니다."

갈목생이 신중한 표정으로 말했다.

"선공?"

"그렇습니다. 혈마천주와 천마성주는 결코 앉아서 혈막을 총사에게 내주지 않을 겁니다. 그들의 반격은 정해져 있는 것이지요. 그리고 혈마천과 천마성이 손을 잡는다면 그 힘은 아무리 그라 해도 쉽게 감당할 수 없을 겁니다. 그러니……."

"선공을 취해 그들을 제거한다?"

"저라면 그리하겠습니다."

갈목생이 대답했다. 그러자 타유가 고개를 저었다.

"그는 그리하지 않을 것이오."

"어째서 말입니까?"

갈목생이 자신의 의견을 반박하는 타유가 이해되지 않는다는 듯 그 이유를 물었다.

"그는 그대가 아니기 때문이오."

"무슨 말씀이신지?"

"그대는 생사의 싸움을 염두에 두고 있으니 그리 생각하는 것이오. 그와 가충과 구륜 세 사람 간의 승패만 생각했다는 말이오. 그러나 그는 이 싸움의 승패만 생각할 수 없소. 그는 싸움이 끝난 이후의 혈막도 생각해야 하오. 그가 가충이나 구륜에게 원한이 있어 복수를 하고자 꾸민 일이 아니지 않소? 그는 천하를 원하오. 그러니… 기습으로 그 두 사람을 먼저 공격하기는 쉽지 않을 거요."

"어째서 그렇습니까?"

"만약 선공으로 그들을 제거한다면 혈마천과 천마성의 고수들이 과연 그를 따르겠소? 아마도 뿔뿔이 흩어져 주인의 복수를 꿈꿀지언정 그를 따르지는 않을 거요. 그건 곧 혈막의 절반을 포기한다는 의미인데… 그래서는 천하를 둔 싸움에서 승산이 없지."

"명분을 지켜야 한다는 말이군요."

"그렇소. 그로서는 가충이나 구륜이 먼저 칼을 뽑아 자신을 공격해 주기를 바랄 것이오. 그럼 그는 두 사람을 죽일 타당한 명분을 얻게 되는 셈이지. 이후에 천마성과 혈마천의 고수들을 어르고 달래면 두 곳의 고수들도 결국에는 그를 따르게 될 것이오."

"어렵군요. 선수를 빼앗기고 하는 싸움이 될 테니……."

"아마도 그래서 인시에 날 부르는 것일 거요. 그는 함정을 팔 것이오. 인시라면 해가 뜨지 않은 새벽, 함정을 파기에 좋은 시간이지."

"그렇군요. 그런데……."

갈목생이 잠시 무슨 말인가를 하려다가 입을 닫는다.

"말해보시오."

"조심하셔야 할 것 같습니다. 그가 밀황님을 보는 시선이 예사롭지가 않더군요."

"후후, 나도 알고 있소. 그러나 그는 또한 알고 있을 거요.

난 참 가시가 많은 사람이란 걸 말이오. 잘못 건드렸다가는 오히려 그 가시에 자신이 다칠 거란 걸 아니 함부로 이빨을 드러내지 못할 거요. 그리고 내 생각에는… 그 이빨을 드러내기도 전에 세상은 그의 뜻대로 돌아가지 않게 될 거요."

第三章

칼로 세상을 꿈꾸는 자들

수
선
경

아직 빛의 흔적은 없다. 하긴 한낮이 되어도 빛이 제대로 들
지 않은 곳이니 당연히 어둠의 세상이다.

　'무정곡이라고 부르는 사람도 있다지?'

　타유가 걸음을 옮기며 어둠 속에 잠긴 가한산 정상의 분화
구를 둘러보았다. 사방이 대략 수백여 장에 이르는 분화구는
안으로 들어갈수록 좁아져 결국 그 중심에 이르면 지하수가
흘러나오는 동혈에 닿게 되어 있다. 그 동혈 주변으로 겨우 수
십 장만이 한낮에 빛을 받는 곳이다.

　하늘을 보니 멀리 별이 보인다. 그래도 빛은 있다는 말이다.

　타유가 문득 미소를 지었다. 청풍이 생각난다. 청풍의 존재
는 어둠 속의 별처럼 그에게 유일한 웃음거리다. 물론 그 청풍

이 실종된 지 벌써 일 년하고도 육 개월이다. 살아 있다면…
이라고 기대하기에는 너무 먼 시간이다. 그러나 그렇다고 청
풍의 생존에 대한 끈을 놓을 수는 없다. 그렇다면 타유의 세상
은 천지가 암흑일 테니 그는 사람으로서 살아가기 힘들 것이
다.

"물론 지금도 반 괴물은 되었지."

타유가 중얼거리며 허리춤의 단천마검을 잡아갔다. 다른 때
보다도 훨씬 싸늘한 검의 기운이 느껴진다. 죽음의 냄새를 검
이 먼저 맡은 것일까?

'오늘 하루 피를 머금을 운명을 아는 것일까?'

타유가 내심 생각했다. 그는 가급적 이 싸움에 직접 관여하
고 싶지 않았다. 왕함보를 위해 도검을 휘두르는 것이 달갑지
않기 때문이기도 하려니와 일단 한 번 검을 들어 사람을 베면
왠지 그 살기를 도저히 멈추지 못할 것 같기 때문이기도 했다.

타유는 자신이 살귀가 되어가는 것을 혹시 살아 있을지도
모르는 청풍에게, 혹은 그를 진심으로 대하는 사람들에게 보
여주고 싶지 않았다. 그러나 그런 바람들은 도산검림의 무림
에서 얼마나 허망한 것인가. 칼을 든 이상 피를 보지 않을 수
없다. 그것이 살수이든, 혹은 정의를 숭앙하는 의협이든, 패권
을 추구하든 마인이든 상관없이 말이다.

"오셨습니까?"

문득 한 사내가 타유의 앞에 나타났다. 상념을 떨치고 시선
을 주니 안면이 있는 자다. 과거 태원에서 타유와 일검을 겨루

었던 막아다. 왕함보의 곁에서 그를 호위하는 자 중 살기가 가장 강한 자인데 오늘은 웬일인지 타유를 극진히 대접한다.

"어디 계시오?"

타유가 물었다.

"남쪽 숲에 계십니다."

'역시 함정을 파는가?'

분화구의 남쪽에는 기이한 나무들이 자란 숲이 있다. 가한산은 중원의 북쪽에 위치해 있기 때문에 산 대부분이 침엽수의 숲을 이루고 있다. 그런데 가한산 정상의 분화구는 사정이 달라졌다. 지열이 살아 있고 온천이 흐르기 때문에 남쪽에서 자라는 잎 넓은 나무들이 곳곳에 숲을 이루고 있었다. 왕함보가 기다리고 있다는 남쪽 숲 역시 그런 곳이었다.

특히 남쪽 숲은 분화구 내의 숲 중 가장 큰 숲으로 수백 명의 사람이 한 번에 몸을 숨길 수 있을 뿐 아니라 애초에 총사 왕함보가 머물던 숙영지와도 제법 거리를 둔 곳이었다.

그런 숲에 자리를 잡았다는 것은 적을 끌어들여 함정에 빠뜨리고 반격을 가하기에 좋은 장소를 찾았다는 말이 된다.

"갑시다."

타유가 입을 열자 막아가 말없이 앞장서서 걸음을 옮기기 시작했다.

'확실히 이들은 아주 오래전부터 준비를 해왔군.'

앞서 가는 막아를 보며 타유가 생각했다. 사방이 칠흑처럼 어둡지만 막아는 마치 밝은 대낮에 걷는 것처럼 그 걸음에 거침이 없었다. 그건 곧 왕함보의 수하들이 이곳의 지형에 완전히 익숙해져 있다는 의미일 것이다.

"그들의 움직임은 어떻소?"

문득 타유가 물었다.

"아직은… 그러나 두 사람이 어젯밤 함께 있었다는 것은 확실합니다."

"어떤 결론을 내렸는지는 아직 모르는 일이구려."

"그렇기는 하나… 설마 지금의 상황을 순순히 받아들이겠습니까?"

여전히 깍듯하게 밀문의 주인 대접을 해주는 막아다.

"그러나 그들도 자신들이 불리하다는 것을 알고 있을 텐데……."

"그들이 지금까지 누려왔던 것을 생각하면 꼭 그렇지도 않지요. 사람이란 오랜 습관과 생각에서 쉽사리 벗어나지 못하는 법 아닙니까?"

'살수의 생각이군.'

타유가 어둠 속에서 가벼운 미소를 짓는다. 막아가 하는 말은 살수가 목표를 노릴 때 항상 염두에 두고 찾는 약점이다. 익숙한 것, 그 익숙한 것이 주는 함정을 노리는 것이 살법의 기본이다.

"그들은 여전히 대인을 심부름꾼으로 볼 것이란 말이구려."

"그렇지요. 혈막에서 총사란 오류 주인들의 심부름꾼에 지나지 않았으니까요. 더군다나… 혈마천과 천마성의 고수들은 다른 세 문파의 사람들을 아래로 보는 경향이 있지요. 그 역시 두 사람이 반격을 생각하는 이유가 될 겁니다. 아마도… 천마성과 혈마천이 힘을 합치면 단번에 혈막을 장악할 수 있다고 생각하겠지요. 지금까지 혈막오류가 균형을 유지해 온 것은 누가 뭐래도 그 두 문파 때문이었으니까요."

"그렇기도 하겠구려. 아무튼 천운이 대인께 있는 것 같소."

"대인께서는 시간이 중요하다고 하셨습니다."

"시간이라… 역시 의천맹을 아주 무시할 수는 없다는 말이구려."

"그렇습니다. 마녀 하순이 성정이 급한 자이기는 해도 역시 천하제일을 다투는 모사가 아닙니까?"

"음… 이곳에서 과연 천하의 향배가 결정될 것인가?"

타유가 혼잣말처럼 중얼거렸다. 그러자 막아가 긴장한 음성으로 대답했다.

"아마도 그리되지 않겠습니까? 혈막과 의천맹 이 두 곳을 제외하고 그 누가 강호의 운명을 결정하겠습니까?"

"그도 그렇구려."

그러나 대답을 하면서도 타유는 내심으로 세상일이란 것이 그리 단순치 않다고 말하고 있었다. 강호에 무인이 얼마던가. 끌어모으면 수만도 넘는다. 그러나 가한산에 모인 자는 기껏해야 수백, 단지 이들의 싸움으로 천하의 운명이 결정되기에는 변수가 너무 많았다.

'피는 거짓말을 하지 않아.'

강호무림이 변하려면 그만큼의 피가 필요하다. 지금도 어딘가에서 사람들의 눈을 피해 이 어지러운 세상의 주인이 되기위해 움직이는 야심가들이 있을지도 모르는 일 아닌가.

"저깁니다."

타유의 상념을 막아가 깼다. 타유가 고개를 들어보니 우거진 숲 속에서 한 줄기 빛이 흘러나온다.

'자신이 있다는 건가?'

매복지에 불을 밝혔다. 이건 격장지계다. 적을 흔들어 안으로 끌어들이려는 술책인데 이는 싸움에 승산이 있는 자만이쓸 수 있는 계책이다.

타유와 막아가 서둘러 숲으로 들어갔다. 불빛이 점점 다가온다. 그리고 왕함보가 거기에 서 있었다.

"오서 오시오, 밀황!"

왕함보가 부드러운 미소로 타유를 맞이한다. 오늘 하루 쓸모가 아주 많을 사람에 대한 예우인 듯했다.

"늦었소이까?"

타유가 물었다.

"아니오. 이제 겨우 준비가 끝났소. 이젠… 고기가 그물에걸려들기를 기다릴 뿐이오."

"다른 사람들은?"

타유가 물었다. 그의 눈에 보여야 할 사람이 보이지 않는다. 왕묘문과 독곡주 단월이다. 타유의 물음에 왕함보가 손을 들어 좌우 양쪽의 숲을 가리켰다.

"살막은 좌측에 독곡은 우측에 위치했소."

이미 매복이 끝난 모양이다.

"그런 전 무엇을 하리까?"

"밀황은 나와 함께 있읍시다."

왕함보의 말에 타유가 서늘한 한기를 느낀다. 곁에 둔다는 것은 가장 믿을 수 있다는 말이기도 하지만 또한 가장 믿지 못한다는 말이기도 하다.

"그리하지요."

경계하는 자에게 의심을 품게 할 수는 없다. 타유가 왕함보의 옆에 서자 그를 따라온 밀문의 고수들이 타유의 뒤쪽으로 자리를 잡고 섰다. 그 모습을 보고 있던 왕함보가 문득 입을 열었다.

"일은 두 가지 상황으로 진행될 수 있소. 하나는 저들이 세력을 몰아와 전면전을 벌이는 것이고, 다른 하나는 나에게 생사결을 청하는 것이오."

왕함보의 말에 타유가 고개를 끄떡인다. 그러자 다시 왕함보가 말했다.

"여러 상황을 보자면 나에게 생사결을 청할 가능성이 많소. 그러나 그 경우에 한 가지 문제가 있는데 과연 가충과 구륜 둘 중 누가 그 싸움을 맡느냐는 것이오. 서로 완전히 신뢰하는 자들이라면 모를까, 목숨을 건 싸움에 양보가 있을 수는 없을 거요."

"그렇겠구려."

타유가 대답했다.

"그래서… 어쩌면 그 둘이 모두 싸움에 나설지도 모르겠다는 생각이오. 하면… 우리 쪽에서도 사람이 하나 더 필요하지 않겠소? 난 그 일을 밀황이 해주셨으면 하오."

역시 치밀한 자다. 만약의 경우 천마성주 구륜이나 혈마천주 가충을 상대할 사람은 타유와 왕묘문, 그리고 단월밖에 없는데 그중 자신이 가장 위협적으로 느끼는 타유를 싸움에 끌어들이려는 것이다.

타유가 싸움에 이겨도 좋고, 혹은 져도 상관없다. 양쪽 모두 그에게는 크게 나쁜 상황이 아니기 때문이다. 일석이조, 왕함보의 계책이 타유를 쓴웃음을 짓게 한다. 그러나 또한 거절할 수도 없는 일이다.

"그러겠소."

타유가 망설이지 않고 대답했다. 그러자 이번에는 왕함보의 표정이 살짝 굳었다. 위험을 무심하게 받아넘기는 타유에게서 자신감이 느껴지기 때문이었다. 그건 위험한 반응이다.

"고맙소. 그럼 만반의 준비가 끝났군. 율모!"

왕함보가 그를 따르는 팔방천장 중 경공의 달인 율모를 불렀다.

"옛, 대인!"

여전히 팔방천장들에게 왕함보는 혈막주가 아니라 대인이다.

"의천맹도들은 어디까지 왔는가?"

"산 중턱에서 야숙을 하고 있습니다. 내일 일찍 출발하면 정오에는 도착할 것입니다."

"그 안에 혈막의 내분을 정리해야 한단 말이군."

"촉박하구려."

타유가 말했다. 그러자 왕함보가 고개를 끄떡였다.

"그렇소. 자칫하면 실기를 할 수도 있소. 그러나… 그를 방비하기 위해 각 파에서 사람을 차출해 왔으니 그들이 얼마간의 시간을 조절해 줄 거요."

"그 계산까지 하신 것이오?"

"애초에 그들의 임무가 의천맹의 침입을 막는 것 아니었소?"

왕함보가 빙그레 웃는다. 바둑판 위의 모든 돌이 그의 의도대로 움직이고 있는 것이다.

"차나 한잔합시다."

왕함보가 타유를 보며 말했다. 마땅찮았지만 타유가 고개를 끄떡였다. 이 밤에 달리 할 일도 없다.

"찻상을 내오라!"

왕함보의 명이 떨어지자 그의 수하 중 한 명이 순식간에 그의 앞에 찻상을 대령한다. 미리 준비를 해두었던 모양이었다. 또 다른 자는 두 사람이 앉을 의자를 가져왔는데 호피가 덮힌 의자가 화려하기 그지없다.

"앉읍시다."

별구경을 나온 사람처럼 여유를 부리며 왕함보가 말했다. 타유가 그를 따라 의자에 등을 기대고 앉았다. 등에 닿는 호피의 부드러운 털이 안락하다.

　"이 모습을 보면 그들의 심장이 흔들리지 않을 수 없을 거요."

　'이것 역시 계산된 일이군.'

　타유가 왕함보의 치밀함에 새삼 놀란다. 그냥 차를 마시자는 말이 아니었다. 기습을 하러 다가오는 구륜과 가충의 심기를 흔들 요량으로 찻상을 차린 것이었다.

　'날 위해서는 어떤 준비를 했을까?'

　타유가 한편으로는 내심 왕함보가 자신을 상대하기 위해 준비한 계책들이 궁금해졌다. 그것을 확인해 보고 싶은 욕심이 든다. 어쩌면 그에 대한 반발심이나 혹은 호승심일지도 모른다. 그런 면에서 보자면 왕함보는 실수를 한 것일 수도 있었다. 그의 냉혹한 치밀함이 타유의 투기를 자극하고 있기 때문이었다.

　투툭투툭!

　기분 나쁜 아침이다. 달갑지 않은 비다. 공격하는 자나 혹은 그들을 기다리고 있는 자들 모두에게 불길한 기운을 던져주는 날씨다. 다른 때라면 희미한 새벽빛이라도 들었을 시간이지만 하늘을 가득 메운 먹구름이 아침이 오는 것을 막고 있다.

　그러나 비가 온다고 대사를 미룰 수 있는 때가 아니다. 가충과 구륜이 혈마천과 천마성의 고수들을 이끌고 드디어 혼돈시내내 그들의 근거지였던 분화구의 북쪽 숲을 떠났다.

"움직이는군."

귀 밝은 것으로 따지면 누구에게라도 뒤지지 않은 공묘천이다. 어느새 공묘천이 흙벽 바깥쪽의 상황을 눈치채고 작은 구멍을 통해 밖을 살피고 있었다.

"어디로 가는 거죠?"

조명이 공묘천 바로 뒤쪽으로 다가들며 물었다.

"손에 도검을 들었어. 싸우겠다는 거지."

"왕함보를 치려는 것이군요."

"그렇지."

"우리도 나가봐야죠."

조명이 공묘천을 재촉했다. 그러자 공묘천이 손을 내저으며 말했다.

"기다리게. 이럴 때는 한숨 늦게 움직이는 것이 좋아. 남아 있는 자들이 있을 수도 있거든. 보라고!"

공묘천이 득의한 표정으로 밖을 향해 뚫린 구멍을 조명에게 양보했다. 조명이 급히 밖을 내다보니 과연 떠난 자들의 뒤쪽으로 다시 일단의 사람이 모여드는 것이 보였다.

"이상하군요. 전력을 기울여도 쉽지 않은 일인데. 후군을 남기다니."

조명이 고개를 갸웃한다. 그러자 공묘천이 고개를 저었다.

"남긴 것이 아니네. 곧 저들도 앞서 간 자들을 따라갈 거야.

만약을 위한 거지. 중도에 선발대가 기습을 당하면 후군이 그들을 구원해야 하니까."

"사람도 몇 안 되는데 그리 복잡한 계책을 쓸까요?"

"저들이 누군가? 혈시의 주인이야. 일당백의 고수들이지. 비록 숫자는 적지만 한 사람이 능히 보통 무사 백을 상대할 수 있는 자들이라네."

"그래도 그렇죠. 겨우 오십여 명인데……"

"어쨌든 기다리세. 저들이 움직인 연후에 나가야 해."

공묘천이 서두르는 조명을 다독였다. 그러는 사이 강검산과 청풍도 어느새 두 사람 곁에 다가와 있었다.

"시간이 늦으면 곤란한데……"

강검산이 중얼거렸다.

"곧 움직일 걸세. 아, 드디어 떠나는군."

공묘천의 말대로 후위에 남았던 혈마천과 천마성 양 파의 고수 이십여 명이 어둠을 뚫고 그들의 숙영지를 벗어나기 시작했다. 그러자 공묘천이 기다렸다는 듯이 흙벽에 손을 댔다.

스르르!

이미 흙벽에 섞여 있던 돌들은 모두 골라낸 후였기에 공묘천의 손이 닿자 벽이 밖을 향해 소리 없이 무너져 내렸다. 그러자 공묘천이 지체하지 않고 밖으로 뛰쳐나갔다.

청풍 등은 공묘천이 밖으로 나간 후에도 한동안 그 자리에서 움직이지 않았다. 그러는 사이 어느새 밖의 사정을 살핀 공묘천이 세 사람을 향해 손짓을 했다. 이상이 없다는 신호였다.

청풍 등이 바람처럼 토굴을 벗어났다. 그리고는 그들을 기다리고 있던 공묘천과 합류해 가충과 구륜이 수하들을 몰고간 남쪽으로 달리기 시작했다.

＊　　　＊　　　＊

차는 식은 지 오래다. 향도 나지 않는다. 빗속에서 차를 마시는 것도 허망한 짓이다. 타유의 찻잔은 차가 아니라 비로 가득 차 있었다. 수하들이 비를 막기 위해 우산을 들었지만 왕함보는 그를 물리쳤다. 고수의 몸을 적실 수 없는 이슬비이기도 하고, 혼자만 우산을 쓰는 것을 원치도 않는 왕함보.

우두머리의 기질이 있는 자라고 타유는 생각했다. 자고로 고난을 함께하는 장수를 병졸은 마음으로 따르게 마련이다. 거기에 더해 즐거움을 같이 나누면 금상첨화지만 그런 자는 흔치 않다. 타유는 눈앞의 이 야심가 왕함보 역시 영화를 함께 나눌 사람이라고는 생각지 않았다. 그러기에는 그의 자존심이 너무 강하다.

"오고 있습니다."

막아가 혼령처럼 나타나 말했다.

"어딘가?"

"반각도 걸리지 않습니다."

왕함보의 물음에 막아가 대답했다.

"기세는 어떠한가?"

"무리를 둘로 나누었습니다. 앞이 서른에 뒤가 스물 정도입니다."

어느새 적의 사정을 손금 보듯 들여다보는 막아다. 막아의 대답을 들은 왕함보가 잠시 생각에 잠겼다가 입을 열었다.

"우리도 준비를 해야겠소."

타유를 보며 한 말이다.

"전면전은 없을 거란 말이구려."

"그렇소."

"저들이 무리를 둘로 나누었기 때문이오?"

"그렇소. 건곤일척 전면전을 벌일 생각이라면 절대 무리를 둘로 나누지 않았을 거요. 후방을 생각한다는 것은 여차하면 이곳을 떠나겠다는 의미요. 결국 나와 겨뤄보고 자신들의 행보를 결정할 거요."

"반드시… 제압해야겠구려."

"옳은 말이오. 그들을 살려 보내서야 일이 제대로 되지 않지. 끙!"

왕함보가 자리에서 일어났다. 그리고는 뒤를 돌아보며 말했다.

"검을 주게."

왕함보의 말에 팔방천장 중 한 명인 삼관녀가 어둠 속에서 모습을 나타내 한 자루 검을 왕함보에게 건넸다. 옻칠이 되어 있는 검집에 들어 있는 검은 생각보다는 평범해 보였다.

"음… 네놈을 한번 써보자."

스르릉!

왕함보가 검을 빼 들었다. 순간 어둠 속에서 한 줄기 청광이 번뜩인다. 푸른빛의 검광이 세우(細雨)를 뚫고 하늘로 솟구쳤다가 금세 사라졌다. 그리고 검은 다시 평범한 모습으로 돌아왔다.

'좋은 검이다.'

무인으로서 타유가 내심 왕함보의 검에 감탄했다. 어찌 보면 그가 들고 있는 단천마검과 견주어도 부족함이 없어 보이는 검이다.

그사이 어느새 수십 명의 발걸음 소리가 바로 앞에서 들려왔다. 타유가 시선을 돌렸다. 그의 앞에 혈마천주 가충과 천마성주 구륜이 수하들을 이끌고 다가와 있었다.

"어서 오시오, 두 분!"

왕함보가 어제와 다른 표정과 목소리로 두 사람을 맞았다. 어제까지만 해도 혈막의 총사로도 오류의 주인인 두 사람에게 극진한 예를 다하던 왕함보였다. 그런데 오늘은 두 사람을 마치 수하 다루듯 하는 왕함보다.

"하룻밤 사이에 많이 변했구려, 총사!"

가충이 싸늘한 표정으로 말했다. 숨길 수 없는 살기가 드러난다.

"변한 것은 없소이다. 어제도 나이고 오늘도 나이지요. 변한 것이라면 단지 혈막의 형제들이 날 부르는 호칭뿐일 것이오."

더 이상 존대도 나오지 않는다.

"총사, 정말 혈막의 막주가 되려시오?"

구륜이 물었다.

"두 분께서는 여전히 절 총사로 부르시는구려."

그 대답에 구륜의 질문에 대한 답이 들어 있다. 그러자 가충이 차가운 어조로 물었다.

"만약 우리가 총사를 막주로 인정하지 못하겠다면 어찌하시겠소?"

그러자 왕함보가 되물었다.

"이런 경우 혈막의 법이 어떠하오?"

"음……!"

구륜과 가충이 왕함보의 말에 대답을 하지 못한다. 당연한 일이다. 혼돈시에서 결정된 일에 승복하지 않는 자는 죽음이 그 벌이다. 그것이 오랜 혈막의 전통이었다. 그러니 왕함보를 막주로 받아들이지 않는다면 혈막의 법으로 두 사람은 죽음의 벌을 받아야 한다. 물론 지금까지는 그 벌을 두 사람이 다른 자들에게 내렸다는 것이 다르지만 말이다.

"누가 우릴 벌할 수 있겠소? 총사가 가능하겠소?"

구륜이 무겁게 물었다. 그러자 왕함보가 탄식을 흘리며 말했다.

"참으로 고집이 세구려. 지금 의천맹의 고수들이 가한산을 향해 달려오고 있고, 천하는 향배를 모를 정도로 요동치고 있는데 내분이라니……."

"외인의 손에 혈막이 들어가는 것보다야 낫지 않겠소? 물론 총사의 말도 맞소. 참으로 급박한 때요. 그래서 하는 말인데 총사는 두 가지 선택을 할 수 있소."

"그대들이 아니라 내가 선택을 해야 하오?"

왕함보가 물었다.

"그렇소. 적어도 아직까지는 혈막은 우리들의 것이오."

"그 생각이 틀렸다는 것을 곧 알게 될 것이오."

왕함보가 한마디도 양보를 하지 않았다. 이미 혈막이 자신의 것이 된 것을 부인할 생각이 전혀 없는 왕함보였다.

"그대의 의사와 상관없이 그대는 선택을 해야 하오. 아, 둘이 아니라 셋이군. 하나는 오늘부로 혈막과 인연을 끊고 이곳을 떠나는 거요. 그게 가장 현명한 방법이지. 둘은 혈막을 두고 우리 두 문파와 전면전을 벌이는 것이오. 그렇게 되면 누가 이기든 천하를 얻기 힘들겠지. 셋은… 그대에게 과연 우리 두 사람을 벌할 능력이 있는지 시험해 보는 거요. 과연 그대에게 그럴 용기가 있는지 모르겠지만……."

"비무를 하자는 거요?"

예상하고 있었던 일이지만 왕함보가 살짝 눈살을 찌푸리며 되물었다.

"비무가 아니오. 생사결이오!"

가충이 단호하게 말했다.

"생사결이라… 나쁘지 않군."

왕함보가 중얼거렸다. 그러자 구륜과 가충의 표정이 일변했다. 그들은 적어도 왕함보가 자신들과의 생사결은 꺼릴 것이라고 생각했었다. 그런데 왕함보는 오히려 무심히 받아들이는 표정이지 않은가. 그런 그들의 불안감을 확인이라도 시키려는 듯 왕함보가 자리에서 일어나 두 사람을 향해 한 걸음 걸어 나왔다.

"좋소. 생사결을 받아들이겠소. 그런데… 두 분 중 누가 나를 시험하시겠소?"

왕함보가 물었다. 그러자 가충과 구륜이 서로 시선을 교환하더니 둘 모두 앞으로 나섰다.

"우리 두 사람 모두 나서겠소. 그대가 혈막의 주인이 되려면 적어도 그대를 위해 우리와 싸워줄 한 명의 고수 정도는 있을 거요."

"후후, 이 지경이 되고서도 서로 이득을 챙기려하니 그대들의 연합이라는 것이 참으로 가소롭구려. 물론 나도 나를 위해 싸워줄 사람을 미리 준비해 두었지만 말이오. 밀황!"

왕함보가 부드럽게 타유를 불렀다. 그러자 타유가 찻상을 짚고·일어나 왕함보 곁에 섰다.

"수고를 좀 해주시겠소?"

왕함보가 타유에게 물었다.

"한 번은 검을 써야 할 거라 생각했소이다."

"고맙소이다."

"약속만 지켜지면 되오."

"물론 이 왕함보는 허언을 할 사람이 아니오."

왕함보가 가볍게 고개를 끄떡인다. 그러자 그 모습을 보고 있던 가충이 입을 열었다.

"밀황! 그대는 오류의 주인으로서 혈막을 외인에게 넘겨주는 것이 부끄럽지 않소?"

가충의 비난에 타유가 물끄러미 가충을 보다가 물었다.

"그대는 나 또한 혈막의 외인으로 보지 않았소?"

타유의 반박에 가충이 할 말을 잃고 타유를 노려봤다. 그도 그럴 것이 처음 혼돈시가 시작될 때부터 가충은 타유와 왕묘문 두 사람을 혈막오류의 주인으로 인정하지 않았었다. 그런데 지금 상황이 다급해지자 타유에게 혈막의 주인으로서의 역할을 요구하고 있으니 그 스스로 생각하기에도 낯 뜨거운 일이 아닐 수 없었다.

"그래서 그대는 우리와 싸우겠다는 것인가?"

구륜이 물었다. 그러자 타유가 대답했다.

"혈막의 법을 따를 뿐이오."

"후후, 참으로 혈막에 대단한 충신이 나셨군."

"혈막이 분열하면 오류의 영광도 더 이상 없소."

타유가 말했다. 물론 내심으로는 혈막의 분열이 그에게는 오히려 바라는 바다.

"혈막오류는 허울뿐이었지. 결국 천하를 경영해 온 것은 우리 양 파다. 그러니… 설혹 혈막이 사라져도 천하는 우리 손에 있을 것이다."

구륜이 무거운 음성으로 말했다. 어쩌면 그의 말이 맞을지도 모른다. 혈마천은 몰라도 천마성은 그 뿌리가 드러나지 않은 깊은 세력이다. 설혹 이 자리에서 마제 구륜이 죽는다 해도 천마성은 결코 무너질 세력이 아니었다.

만약 왕함보가 구륜을 제거하고 혈막의 막주가 된다면 그가 해야 할 첫 번째 일은 천마성의 다른 고수들 마음을 얻는 일일 터였다. 아니면 일거에 천마성을 몰아붙여 그들을 다시 천산에 가둬두는 것이 그가 할 수 있는 최선이리라.

명교라거나 마교라거나 부르는 이름은 여러 가지여도 천마의 전통은 수천 년을 이어온 것이기 때문이었다.

그러나 훗날의 일이야 어찌 되었든 지금은 구륜을 베어야 할 때다. 그를 베어야 한 걸음 앞으로 나갈 수 있는 왕함보다. 그리고 왕함보에게는 시간이 그리 많지 않았다. 이미 의천맹의 고수들이 지척에 와 있었다.

"누가 이 사람에게 가르침을 주시겠소?"

왕함보가 앞으로 나섰다. 그러자 구륜과 가충이 동시에 몸을 날리며 소리쳤다.

"짝을 고르는 것은 그대들의 몫이다."

두 사람이 한순간 왕함보를 덮쳤다.

한 자루 검과 한 자루 도가 허공에서 신비로운 기운을 만들어낸다. 검에서는 붉은빛이 도에서는 먹구름처럼 무거운 검은빛이 돈다. 그 빛의 기운을 따라 하늘에서 내려오던 빗줄기가 사방으로 비산한다. 언뜻 무지개를 보는 것 같기도 하다. 아름

다운 광경이다. 그러나 그 아름다움 속에 피의 기운이 서렸다는 것을 장내의 모든 사람이 알고 있었다.

"마제는 내가 맡겠소!"

왕함보가 말했다. 그 한마디로 그가 가충보다는 마제 구륜을 중시한다는 것을 알 수 있었다. 자연스럽게 가충은 타유의 몫이 된다.

타유로서는 아쉬울 것이 없었다. 사실 마제 구륜을 상대하는 일은 타유에게 부담이 되는 일이었다. 그는 무공이 두려운 것이 아니라 그 뿌리가 두려운 존재였다. 만약 마제 구륜을 타유가 벤다면 그는 천마성의 영원의 적이 되어 죽을 때까지 그들과 지리한 싸움을 해야 할 것이다.

두려운 것은 죽음이나 싸움이 아니었다. 단지 삶의 번거로움들이, 그로 인해 다른 그 어떤 것도 할 수 없는 상황이 되는 것이 두려웠다. 애초에 그 그물에 걸리지 않는 것이 상책이고, 그 그물에 걸렸다면 아예 그물을 걷어내야 하는 것이 중책이다. 그러나 과연 그가 천마성을 세상에서 멸할 수 있을지는 자신할 수 없으니 결국 구륜을 피한 것은 타유가 처음부터 바라던 바였다.

슥!

타유가 검을 뽑아 들고 붉은 혈기를 가득 머금은 가충의 검을 막았다.

차앙!

강렬한 파열음과 함께 사방으로 핏방울 같은 기운들이 흩어져 간다. 그러자 불쑥 타유의 가슴속에서 살기가 치솟는다. 그의 본성일 수도 있고, 살수로 살면서 만들어진 기운일 수도 있고, 혹은 그의 손에 들린 만인의 피가 서린 단천마검의 기운일 수도 있다. 그러나 그 기운의 뿌리가 무엇이든 타유가 드러낸 살기가 공기를 얼어붙게 만든다.

가충의 눈에 은은한 놀람의 빛이 떠오른다. 물론 전대 밀황을 제거하고 스스로 밀문의 주인이 된 자이니 그 무공이 평범할 리는 없다. 그러나 오류 중에서도 다시 한 계단 높은 곳에 있다고 자부하는 가충이었기에 자신의 공세를 막아내는 타유의 무공과 살기는 그를 놀라게 만들었다.

"그대는… 특이하군."

두려움을 특이함이라고 말하며 스스로를 진정시키는 가충이다. 그러자 타유가 무심하게 대답했다.

"그대의 검 역시 특이하오."

"혈사신검이라고… 아주 오랜 세월 대막의 운명을 결정해 온 검이지."

가충의 말에 자신의 검에 대한 자부심이 느껴진다.

"궁금하구려. 어느 놈이 강할지."

타유가 단천마검을 들어 올리며 말했다. 그의 말은 진심이었다. 사막의 운명을 결정해 왔다는 혈사신검의 전설은 이미 강호에 널리 알려져 있다. 그 주인이 혈마천주 가충이라는 것 역시 모르는 사람이 없었다. 그러나 타유가 들고 있는 검 역시 전설의 마검이다. 두 검의 우열을 직접 시험해 본다는 것은 무인으로서 행운이라고 할 수 있었다.

"그 검이 특별하다는 건가?"

검의 기운이 손을 통해 타유의 몸속으로 스며들고 있었기에 가충의 눈에는 타유가 들고 있는 단천마검이 평범해 보일 뿐이다.

"아주 특별한 놈이오."

"음… 조심해야겠군. 기운이 안으로 갈무리되는 신검이라면…….."

검의 기운이 타유에게로 흐르고 있다는 것을 여전히 모르고 있는 가충으로서는 검 스스로 기운을 갈무리할 수 있다고 생각할 수밖에 없었다. 그런 검이라면 신검이다.

"그래도 결국 검을 쓰는 것은 사람이 아니겠소?"

타유가 말했다.

"무공으로도 자신이 있다는 말이군."

"난 자신을 가지고 싸움을 하는 사람이 아니오."

"그럼 뭘 믿고 싸우는가?"

"오직 내 목숨을 걸 뿐이오!"

타유가 가충을 향해 달려 들어갔다. 그의 신형이 땅에 낮게 깔린다. 단천마검의 그의 허리를 돌아 땅에 스치듯 허공을 베었다.

팟!

단천마검에서 흘러나온 한 줄기 검기가 번개처럼 가충의 두 다리를 베었다.

순간 가충이 혈사신검으로 땅을 찍었다.

쿵!

혈사신검이 땅에 박히는 순간 붉은 검기가 사방으로 퍼진다.

쩡!

혈사신검이 만들어내는 기운에 막혀 타유의 검기가 가충을 베지 못하고 방향을 튼다. 그러자 가충이 번개처럼 땅에 박힌 검을 허공을 쳐올렸다.

쩌적!

두 사람 사이에서 단단하게 응축되었던 공기가 혈사신검의 검기에 비명을 지르며 찢어졌다. 그 날카로운 파공음에 혈막의 고수들이 귀를 막았다.

타유가 혈사신검의 노을 같은 검기 속에서 재빨리 몸을 틀었다.

팟!

한 줄기 검기가 타유의 어깨를 스치고 지나간다. 써늘한 바람이 베어진 옷을 뚫고 타유의 피부에 닿았다. 다행히 깊은 검상은 아니었다. 그저 약간의 혈흔이 비출 뿐이다. 지혈도 필요 없는 상처, 그러나 고수와 고수와의 싸움에서 상대의 몸에 상처를 냈다는 것은 대단한 자신감을 불러일으킨다.

"힘을 써보라!"

한껏 사기가 오른 가충이 타유에게 날아내리면서 소리쳤다. 순간 타유가 재빨리 몸을 뒤로 뺐다. 마치 가충의 기세를 감히 맞받아치지 못하고 물러나는 듯한 모습이다. 그 모습을 본 가충이 비웃음을 흘린다.

"전대 밀황 사불은 결코 뒤로 물러나지 않는 사람이었지."

말이 끝나기도 전에 그의 검이 붉은 검기를 흘리며 타유의 머리를 좌에서 우로 베었다. 순간 타유가 꺼지듯 자세를 낮추며 번개처럼 단천마검을 앞으로 뻗어냈다.

팟!

단천마검에서 흘러나온 검기가 번개처럼 가충의 허벅지를 스치고 지나갔다. 순간 가충이 흠칫 놀라며 뒤로 물러났다.

"그러다가 그는 죽었소."

뒤늦게 타유가 가충의 말에 대답했다. 전대 밀황 사불을 두고 한 말이고, 가충에 대한 경고였다.

"살검이군."

가충이 말했다.

"내가 천살문의 살수 출신임은 세상이 다 아는 일이오."

타유의 말에 가충의 볼이 씰룩인다.

"혈막이 쇠락하기는 했구나. 한낱 살수 따위가 오류의 주인이 되다니……."

상대의 심기를 흔들기 위한 말이었지만 타유가 그런 말에 흔들릴 사람은 아니다. 타유가 검을 들어 가충을 겨눈다. 그러면서 경고했다.

"조심하시오. 살수란 자신보다 두세 수 앞선 고수도 벨 수 있소. 더군다나 당신은 나에 비해 두세 수 앞선다고 볼 수도 없구려."

타유의 말에 가충의 눈에서 살기가 돈다. 결과적으로 흔들린 사람은 가충이다. 가충이 좌우로 검을 휘두르며 타유에게 달려들었다.

웅웅웅!

가충의 혈사신검이 만들어내는 붉은 검기가 세우 흩뿌리는 숲을 노을처럼 물들인다. 그의 검기에 따라 붉게 물든 이슬비들이 타유 쪽으로 흩날려 왔다. 그 기운에 보통 사람이라면 눈도 뜨지 못할 상황이다.

타유가 대여섯 걸음 뒤로 물러났다. 아무리 고수라도 시야를 열지 못하면 싸움을 할 수 없다.

그러나 한번 혈사신검을 따라 움직이기 시작한 붉은 이슬비들은 끊임없이 타유를 따라왔다. 마치 진에 갇힌 것처럼 타유는 좀체 붉은 이슬비를 피하지 못했다.

그러자 한순간 타유가 걸음을 뚝 멈추더니 번개처럼 품속에서 하나의 비도를 꺼내 던졌다.

팟!

타유의 손을 떠난 비도가 붉은 이슬비 속으로 사라졌다. 순간 가충의 검이 어지럽게 움직였다.

캉!

혈사신검이 타유의 비도를 쳐냈다. 그 충격에 타유의 시선을 가리던 붉은 이슬비들이 흔들렸다. 타유가 재차 두 개의 비도를 연이어 날렸다.

쾌아아!

다시 허공을 가른 비도는 앞서와 전혀 다른 움직임을 보였다. 가충의 좌우 방위를 점하고 날아든 비도들이 살아 있는 생명처럼 꿈틀거린다. 마치 두 사람이 동시에 날린 비도를 상대해야 하는 사람처럼 가충의 눈이 흔들리더니 그의 신형이 허공에 뿌연 잔영을 남기고 사라졌다.

카캉!

두 번의 격돌음이 연이어 일어난다. 동시에 허공에서 불빛이 번쩍였다. 비도를 쳐내는 가충의 혈사신검이 만들어내는 빛이었다. 순간 타유가 신형을 날렸다. 이미 그의 시야를 어지럽히던 붉은 이슬비는 사라진 지 오래다. 그의 검이 그대로 가충을 내려쳤다.

"오라!"

예상하고 있었다는 듯 가충이 타유의 검을 막아갔다.

쾌릉!

거대한 충돌음이 세상을 뒤흔든다. 타유가 펼친 초식에는 만근의 힘이 서려 있다. 보통 사람이라면 단번에 단천마검의 날카로움과 타유의 공력을 견디지 못하고 검이 부러지고 몸이 두 조각났을 것이지만 상대는 혈마천주 가충이다.

쿵쿵쿵!

공격해 들어갔던 타유가 오히려 서너 걸음 뒤로 물러났다. 가충은 땅속 깊이 발을 박은 채 그 자리에 서 있었다. 공력으로 보자면 확실히 가충의 우위였다. 그러나 그렇다고 일합의 싸움에서 가충이 온전히 이득을 본 것은 아니었다. 타유는 자신의 공력이 부족함을 알고 미리 뒤로 물러난 것이고, 가충은 온 힘을 쏟아 상대의 공격을 서서 받았으니 공력의 소모가 극심한 쪽은 가충이었다.

가충의 얼굴에서 혈색이 사라졌다. 그러나 그렇다고 그가 타유에 대해 두려움을 느낀 것은 아니었다. 오히려 그는 승산이 자신에게 있음을 확신하고 있었다. 공력에서 우위를 확인한 이상 싸움을 유리하게 이끌 자신이 있는 가충이었다.

"시간이 모든 것을 말해주겠지."

툭툭!

가충이 땅속에 박혀 있던 두 발을 꺼내 가볍게 흙을 털어냈다. 한결 여유 있는 모습이다.

"천 초를 겨뤄보자구!"

가충이 타유를 향해 빙긋 미소까지 짓는다. 타유는 단번에 가충의 생각을 읽었다. 그는 싸움을 장기전으로 끌고 가려는 것이 분명했다. 하긴 그로서는 최선의 방책이리라. 공력이 강하다는 것은 시간이 갈수록 싸움이 유리해진다는 의미기 때문이었다.

그런데 가충이 모르는 것이 있으니 그건 바로 타유 역시 이 싸움이 길어지기를 원한다는 것이었다. 싸움이 길어지면 의천맹의 맹도들이 들이닥쳐 혼전이 일어날 것이다. 혼전이 일어나면 혈막도 의천맹도 극심한 타격을 입을 테니 타유가 바라는 바가 바로 그런 파국이었다.

그런데 타유의 바람대로 일이 진행되려면 한 가지 조건이 더 맞아야 한다. 그건 바로 그들의 옆에서 일검을 겨루고 있는 왕함보와 마제 구륜의 싸움 역시 장기전으로 흘러야 한다는 것이었다. 그들이 먼저 싸움을 끝내면 타유와 가충의 싸움 역시 길게 갈 수 없었다.

타유의 시선이 자연스레 왕함보에게로 향했다. 그런데 그 순간 타유의 눈에 검은빛의 구름이 들어왔다. 그리고 다음 순간 타유의 몸이 돌처럼 굳었다.

가충의 얼굴이 묘하게 변했다. 갑자기 변한 타유의 표정 때문이었다. 가충의 시선이 자연스레 타유를 따라 움직였다. 그리고는 그 역시 타유처럼 얼굴이 굳어졌다.

왕함보의 검은 평범했다. 길이도 길지 않았다. 어른 팔보다도 그 길이가 약간 짧았다. 날도 날카롭게 서지 않아 빛을 반사하지도 못했다. 그러나 그럼에도 불구하고 왕함보의 검은 세상에서 가장 무서운 모습을 하고 있었다.

검으로부터 묵빛 기운이 끊임없이 흘러나오고 있었다. 검에서 흘러나온 검은빛이 세상의 모든 빛을 잡아먹어 천지를 암흑으로 만드는 것 같았다. 그 앞에서 마제 구륜이 당황한 기색이 역력한 얼굴로 도를 치켜들고 서 있었다.

"총사, 당신⋯⋯?"

구륜이 믿을 수 없다는 듯한 음성으로 중얼거렸다. 그러자 왕함보가 구륜을 내려다보듯 하며 말했다.

"세상에는 그대가 알지 못하는 것이 아주 많소. 사람들은 그런 것들을 전설이라 부르오. 혈막이 세상을 지배할 수 있었던 것은 그 전설들이 세상에 나오지 않았기 때문이오. 그러나… 이젠 그중 하나가 세상에 나왔으니 혈막은 나에게 무릎을 꿇어야 할 것이오."

"총사, 당신은 누구요?"

구륜이 물었다. 그러자 왕함보가 대답했다.

"내가 누구겠소? 난 그저 왕함보일 뿐이오. 단지 그동안 내 힘을 드러내고 있지 않았을 뿐 난 그대로요. 그러니 그대는 이제라도 무릎을 꿇고 새로운 혈막의 주인을 맞으시오!"

왕함보가 말했다. 순간 구륜이 자신도 모르게 도를 거두려다 이내 자신의 실수를 깨닫고는 소리쳤다.

"철저하게 자신을 숨기고 있었구나. 그러나… 천마성은 그 누구에게도 무릎을 꿇지 않는다."

구륜이 반발하듯 도를 내리그었다.

쿠웅!

구륜의 모든 진기를 머금은 도가 벼락같은 도기를 만들어낸다. 천지를 가를 듯한 도기다. 만약 왕함보의 이 전율적인 묵색 기운이 아니었다면 그는 구륜의 도기에 산산이 부서지고 말았을 것이다.

"조사께서 이 무공의 이름을 참으로 잘 지으셨어. 모든 것을 침묵시키는 무공이라……."

왕함보가 나직하게 중얼거리며 투박한 검을 가볍게 휘둘렀다. 그러자 그의 검에서 검은 기운이 파도처럼 일어나더니 구륜의 벼락같은 도기를 부드럽게 감쌌다.

"웃!"

구륜의 입에서 당혹스런 음성이 흘러나왔다. 그의 도가 왕함보가 일으킨 묵색 기운에 휘말려 자신의 통제를 벗어나려 하고 있었다. 기이한 일이다. 구륜 같은 고수가 자신의 병기에 대한 통제력을 잃는다는 것은 생각하기 어려운 일이다.

구륜은 수십 년 적공을 해온 사람이다. 공력으로 보자면 천하에 따를 자가 없는 구륜이다. 그런데 그런 그가 자신의 병기를 간수하는 것에 어려움을 겪고 있으니 누가 이 사실을 믿을 수 있을 것인가.

쿠웅!

한순간 왕함보를 치려던 구륜의 도기가 그 옆의 바위를 내려쳤다. 그러자 거대한 바위가 반 토막으로 쪼개진다.

"아!"

사람들 사이에서 나직한 탄식이 흘러나온다. 왕함보와 구륜의 무공은 도저히 보통의 사람들이 상상할 수 없는 경지였다.

"대체 저자가 누군가?"

잠시 싸움을 멈추고 왕함보와 구륜의 싸움을 바라보고 있던 혈마천주 가충이 중얼거렸다. 두려움보다도 호기심이 앞선 모습이다. 그의 시선이 자연스럽게 타유에게로 향했다. 타유가 왕함보를 돕고 있으니 왕함보의 진실한 정체를 알고 있으리라 생각한 것이다.

그러나 타유 역시 궁금하기는 마찬가지였다. 왕함보가 보여주는 이 신비한 무공은 그조차도 연원을 알 수 없는 것이다. 아니, 어쩌면 짐작이 아주 가지 않는 것도 아니었다. 이십여 년 전 그와 천살문주 홍암이 해동의 선승 묵철을 암습했을 때, 자신을 미끼로 홍암이 가지고 나왔다는 그 물건이 어쩌면 왕함보의 무공의 근원일 것이라는 생각이 타유의 머리를 스치고 지나갔다.

'지금껏 때를 기다려 온 것이 아니라 그때 선승에게서 훔쳐 온 무공을 수련하고 있었을 수도 있지. 그런데 기이한 일이다. 저렇게 무서운 무공이라면 선승이 어찌 그를 그냥 놓아두었을까. 선승의 입장에서는 필시 다시 거둬들여야 하는 무공이었을 텐데⋯⋯.'

타유가 내심 생각했으나 그가 조화오경의 전설에 대해 제대로 알 리 없었다.

"무릎을 꿇어라. 중히 쓰겠다!"

이미 싸움이 승세를 잡은 왕함보가 구륜에게 날아들며 소리쳤다. 이제 그는 완전히 절대자의 위치를 확인받고자 하는 듯 보였다. 구륜에게 건네는 말투까지도 지배자의 그것이다. 그러자 구륜이 무겁게 소리쳤다.

"그대의 무공이 인세에 보기 드문 것임을 인정한다. 그러나⋯ 난 천마성의 성주다. 그 누구에게도 무릎을 꿇는 일은 없어! 모두 치시오!"

갑자기 구륜이 소리쳤다. 그러자 천마성의 고수 중에서 다섯 명이 허공을 가르며 뛰어나오더니 그대로 왕함보의 세력을 들이치기 시작했다.

순간 왕함보의 얼굴에 당황한 빛이 서렸다. 이건 예상치 못한 일이다. 일대일의 생사결로 혈막의 향배를 결정하길 원했던 구륜이 천마성의 고수들을 움직여 전면전에 나설 것이라는 것은 그와 함께 온 혈마천주 가충도 예상치 못했던 일이다.

"공멸을 원하는가?"

왕함보가 노한 시선으로 구륜을 보며 소리쳤다. 그러자 구륜이 희미한 미소를 짓는다.

"공멸이라니, 그런 일은 없다. 그대는 천마성을 너무 가볍게 봤어. 천마성의 문도 수가 몇인 줄 아는가? 그대가 알고 있는 천산의 천마성은 우리 문도의 일부분일 뿐이다. 이곳에서 본 성의 형제가 모두 죽는다 해도 우리의 뿌리는 여전히 굳건하게 살아 있다는 말이지. 결국 양패구상이면 본 성이 이긴 싸움이다. 그대들이 말하는 마교… 밝은 불을 숭상하는 우리 명교가 말이야."

구륜의 말에 타유는 소름이 끼쳤다. 구륜의 말이 틀린 것이 아니다. 본래 천마성의 뿌리는 마교라 불리는 명교, 명교도들은 모습을 감춘 채 천하에 퍼져 있어 잘라도 잘라도 그 뿌리가 완전히 잘린 적이 없었다.

그러니 구륜의 말이 헛된 오기는 아니었다. 이곳에 있는 천마성의 고수가 모두 죽는다 해도 여전히 그 뿌리가 살아 있으니 결국은 자신들이 승리하게 될 것이라는 구륜의 믿음은 분명한 근거가 있었다.

"명교의 뿌리가 깊음을 모르지 않는다. 그러나… 그 또한 나 왕함보가 세상에 나오기 이전의 일이다. 반항을 멈추지 않는다면 아마도 명교는 이번 기회에 그 역사가 끊길 것이다.

"후후, 세상에서 본 교를 멸할 사람은 아무도 없다."

"좋아. 그건 두고 보면 알게 되겠지. 그러나 복종치 않는다면 하나하나, 단 한 명도 살려두지 않고 죽여주겠다. 가장 먼저 그대부터 말이야."

왕함보가 더 이상 말씨름을 할 생각이 없다는 듯 구륜을 향해 뛰어들었다. 어느새 장내에서는 난전이 벌어지고 있었다. 천마성의 혈시 주인들이 싸움에 뛰어든 이상 우두머리들의 생사결로 혈막의 향배를 결정하는 일은 불가능해졌다. 이젠 최후에 살아남은 쪽이 새로운 혈막의 주인이 될 터였다.

"일이 묘하게 흘러가는군."

가충이 타유를 보며 말했다. 그가 생각했던 것과는 전혀 다른 양상으로 전개되는 지금의 상황이 마음에 들지 않는 모양이었다.

"파국을 원한 것은 그대들이 아니었소?"

"아니, 난 결코 이런 파국을 원치 않았다. 이래서야… 어디 혈막이 온전할까?"

가충이 혀를 찼다. 타유는 그의 표정에서 싸움을 피하고 싶어 하는 기색을 읽었다. 아마도 그는 이곳을 떠나고 싶은 모양이었다. 하긴 혈막의 분열이 확실한 이상 이곳에서 왕함보를 상대로 싸움을 계속하는 것은 어리석은 일이다.

차라리 혈막에 대한 미련을 접고 혈마천을 잘 추슬러 홀로 강호 일패를 노리는 것이 현명한 일일 터였다.

"그만하자면 그만하겠나?"

가충이 물었다. 그러자 타유가 한줄기 미소와 함께 고개를 저었다.

"그럴 수야 없소."

타유의 대답에 가충이 의아한 표정을 짓는다. 그는 자신의 제안을 타유가 받아들일 거라 생각했던 모양이었다.

"그에게 충성을 하는가?"

가충이 의혹 어린 시선으로 구륜을 사경으로 몰아넣고 있는 왕함보를 보며 물었다.

"일단 한 배를 탄 것은 맞소."

타유가 대답했다.

"그러나 그를 위해 날 잡아두면 결국 그대도 나중에는 토사구팽을 면하지 못할 것이다."

"그건 나중의 일이오."

"생각보다 어리석군. 스스로 죽을 자리를 파다니."

가충이 혀를 찼다. 그러자 타유가 불쑥 가충에게 다가서며 말했다.

"내가 원하는 바를 안다면 그런 말을 못 할 거요."

"그대가 원하는 것이 무엇인가? 천하의 권력이 아니었던가?"

가충이 혈사신검을 비스듬히 들어 타유의 기세를 흘려내며 물었다. 그러자 타유가 빙긋 미소를 지으며 대답했다.

"천하의 권세도 좋지. 이 일의 끝이 천하의 권력이라면 마다할 생각은 없소. 그러나 그보다 더 원하는 일이 있소."

타유가 검을 뺐었다.

팟!

단천마검이 마치 가충과 타유 사이에 거리가 없던 것처럼 단번에 가충의 목을 파고들었다. 가충이 혈사신검을 휘둘러 번개처럼 타유의 단천마검을 막았다. 그러면서 중얼거렸다.

"궁금하군. 그대가 천하의 권력보다도 앞서 원하는 것이 무엇인지……."

쾅!

한순간 타유와 가충의 검이 격렬한 충돌음과 함께 맞닿았다. 그러자 두 사람 사이의 거리가 한 자 안쪽으로 좁혀졌다.

"내가 원하는 것은 말이오… 바로 혈막오류의 공멸이오!"

삭!

가충이 타유의 진심을 듣는 순간 그의 허리 아래에서 소름 끼치는 소리가 일어났다.

"욱!"

순간 가충이 나직한 신음을 흘리며 뒤로 물러났다. 가충의 허벅지에서 피분수가 솟구친다.

"이놈······!"

가충이 노성을 터뜨리며 타유의 발을 노려봤다. 타유의 신발을 뚫고 나온 날카로운 단검이 뱀의 혀처럼 번뜩이고 있다. 이는 살수들의 오랜 살법 중 하나로, 상대의 방심을 유도한 후 신발에 숨겨놓았던 단검으로 적의 하체를 공격하는 수법이었다.

본래 가충 정도의 고수라면 이런 살수들의 계책에 쉽게 당할 리 없었다. 그런 그가 타유의 기습에 당한 것은 그가 타유를 너무 무겁게 생각했기 때문이었다. 가충으로서는 타유 정도 되는 사람이, 대밀문의 밀황이 설마 살수들의 얕은 수법을 쓸 거라고는 생각지도 않았던 것이다.

그러나 타유는 달랐다. 타유에게는 밀황이라는 신분이나 명예가 그리 중요한 것이 아니었다. 그에게 중요한 것은 싸움에 이기는 것이고, 싸움에 이겨 자기가 지키고자 하는 것을 지키는 것이었다.

"노련한 그대가 방심을 하다니 아쉽구려."

쾅!

타유의 단천마검이 그대로 가충의 혈사신검을 내려쳤다. 그러자 가충이 급히 진기를 끌어 올려 타유의 검을 막았다. 그러나 비록 공력은 여전하다고 해도 허벅지에 깊은 상처를 입고 타유의 검을 온전히 막아낼 수는 없었다.

"음!"

한순간 가충이 상처 난 다리를 주춤거리며 주저앉듯 뒤로 물러났다. 그러자 가충을 향해 타유가 매서운 살검을 쏟아붓기 시작했다.

"아아, 정말 무서운 자들이구나. 저런 자들이니 수백 년 강호를 지배했지."

공묘천이 나직하게 탄식을 흘렸다. 청풍 등은 숲에 몸을 숨긴 채 혈막의 내전을 지켜보고 있었다. 물론 청풍의 시선은 아버지 타유에게 고정되어 있었다. 처음 가충과의 싸움에서 진기가 부족해 패할 것 같은 때는 당장에라도 검을 들고 뛰쳐나가려 했지만, 살법을 써서 가충을 오히려 위기로 몰아넣는 타유의 모습에 안도하고는 냉정하게 장내의 상황을 살피고 있었다.

"아버님이 유리하겠어요."

조명 역시 오직 타유에게 관심을 두고 있었다.

"기이한 분이군."

강검산이 말했다.

"무슨 소리요?"

공묘천이 강검산을 보며 물었다.

"타 대협께서 전력을 다하지 않는 듯 보여서 말이지요."

"전력을 다하지 않다니, 아니, 세상의 어느 누가 혈마천주 가충을 상대하는 데 전력을 다하지 않을 수 있단 말이오?"

공묘천이 말도 되지 않는 소리라는 듯 고개를 저었다. 그러자 강검산이 심드렁하게 말했다.

"그냥 내 느낌이 그렇다는 거지요. 타 대협에겐 여전히 폭발하지 않은 그 무엇인가가 있는 느낌입니다. 아우는 어찌 보나?"

강검산이 청풍에게 물었다. 그러자 청풍이 나직하게 대답했다.

"아버지는 살기가 강한 분이지요."

"음… 그렇군. 살기였군."

"도대체 무슨 소리들을 하는 건가?"

다시 공묘천이 물었다. 그러자 청풍이 대답했다.

"형님이 느끼는 아버지의 잠재력은 억눌린 살기라는 겁니다. 아버지는 아직 살기를 완전히 폭발시키지 않으셨어요. 단천마검을 보세요."

"음… 하긴 단천마검이 제대로 힘을 쓰면 저런 모습이 아니지."

공묘천이 고개를 끄떡였다.

"살기라는 것은 사실 의도적으로 끌어 올리거나 없애기 힘든 기운이지. 그런 면에서 보자면 타 대협께서는 이 싸움에 큰 관심이 없는 것 같군."

강검산이 말했다.

"절박할 이유는 없죠."

조명이 대답했다.

"음… 한번 보고 싶은데."

강검산이 말꼬리를 흐린다.

"뭘요?"

조명이 되물었다. 그러자 강검산이 심각한 표정으로 말했다.

"타 대협이 자신의 모든 것을 폭발시켰을 때의 무공 말이오."

그러자 조명이 고개를 저으며 말했다.

"그런 일이 있으면 안 되죠!"

"하긴 제수씨 말이 맞소. 그런 일이 있으면 안 되지. 하지만 무척 독특한 분인 것은 확실한 것 같군."

강검산은 타유에게 호감을 느끼는 모양이었다. 그런데 그때 문득 공묘천이 초조한 기색으로 말했다.

"왜들 안 오지?"

"의천맹이요?"

조명이 물었다.

"지금쯤 와야 할 시간인데… 타유 저 사람도 그렇고 왕함보도 그렇고 곧 싸움을 끝낼 태세가 아닌가. 그들의 싸움이 끝나면 결국 기습의 이점을 찾을 수 없을 텐데…….."

공묘천의 말대로 타유와 왕함보는 각기 가충과 구륜을 향해 마지막 공격을 퍼붓고 있었다. 특히 왕함보의 경우 이제는 언제라도 구륜의 목을 벨 수 있는 상황이었다. 그리고 아니나 다를까. 한순간 왕함보의 검이 허공을 가르자 먹구름 같은 기운이 그대로 구륜을 휘감았다.

"악!"

묵빛 기운 속에서 외마디 비명 소리가 터져 나왔다.

"성주!"

"마제!"

사방에서 적들과 싸우고 있던 천마성의 고수들이 일제히 구륜 옆으로 날아들었다.

"으음……?"

구륜의 입에서 검은 피가 흐른다. 내상을 심하게 입은 증거다.

"마제……."

천산일마 모마경이 얼른 마제 구륜을 부축한다. 그러자 구륜이 나직한 목소리로 무슨 말인가를 중얼거렸다.

"그럴 수는 없습니다."

모마경의 단호한 대답이 흘러나온다. 그러자 구륜이 고개를 저으면서 다시 무슨 말인가를 했다. 그 말을 들은 모마경의 얼굴이 붉게 물들어간다. 곧 눈물이라도 흘릴 것 같다. 그 모습을 보고 있던 왕함보가 큰 목소리로 말했다.

"모두 싸움을 멈춰라!"

왕함보의 외침에 거짓말처럼 장내의 싸움이 멈췄다.

"후욱, 후욱!"

가충은 온몸에 피 칠을 하고 혈사신검을 들어 타유를 겨누고 있었지만 감히 공격을 할 생각은 하지 못했다. 타유 역시 극심한 진기의 소진으로 얼굴이 창백하게 변해 있었다.

"모두 들어라. 우리가 싸울 이유가 어디에 있는가! 혈막은 한 식구다. 이런 싸움은 누구에게도 도움이 되지 않는다. 그러니 이제 그만 도검을 거두라. 만약 도검을 거두고 혼돈시의 결정에 따르겠다면 오늘 일어난 일에 대한 책임을 묻지 않겠다. 그대들은 지금까지 그랬던 것처럼 천하의 주인으로서 강호를 지배하게 될 것이다!"

왕함보의 일장연설에 천마성과 혈마천 고수들의 눈빛이 흔들린다. 그런데 그 순간 갑자기 마제 구륜이 왕함보를 향해 번개처럼 날아들었다. 그러면서 가한산이 뒤흔들 정도로 큰 목소리로 외쳤다.

"천마의 후예들은 들으라. 천마의 전통은 교도 이외의 자에게 무릎을 꿇지 않는다. 혈막은 끝장났다. 모두 이곳을 벗어나 후일을 도모하라!"

구륜의 말이 끝나는 순간 그의 몸은 왕함보의 머리 위에 있었다. 양패구상, 자신의 목숨을 도외시한 구륜의 공격이다.

"과연 천마성주요. 그러나 그댄 날 너무 몰랐어!"

왕함보가 늘어뜨리고 있던 검을 번개처럼 쳐올렸다. 그러자 지금까지와 달리 실처럼 가늘면서 투명한 검기 한 줄기가 왕함보의 검에서 흘러나와 그대로 구륜을 통과했다.

그건 마치 환상과 같았다. 격렬한 충돌음도, 날카로운 비명도 없었다. 그럼에도 허공에서 중심을 잃고 땅에 떨어진 구륜은 더 이상 숨을 쉬지 않았다. 변한 것이라고는 그의 몸을 따라 한 줄기 가느다란 혈선이 그어져 있는 것이었다.

사람들이 일순간 얼음처럼 굳었다. 도대체 어떤 무공이란 말인가. 실처럼 가는 검기를 뽑아내는 것도, 그 가는 검기가 천하의 절대고수 구륜을 단번에 죽인 것도 모두 믿을 수 없는 일이었다.

그러나 놀람도 잠시, 장내의 고수는 모두 노련한 자들이었다. 구륜의 죽음은 믿을 수 없는 것이지만, 그 죽음에 매여 자신이 할 일을 잊는 자들이 아니다. 그들은 혈시의 주인이었다.

"이 원한은 반드시 갚아주마!"

모마경이 입에서 처절한 외침이 흘러나왔다. 동시에 그가 숲을 향해 달리기 시작했다. 도주였다. 모마경을 시작으로 천마성의 고수들이 사방으로 메뚜기처럼 달아나기 시작했다. 그러자 당황한 것은 혈마천주 가충이었다. 그 자신도 큰 부상을 당한 상태지만 천마성의 고수들이 도주한 이상 혈마천 홀로 왕함보의 세력을 감당할 수는 없다.

"물러난다!"

가충의 입에서도 퇴각의 명이 떨어졌다. 그러자 혈마천의 고수들이 일제히 신형을 날려 장내를 벗어나기 시작했다. 타유는 굳이 가충을 막지 않았다. 그가 생각하기에 왕함보는 절대로 이들을 그냥 보낼 사람이 아니다. 그러니 굳이 자신이 가충을 막을 필요는 없었다.

그리고 거짓말처럼 그들이 나타났다. 그건 마치 그들이 애초에 천마성과 혈마천의 고수들을 상대하기 위해 매복해 있었던 것 같은 출현이었다.

"죽여랏!"

"강호의 마적들을 단 한 놈도 살려두지 마라."

"오늘 이곳에서 의천맹의 이름으로 강호의 정의가 되살아날 것이다."

타유의 눈에 호기로운 외침과 함께 봉우리를 넘어 분화구로 밀려드는 의천맹의 고수들이 들어왔다.

"전열을 정비하라!"

왕함보가 명을 내렸다. 그러자 혈마천과 천마성을 상대하던 왕함보의 수하들이 각기 그들의 주인 곁으로 모여들었다. 밀문이 고수들 역시 타유 곁으로 바람처럼 모인다.

"생각보다 빠르군요."

원왕련이 걱정스런 표정으로 말했다. 그러나 타유의 얼굴에는 감정이 드러나지 않는다. 타유는 뭔가 자신이 빠뜨리고 있는 것이 있다는 느낌이 들었다. 본능이 계속 무엇인가를 껄끄럽게 한다.

"밀황!"

타유의 상념을 왕함보가 깬다. 타유가 왕함보를 바라봤다. 그러자 왕함보가 투박하게 생긴 검으로 툭툭 손바닥을 치며 말했다.

"난 오늘 이곳에서 천하를 가질 생각이오."

새삼스런 말이다. 그야 모두가 알고 있는 사실 아닌가. 그런데 왜 굳이 타유에게 그런 말을 하는 것인가.

"밀황께서 해주실 일이 있소."

"무엇을 하리까?"

타유가 물었다.

"의천맹과의 싸움에서 선봉을 맡아주시오."

순간 타유의 표정이 살짝 변했다. 예상치 못한 일이다. 타유 자신도, 또한 왕함보도 타유가 이 싸움에서 주도적인 인물이 아니라는 것은 모두 인정하고 있는 일이다. 그런데 선봉이라니.

'무슨 꿍꿍이인가?'

선봉을 맡겠다고 하는 순간 타유는 헤어 나올 수 없는 강호의 은원에 빠져들게 될 것이다. 이곳에서 정파와 일대 혈전을 벌인다면 타유는 영원히 강호의 일대 거마로서 정파의 공적으로 살아가야 할 터였다.

'곤란하군.'

타유는 자신이 마치 왕함보의 그물에 걸린 듯한 느낌을 받았다. 거절하기 쉽지 않은 제안이고, 받아들이면 그의 삶은 원하지 않는 방향으로 흐를 것이다.

그런데 세상일은 참으로 기이하다. 타유의 고민을 해결해 줄 다른 사람이 우연하게도 불쑥 모습을 나타난 것이다.

"밀황, 제게 선봉을 양보해 주시지요."

살막주 왕묘문이다.

"묘문!"

왕함보가 당황한 표정으로 소리쳤다. 그러나 타유는 왕함보에게 시간을 주지 않았다.

"살막주께서 선봉에 서시겠다면 내가 어찌 양보하지 않을 수 있겠소. 오늘 살막주의 위명이 천하를 울릴 것이오."

타유로서는 뜻밖의 행운이라고 할 수 있었다. 호승심이 강한 왕묘문이 타유에게 이 싸움의 공이 모두 돌아가는 것을 시기해서 생긴 일이지만 타유를 늪에서 벗어나게 해주는 순간이었다.

"아버님, 이 일은 제가 맡겠습니다."

왕묘문이 왕함보를 보며 말했다. 그러자 왕함보가 화가 난 표정으로 대답했다.

"이 가한산에선 날 아버지라 부르지 말라 했거늘!"

"죄, 죄송합니다. 대인! 제게 기회를 주십시오."

왕묘문이 당황한 듯하면서도 고집을 꺾지 않는다. 이렇게까지 왕묘문이 고집을 부리면 왕함보도 어쩔 수 없다. 수많은 사람이 지켜보고 있으니 왕묘문을 싸움에 내보내지 않을 수 없었다. 만약 계속 왕묘문의 출전을 말리면 자식을 위험한 곳에 보내지 않으려는 이기심으로 보여 수하들의 원망을 살 터였다.

"좋아. 선봉은 살막주다. 중군은 내가 선다. 그리고… 후군은 밀황이 맡아주시오."

"그러지요."

타유가 기꺼운 표정으로 대답했다. 그러자 왕함보의 표정이 딱딱하게 굳더니 독곡주를 보며 말했다.

"독곡주께서는 지금 즉시 이곳을 벗어나 미리 부탁드렸던 일을 해주시오."

그러자 독곡주 단월이 망설이는 듯한 표정을 지으며 물었다.

"정말 그리하시겠습니까?"

"뿌리는 확실히 뽑아야 하는 것이오."

"그렇기는 하지만……."

"후환을 남기고서는 절대 대업을 성공할 수 없소."

"알겠습니다. 그럼 그리하지요."

"고맙소. 그럼 일이 끝난 후 봅시다."

왕함보의 말에 단월이 포권을 해보인 후 독곡의 고수들에게 명을 내린다.

"산을 내려간다. 가자!"

단월의 명이 떨어지자 독곡의 고수들이 일제히 장내를 벗어나기 시작했다. 그러자 타유가 의뭉스런 표정으로 왕함보에게 물었다.

"독곡주는 어디로 가는 것이오?"

"그에게 일의 뒤처리를 맡겼소."

"일의 뒤처리라면……?"

"가한산에 오르지 않은 혈막의 사람 중 날 따르지 않는 자들은 그의 몫이 될 것이오."

"아……!"

타유가 나직하게 탄식을 흘린다. 참으로 독한 자다. 이곳에서 그 수뇌들을 제압하면 자연히 흩어질 세력들인데 굳이 독

곡주를 보내 후환을 없애려는 왕함보의 심사가 독하기 이를
데 없었다.

"모두… 죽이실 생각이시오?"

"날 따르겠다는 자는 살 것이고, 그렇지 않은 자는 독곡주의
독에 죽겠지. 선택은 그들의 몫이오. 묘문!"

왕함보가 더 이상 그 일을 말하고 싶지 않다는 듯 왕묘문을
불렀다.

"예, 대인!"

왕묘문이 아비를 대인이라 부른다.

"나아가 천마성과 혈마천의 도주자들은 물론 의천맹의 침
입자를 모두 베라."

"알겠습니다."

"그리고… 내가 알려준 바를 잊지 않았지?"

그러자 왕묘문이 고개를 끄떡였다.

"당연하지요."

"머리에 붉은 띠다. 명심해라. 머리에 붉은 띠를 맨 자들은
적이 아니니 죽이지 마라."

"명심하겠습니다."

"좋아. 가거라."

왕함보의 명이 떨어지자 왕묘문이 살막의 고수들을 보며 소
리쳤다.

"날 따르라. 새로운 무림이 열릴 것이다."

왕묘문의 호기로운 외침에 살막의 고수들이 투기를 발산하

며 숲의 남쪽을 향해 달려나갔다. 그러자 타유가 왕함보에게 무거운 표정으로 물었다.

"다른 세력이 있소이까?"

머리에 붉은 띠를 한 자들은 적이 아니라는 말을 두고 하는 말이다. 그러자 왕함보가 대답했다.

"그렇지 않아도 말해주려던 참이었소. 머리에 붉은 띠를 한 자들은 적이 아니오. 그들은 내 사람이오."

"어디에 속한 자들입니까?"

"뭐… 혈막에 속한 자도 있고, 또…….."

왕함보가 말꼬리를 흐린다.

"의천맹에 속한 자도 있소이까?"

"그렇소."

왕함보가 고개를 끄떡였다. 왕함보의 대답에 타유가 나직하게 탄식을 흘렸다.

"아… 대인은 정말 치밀한 분이구려."

"이런 정도의 준비도 하지 않고 어찌 천하를 얻으려 하겠소. 그럼 먼저 가겠소. 뒤를 부탁하오."

왕함보가 한줄기 미소를 지어 보이고는 수하들을 이끌고 걸음을 옮기기 시작했다. 그러자 밀문의 고수들이 일제히 타유의 곁에 모여들었다.

"놀라운 일이군요."

원왕련이 고개를 저으며 말했다.

"그러게 말입니다. 어찌 의천맹에도 왕 대인의 사람이 있었을까요. 참 무서운 사람입니다."

이궐령 역시 고개를 절레절레 흔들며 말했다. 그러자 왕사미가 걱정스런 표정으로 말했다.

"이젠 어쩌지요?"

"어쩌긴 뭘 어쩐단 말이오? 일이 이렇게 된 이상 그를 도와 천하를 얻는 수밖에."

이궐령이 대답했다. 그러자 왕사미가 고개를 저으며 말했다.

"그런 말이 아닙니다. 과연 그가 우리를 살려둘까 그걸 걱정하는 것입니다."

"그가 우릴 죽일 수도 있단 말이오?"

이궐령이 놀란 표정으로 되물었다.

"그에게 우리가 알지 못했던 세력이 있다면 밀문이 그에게 꼭 필요한 존재는 아니지요. 더군다나……."

왕사미가 말을 하다말고 타유를 바라봤다. 그러나 그녀의 속마음은 누구나 짐작할 수 있었다. 비록 왕함보의 일을 돕고는 있지만 타유는 여전히 왕함보를 거래의 상대로 생각하지 주인으로 섬기는 것은 아니었다. 그런 자를 일이 끝나고 난 뒤 제대로 대접할 리가 없는 왕함보.

"지금이라도 그의 발을 핥아야겠소?"

타유가 왕사미에게 물었다. 그러자 왕사미가 얼굴을 붉히며 말했다.

"그런 말이 아니오라……."

"최악의 경우 나 하나 죽으면 그뿐이오. 그에게 밀문은 여전히 요긴한 세력이오. 그보다는… 아직 싸움이 끝나지 않았다는 것이 중요하오. 그가 아무리 많은 준비를 했다고 해도 싸움이란 것은 항상 변수가 있게 마련인 것이오. 그만 가봅시다. 그와의 관계는 나의 일이니 그대들은 걱정할 필요 없소."

타유가 말을 하고는 성큼성큼 걸음을 옮기기 시작했다.

*   *   *

기이한 일이었다. 이건 마치 앞뒤에서 적을 협공하고 있는 듯한 모양새였다. 어느새 도주자들은 혈마천주 가충을 중심으로 모여 있었다. 마제 구륜을 잃은 천마성의 고수들 역시 대부분 가충의 곁에 있었는데 지금으로써는 믿을 수 있는 사람은 오직 가충뿐이기 때문이었다.

그런 천마성과 혈마천 고수들을 앞뒤에서 협공하고 있는 세력은 전혀 어울릴 것 같지 않은 자들이었다.

남쪽에는 대정(大正)의 기치를 높이 세운 의천맹이, 북쪽에서는 왕묘문이 지휘하는 혈막의 다른 고수들이 도주자들을 압박해 들어오고 있었다.

"참으로 기인한 일이구나."

공묘천이 고개를 갸웃했다.

"뭐가요?"

조명이 공묘천을 보며 물었다.

"분명 서로 생사결을 치러야 할 사이지만 지금 봐서는 마치 동맹을 맺은 모습이지 않은가?"

북쪽과 남쪽에서 혈마천과 천마성의 도주자들을 공격하고 있는 사람들을 두고 하는 말이었다.

"일단 공동의 적이 사라지만 결국 생사결이 벌어지겠지요."

조명이 말했다.

"물론 그렇게 되겠지만… 아무튼 느낌이 이상해."

공묘천이 연신 고개를 저었다.

"우리 일은 언제나 시작하려나?"

문득 강검산이 청풍에게 물었다. 그러자 청풍이 잠시 생각에 잠겼다가 입을 열었다.

"의천맹과의 싸움 결과를 봐야겠습니다."

"음, 의천맹이 이길 수도 있다고 보는 건가?"

"쉽지는 않겠지만 가능성이 아주 없는 것도 아니지요. 혈막이 분열되었으니 그 힘은 절반, 혈시의 주인 중 왕함보를 따르는 자의 숫자는 겨우 오십이 조금 넘지요. 반면 의천맹의 고수 숫자는 근 이백에 가까워요. 싸움의 결과가 어찌 될지는 아직 모릅니다. 의천맹이 승리한다면, 그래서 그가 죽기라도 한다면 굳이 우리가 세상에 나설 필요는 없지요."

"그런데 이상한 일이야. 어떻게 저렇게 멀쩡하게들 이곳까지 도착했을까?"

다시 공묘천이 고개를 갸웃한다.

"누가요?"

다시 조명이 물었다.

"의천맹도들 말이야. 물론 마뇌 하순의 머리가 비상한 것은 알고 있지만 필시 혈막의 고수들이 중도에 막아섰을 텐데 그 숫자가 크게 줄지 않았어. 강을 건넌 전력이 고스란히 이곳에 온 것 같지 않은가."

"비도를 만들었을 수도 있지요."

"음… 그럴 수도 있지. 내가 알기로 마뇌는 아주 오래전부터 이 가한산에 대해 연구를 했으니까."

그러자 청풍이 뜻밖이라는 표정으로 공묘천에게 물었다.

"그가 오래전부터 이 가한산을 살폈다고요?"

"그렇다네."

"대략 언제부터인가요?"

"그게 한 삼사 년 되었던가? 아마 그쯤 되었을 거네. 지세를 살피는 데에는 천하에 나만 한 자가 없다고 나에게 약간의 도움을 구했었어. 그때 내가 어디냐고 물으니 가한산이라고 하더군. 당시에는 의아했지만 나중에야 참으로 용의주도한 사람이란 걸 알았지. 혼돈시가 열릴 곳이라는 걸 짐작하고 이곳의 지형을 미리 살피고 있었으니 말이야. 그런 면에서 보자면 마뇌 하순도 참 뛰어난 사람이긴 한데……."

공묘천이 말을 하는 동안 청풍의 표정이 급격하게 어두워졌다.

"무슨 일이에요?"

조명이 청풍의 기색이 변했음을 알고는 조심스레 물었다.

그러자 청풍이 대답했다.

"그는 어떻게 가한산에서 혼돈시가 열릴 거라는 것을 알았을까요?"

"그야 당연히 혈막오류에 심어둔 간자들을 통해 알았겠지."

공묘천이 심드렁하게 말했다. 그러자 청풍이 고개를 저었다.

"가한산이 혼돈시가 열릴 장소로 정해진 것은 불과 삼 년이 채 되지 않았어요. 본래 혼돈시는 때마다 열리는 장소가 다르지요. 그리고 그 장소에 대한 결정도 혼돈시에 임박해서 해왔습니다. 이번에도 혈시의 배분을 위한 오류 주인들의 회합이 열린 이후에야 이곳에서 혼돈시가 열리는 것으로 결정되었지요. 그런데 그가 이미 삼사 년 전부터 이곳의 지형을 살폈다고 하면……."

청풍의 말에 공묘천의 얼굴도 일변했다. 그는 손을 들어 자신의 목덜미를 몇 번 만지더니 나직하게 청풍에게 물었다.

"그를 의심하는가?"

"조금 이상하군요."

"마뇌가 혈막의 누군가와 손을 잡고 있다면… 그게 누굴까?"

"그것보다 더 중요한 것이 있지요."

청풍이 말했다.

"뭐가 더 중요하단 말인가?"

"누구와 손을 잡았느냐가 아니라 무엇을 목적으로 손을 잡았느냐는 것이지요."

"설마 그가 개인의 영달을 위해 혈막의 인물과 손을 잡았을 수도 있다고 생각하는 건가?"

"그를 믿으세요?"

"음… 그의 성정은 믿지 못하지만 그의 진심은 믿네. 행보가 독선적이기는 하지만 그렇다고 정파를 팔아먹을 인물은 아니지."

"그러나 자신의 명예욕을 위해 과거에는 송백림을, 당대에는 의천맹의 맹도들을 죽음으로 몰아넣고 있는 인물이기도 하죠. 그런 사람을 과연 믿을 수 있을까요?"

"음… 하지만……."

공묘천은 여전히 마뇌 하순을 믿고 싶은 모양이었다. 그러자 강검산이 말했다.

"우리끼리 떠들어봐야 무슨 소용이 있겠습니까? 이 싸움의 끝을 보면 자연히 알게 되겠지."

강검산이 도를 어깨에 걸쳐 메고 천천히 걸음을 옮겼다. 그러자 청풍과 조명이 강검산의 뒤를 따랐다.

"젠장할, 도대체 마뇌 그자의 속내가 뭐냐?"

공묘천이 초조한 기색으로 주변을 살피며 청풍 등을 따라붙었다.

애초에 승패가 정해진 싸움이었다. 왕함보가 이끄는 혈막의 고수들을 상대하는 것도 벅찬 천마성과 혈마천의 고수들이다.

거기에 퇴로에서 나타난 의천맹 고수들의 협공을 받고 보니 순식간에 싸움의 승패가 결정 났다.

그나마 그들이 조금이라도 버틸 수 있었던 것은 그들의 무공 때문이었다. 혈시의 주인이 된 자들이므로 쉽사리 목숨을 내어주지는 않았다. 그러나 시간은 결국 가충과 그를 따르는 자들에게 끝을 요구하고 있었다.

혈마천과 천마성의 고수 중 살아남은 자가 채 열이 되지 않았다. 그들은 의천맹과 왕함보의 세력 중간에서 기이한 대치를 하고 있었다. 어느새 싸움도 중지되었다.

싸움이 멈춘 것은 가충이 이끄는 자들 때문이 아니었다. 이제 그들은 더 이상 가한산에서 중요한 존재가 아니었다. 싸움이 멈춘 것은 드디어 혈막의 고수들과 의천맹의 고수들이 조우했기 때문이었다.

이백 년이 넘도록 강호를 지배해 온 혈막과 그 이백 년 동안 강호의 주인 자리를 빼앗겼던 의천맹이다. 그 만남이 결코 녹록할 리 없었다. 서로에 대한 강렬한 적의를 보이면서도 또한 함부로 적을 도발하지도 못했다.

그렇게 양쪽의 대치가 길어지려는 찰나, 마치 약속이라도 한 듯 양쪽의 고수들을 헤치고 혈막과 의천맹 양쪽에서 두 사람이 앞으로 나섰다. 혈막의 고수들 사이에서 나온 자는 왕함보였고, 의천맹 고수들 쪽에서 나온 자는 마뇌 하순이다.

"의천맹의 총사 마뇌시구려."

왕함보가 먼저 입을 열었다.

"혈막의 새로운 막주 되신 것을 축하드리오."

"소식이 빠르구려."

"혈막의 현 강호의 중심, 어찌 그 소식을 모르겠소."

"음… 아무튼 좋소. 그나저나 고맙다고 해야겠구려. 본 막의 반역자들을 제압해 주셨으니."

왕함보가 가벼운 미소를 지으며 말했다.

"의천맹의 적으로 벤 것이니 막주께서 고마워할 일은 아니오."

하순이 고개를 저으며 말했다. 그러자 왕함보가 빙그레 미소를 짓는다.

"그래도 고마운 것은 고마운 것이지요. 그나저나 천주, 그대가 갈 곳은 이제 어디에도 없구려. 그러니 이제 그만 다시 혈막의 그늘로 들어오심이 어떠하오?"

왕함보가 혈마천주 가충을 보며 말했다. 그러자 가충이 이를 갈며 대답했다.

"내 죽는 한이 있어도 그대의 수족이 되지는 않을 것이오!"

"그렇소? 그럼 죽을밖에!"

한순간 왕함보가 검을 휘둘렀다. 그러자 그의 검에서 예의 그 실처럼 가는 짙은 묵빛이 검기가 일어나더니 바람에 흩날리듯 혈마천주 가충의 몸을 휘어 감았다.

"흥!"

가충은 자신의 몸을 휘어감는 왕함보의 검기에 코웃음을 치며 검을 쳐올렸다. 그런데 다음 순간 가충의 입에서 당황한 듯한 음성이 흘러나왔다.

"옷!"

가충이 재빨리 두 손으로 검을 잡았다. 그리고는 전력을 다해 힘을 썼다. 그러나 그의 검은 거짓말처럼 그의 손에서 벗어나더니 허공을 날아 땅속에 처박혔다. 가충이 오랜 격전으로 지쳐 있기도 했지만 왕함보의 무공은 신묘하기 이를 데 없었다.

"그대는 위험한 사람이야. 살려서 쓰고 싶긴 하지만 혈사신공의 뿌리는 언제나 위협적이지. 그래서 그대를 살려주지 못함이 유감이다."

왕함보가 나직하게 중얼거리더니 재차 검을 휘둘렀다. 그러자 예의 그 실처럼 가는 검기가 가충의 목을 휘어 감는가 싶은 순간 가충이 외마디 비명을 질렀다.

"악!"

비명과 함께 가충이 그대로 무너져 내렸다. 천하를 호령하던 혈마천주의 최후치고는 너무도 급작스럽고 허무한 최후였다. 가충의 죽음에 그를 믿고 최후까지 버티고 있던 천마성과 혈마천의 고수들 얼굴에 절망이 깃들었다.

"그만 도검을 거두시게들!"

왕함보가 살아남은 십여 명의 사람에게 부드럽게 말했다. 그러자 잠시 서로 눈치를 보던 자들이 하나둘 도검을 버리기 시작했다.

"좋아. 애초에 그대들은 혈막의 한 형제이니 홀대하는 일은 없을 것이다. 천주의 시신을 수습해 뒤에 가 있거라."

왕함보의 명에 살아남은 자들이 얼른 가충의 시신을 들고
혈막 고수들 사이로 사라졌다. 그러자 그 모습을 보고 있던 마
뇌 하순이 왕함보에게 말했다.

"참으로 두려운 무공이시오."

"고맙소이다."

"그럼 이제 우리 일을 마무리 지어야겠구려."

그러자 왕함보가 고개를 저었다.

"우리의 일이 아니라 천하의 일이오."

"그렇구려. 천하의 일이구려."

하순이 고개를 끄덕인다. 그러자 왕함보가 좌우로 걸음을
옮기며 말했다.

"난 지금까지의 혈막주들과는 다르오. 난 정사의 구분이 없
는 사람이오. 여러 강물이 모여 큰 바다를 이루듯 난 강호에
바다와 같은 새로운 세력을 만들 생각이오. 이 바다에는 혈막
은 물론 의천맹도 들어올 수 있소. 그리하면 이 바다가 곧 천
하가 될 것이오. 또한 혈막은 이족(異族)을 내세워 천하를 지배
했지만 난 다르오. 우리가, 무림이 천하를 지배하는 세상을 만
들 생각이오. 이 바다에 들어오시겠소?"

그러자 마뇌 하순이 물었다.

"그대가 황제가 되려 하시오?"

"못할 것도 없지. 그러나 난 그보다는 황제 따위 언제나 바
꿔 버릴 수 있는 사람이 되려 하오."

"사람 중의 신(神)이 되겠다는 말이구려."

"그렇게 부르겠다면 부인치는 않겠소."

왕함보의 말에 마뇌 하순이 잠시 생각에 잠겼다가 입을 열었다.

"우리 의천맹은 혈막과 달라서 한 사람의 뜻이 그 행보를 결정하지는 않소. 내게 시간을 주겠소?"

"물론! 얼마든지"

왕함보가 고개를 끄떡였다. 그러자 마뇌 하순이 눈짓으로 의천맹의 수뇌들을 한곳으로 불러 모았다.

의천맹 고수들의 논의는 그리 오래 걸리지 않았다. 채 이각이 지나지 않아 마뇌 하순은 다시 왕함보 앞에 섰다.

"결정하셨소?"

왕함보가 묻자 하순이 대답했다.

"무림은 한 사람의 절대자를 원하지 않소."

"어리석군."

"힘을 봅시다. 그대의!"

하순이 단호하게 말했다. 그러자 왕함보의 눈초리가 매서워졌다.

"그들의 뜻이오? 당신의 뜻이오?"

왕함보의 질문에 하순이 가볍게 미소를 짓는다.

"난 의천맹의 일개 맹도일 뿐 그 행보를 결정할 수는 없소."

순간 왕함보가 한줄기 비웃음을 흘린다.

"그대의 영악함을 몰랐던 것은 아니지만 생각보다 더 독하군. 그대가 날 시험해 보고자 흘릴 피가 얼마인 줄 아시오?"

"이 결정은 내가 내린 것이 아니오."

"휴… 역시 어려운 사람이군. 처음부터 끝까지."

"대인 역시 마찬가지요."

순간 두 사람의 대화를 멀리서 듣고 있던 타유의 등줄기에 소름이 끼쳤다.

'대인! 대인이라… 저자는 이미 왕함보를 알고 있었어!'

타유의 머릿속에 어지러운 선들이 이어지기 시작했다. 강호에서 일어났던 많은 사건과 혼돈시가 열리는 가한산에 들어온 의천맹도들의 움직임, 그리고 그들의 출현까지 이 모든 것이 하나의 선으로 이어진다.

왕함보와 마뇌 하순이 이미 오래전부터 알고 있던 사이라면 어쩌면 오늘 타유의 눈앞에서 일어나고 있는 이 일들은 두 사람이 함께 만들어낸 일일 수도 있었다. 아니, 거의 확실했다.

'그럼에도 싸운다는 것은… 천하를 두고 마지막 승부는 결하겠다는 것이군. 누가 이기든 둘 중 하나가 천하의 주인이 된다라. 야심가들의 야합인가.'

갑작스런 살기가 솟구친다. 사람의 운명을 손 위에 올려놓고 조종하는 두 사람의 행보에 구역질이 날 정도다. 단천마검을 쥔 손에 힘이 들어간다. 그러나 지금 나서서 두 사람을 함께 벨 수는 없다. 타유의 심장과 머리가 서서히 식어가기 시작했다. 그의 가슴이 살수의 그것으로 변했다.

'둘은 오늘 원하는 것을 얻지 못하리라.'

강호를 위한다거나 세상에 정의를 세운다는 것은 타유에게 어울리지 않는 일이다. 타유의 살기는 그저 농락당한 자의 분노 같은 것이었다. 그 분노를 두 사람에게 표출하려면 타유 자신이 가장 자신 있는 방법이어야 한다. 그것은 타유가 다시 완벽한 살수로 돌아가는 일이었다.

타유가 그렇게 왕함보와 마녀 하순에 대해 갑작스런 살의를 느끼는 동안 드디어 정사의 최고봉인 혈막과 의천맹의 고수들이 격돌했다.

콰아아!

거대한 해일이 숲의 양쪽에서 일어나더니 급기야 가운데에서 충돌했다. 도검이 만들어내는 해일은 한여름 폭풍의 기세에 못지않다.

세력으로 보자면 당연하게도 의천맹이 우세했다. 혈막의 경우 혈시의 주인들만이 혼돈시에 참여했고, 그나마도 내분으로 인해 삼분지 일은 죽임을 당한 상황이었다. 그러니 이제 남은 숫자는 겨우 칠십여 명, 그중 독곡의 고수들은 산을 내려갔으니 오십여 명이 겨우 넘는 숫자다.

반면에 큰 어려움 없이 맹도들을 가한산 정상으로 이끈 마녀 하순 덕에 의천맹의 맹도들은 혈막 도주자들과의 싸움에도 불구하고 이백여 명에 육박하고 있었다.

그러니 세력으로 보자면 의천맹이 단번에 장내의 전세를 장악해야 했다. 그러나 현실은 그렇지 못했다. 혈막의 고수들이 혈시를 차지한 일기당천의 절대고수이기 때문이기도 했지만, 사실 그 이유는 오직 하나 왕함보라는 전율적인 고수의 존재 때문이었다.

왕함보의 검이 움직이면 그에 따라 묵빛의 검은 기운도 산봉우리 사이의 계곡을 따라 흘러 다니는 연무처럼 이동한다. 그러면 어김없이 그 묵빛 기운에 휩싸여 사람이 죽어갔다.

"악!"

"아악!"

파도가 모래성을 쓸어버리듯 그렇게 왕함보의 검기가 의천맹도들을 쓸어갔다. 용기를 내어 그의 앞을 막아서는 자는 더 처참한 죽음을 맞았다.

그의 앞에서 남궁가의 노고수 남궁창이 쓰러졌고, 의천맹이 자랑하는 천룡기주 소림의 무승 광법 역시 한 팔이 잘린 채 물러났다. 무당삼선으로 불리며 무공으로는 무당에서 세 손가락에 꼽는 청류자 임당까지 채 오 초를 버티지 못하고 죽었을 때는 이제 완전히 장내의 전세가 혈막 쪽으로 기울어졌다.

이젠 그 누구도 왕함보 앞에 나서는 고수가 없었다. 왕함보는 장내의 유일한 절대자였다. 그가 움직이는 곳에서 사람들은 모래알처럼 흩어졌고, 미처 피하지 못한 자는 그의 묵빛 검기에 휩싸여 속절없이 목숨을 잃었다.

그리하여 싸움을 시작한 지 채 반 시진이 되지 않았을 때, 이제 혈막과 의천맹 고수들의 숫자가 엇비슷해졌다. 이대로 가다가는 의천맹은 전멸을 면치 못할 지경이었다.

"싸움을 멈추시오!"

문득 마뇌 하순이 소리쳤다. 그러자 왕함보 역시 손을 멈추고 소리쳤다.

"싸움을 멈춰라!"

왕함보와 하순의 외침에 장내의 싸움이 거짓말처럼 멈췄다. 푸르던 숲이 붉게 변해 있었다. 사람이 흘린 피가 숲을 물들였다. 그 잔혹함이 세상이 끝에 와 있는 듯한 느낌을 만든다.

"이제 시험은 끝났소?"

왕함보에 피의 한가운데 서 있는 사람답지 않게 여유로운 표정으로 하순에게 물었다. 그러자 하순이 대답했다.

"대인의 능력은 잘 보았소."

"감당할 수 있겠소?"

"살아만 간다면……."

마뇌 하순이 말꼬리를 흐렸다. 순간 왕함보의 눈꼬리가 살짝 치켜 올라간다. 의외의 대답인 모양이었다. 그리고는 곰곰이 생각에 잠기다가 입을 열었다.

"세력을 감춰둔 모양이군."

"어찌 모든 패를 보이겠소."

"그렇다면 역시… 소문이 돌던 그 후송백림이라는 자들이겠군."

왕함보의 대답에 이번에는 하순이 놀란 표정을 짓는다.

"어떻게 그 사실을 아셨소?"

"난 일단 강호에 한 세력이 출현하면 아무리 작아도 그에 대한 조사를 철저히 하는 편이지. 하물며 송백림이란 이름의 세력이라면 더욱 그러하지 않겠소?"

"아, 그 일이 실수였어."

"후후, 그러게 말이오. 그대가 밀황을 너무 쉽게 본 것이지."

왕함보의 시선이 갑자기 타유에게로 향했다. 그때 타유는 혈천하의 세상에서 자신과의 싸움에 몰두하고 있었다. 피가 숲을 덮는 순간부터 타유는 참을 수 없는 살의를 느끼고 있었다. 그건 타유 자신이 알고 있던 본래 자신의 살기를 몇 배 뛰어넘는 것이었는데, 그 이유는 타유가 들고 있던 단천마검 때문이었다.

타유는 혈막과 의천맹의 싸움이 시작된 이후에야 단천마검이 왜 마검이라 불리는지 명확하게 알 수 있었다. 그가 알고 있던 단천마검의 그 차가운 기운은 본래 검이 가지고 있던 기운의 채 삼 할도 되지 않았다. 일단 피의 기운이 온 숲에 퍼지자 단천마검은 타유의 선천적인 살기와 맞물려 자신의 본래 모습을 드러내기 시작했다.

그리하여 급기야는 타유가 온 힘을 모아 억눌러야 할 만큼의 강렬한 살기가 일어났고, 그 즈음 왕함보와 마녀 하순이 타유에게 시선을 주었던 것이다.

"맞소이다. 후송백림을 움직여 모가장을 도모하는 것은 너무 성급한 일이었소."

하순이 타유를 보며 말했다. 타유의 눈이 가늘어졌다. 내부에서 폭발하듯 흘러나오는 살기를 감추기 위함이었다. 살기를 드러내는 자는 살수일 수 없다. 그러나 또한 타유는 살수일 때 가장 무서운 힘을 내는 사람이다. 이 이율배반적인 양면성 때문에 타유는 죽을힘을 다해 살기를 억누르고 있었다.

"어디 불편하오?"

문득 타유가 조금 이상하다고 생각했는지 왕함보가 물었다. 그러자 타유가 느리게 고개를 저었다.

"괜찮소."

무거운 대답에 왕함보가 살짝 고개를 갸웃했지만 지금은 타유의 몸을 걱정할 때가 아니었다.

"후송백림을 믿고 다시 한 번 기회를 엿보겠소?"

왕함보가 마뇌 하순을 추궁한다. 그러자 하순이 잠시 생각에 잠겼다가 입을 열었다.

"후송백림을 인정해 주시겠소?"

"물론 그대가 나의 세계에 들어온다면 모든 것이 가능하오. 나의 세계엔 정사가 없소. 후송백림이든 혈막이든 나에겐 그 이름이 그리 중요치 않소. 내가 만들어갈 세상에 동참하느냐 아니냐가 중요하지."

그러자 마뇌 하순이 결심한 듯 말했다.

"좋소. 나 하순은 왕 대인의 세상에 동참하리다!"

"하하하! 좋소. 좋아. 이렇게 오늘 이 자리에서 정사가 하나가 되는 것인가! 무림사에 이런 일이 과연 있기는 했을까. 정사일통이라……!"

왕함보가 호기로운 웃음을 터뜨렸다. 그러나 그 웃음은 그리 오래가지 않았다.

"불가! 어찌 맹의 행보를 군사 홀로 결정하는 것이오?"

갑자기 의천맹 쪽에서 노성이 터져 나왔다. 사람들이 시선을 돌려 보니 의천맹의 고수 십여 명이 노기를 품은 눈으로 마뇌 하순을 노려보고 있었다. 하순을 향해 호통을 친 자는 선장을 든 노승이었는데 그 체구는 작았지만 눈에서 흘러나오는 형형한 안광은 세상을 집어삼킬 듯 강렬하다.

"광해선사, 이 일은 이제 돌이킬 수 없소."

하순이 승려를 향해 말했다. 그러자 사람들의 시선이 다시 노승에게로 향한다. 광해라는 이름이 사람들이 관심을 불러일으켰다. 소림승 광해는 강호에 얼굴이 알려지지 않은 인물이다. 그러나 그 명성은 소림의 주지보다도 높았는데, 이유는 단하나 그가 소림이 자랑하는 사대금강불을 길러낸 스승이기 때문이었다.

과거 모가장을 두고 타유와 겨루었던 소림승 무엄 역시 사대금강불이었으니 광해는 그의 스승이 되는 인물인 것이다.

"마뇌, 그대는 이제 더 이상 의천맹의 군사가 아니오."

"그걸 어찌 노승께서 결정하십니까?"

"나의 결정이 아니라 우리의 결정이오. 그대는 분명 후송백림이란 조직이 세상에 존재하지 않으며 그대 자신 또한 그와 아무런 연관이 없다고 했었소. 그런데 결국 후송백림이 그대의 이름으로 조직된 세력이라니, 그 하나만으로도 그대는 의천맹을 떠나야 할 일이오. 그런데 하물며 혈막에 의천맹을 팔아넘기려 하다니… 어찌 그러고도 그대가 의천맹의 군사 노릇을 할 수 있다고 생각하시오?"

노승 광해의 추궁이 매섭다. 그러자 마뇌 하순이 고개를 저으며 말했다.

"쓸데없는 오기는 파국을 초래할 뿐이오."

"과연 그대가 내가 알고 있던 마뇌가 맞소?"

"난 그대로 나요."

"송백림의 혈난 때 단 한 명이 남을 때까지도 싸워야 한다고 강권하던 마뇌 하순이 정말 그대요?"

"그렇소. 사실 그 일이야말로 내 생에 최악의 결정이었소. 난 당시 너무 젊고 혈기 왕성해 전세를 읽었으면서도 그걸 무시하고 모두가 죽는 길을 택했소. 그러나 이제 내 나이도 어느덧 칠십이오. 어찌 과거와 같을 수 있겠소? 모두가 살 수 있는 길이 있는데 어찌 아까운 목숨을 버리라 하겠소. 힘의 우열, 아니, 정확히는 여기 왕 대인의 무공을 내 눈으로 본 이상 이 싸움은 의미가 없다 생각하오. 과연 천하의 그 누가 왕 대인의 무공을 감당하겠소."

"아아, 어쩌다가 그대가 이렇게 타락했는가?"

광해가 나직하게 탄식을 흘렸다. 그러자 왕함보가 광해와 의천맹의 수뇌들을 보며 말했다.

"그대들의 문파는 온전할 것이오. 난 세상을 독단으로 다스리지도 않을 것이오. 그러니 그대들 역시 이제 그만 도검을 내려놓으시오."

"불가! 그대가 오늘 흘린 피로써 그대와 의천맹은 양립할 수 없는 사이가 되었다. 마뇌의 결정은 그 한 사람의 행보를 결정할 뿐이다. 의천맹은 결코 그대에게 무릎을 꿇지 않는다."

이번엔 광해의 곁에 있던 현무기주이자 곤륜의 고수 채돈륭이 소리쳤다.

"곤륜의 성세는 오직 그대의 손에 달려 있을 텐데? 그대가 여기서 죽으면 곤륜은 몰락을 면치 못할 것이오. 그럼에도 죽음의 길을 가겠소?"

왕함보가 채돈륭을 보며 말했다. 그는 이미 의천맹의 고수들에 대해 속속들이 알고 있었다. 그것만 보아도 그가 아주 오래전부터 마뇌 하순과 관계를 맺어왔다는 것을 알 수 있었다.

"곤륜의 일을 그대가 신경 쓸 필요 없소. 그리고 정(正)의 힘은 생각보다 강하오. 비록 오늘 우리가 이곳에서 모두 죽어도 여전히 의천맹은 살아 있을 것이오. 그들이 지금보다 더 강한 힘으로 그대를 상대할 거요. 오히려 그대야말로 혈막의 주인에 만족하고 이쯤에서 검을 거두는 것이 어떻겠소?"

채돈륭의 반박이 예상외로 치열하자 왕함보가 살짝 눈살을 찌푸렸다. 그러다가 불쑥 물었다.

"지난 이백 년간 소위 정도의 명문이란 자들이 어떻게 생존해 왔는지 있었소? 이곳에서 그대들이 죽고 나면 그들이 과연 그대들의 복수를 위해 싸울 것 같소? 무림의 역사를 보시오. 그들은 아마도 생존을 택할 거요. 물론⋯ 그 중심에는 마뇌께서 이끄시는 후송백림이 있을 것이고 말이오. 후송백림에는 그대들의 사형과 사제 그리고 제자들이 들어가 있소. 그러니 어찌 정파가 그대들의 복수를 하겠소. 하지만 그대들이 나의 뜻에 따른다면 그대들은 지난 세월 잃어버렸던 영광을 되찾고, 나와 함께 천하를 경영하게 될 것이오. 대도(大道)가 있소. 어찌 작은 명예에 집착하려 하시오?'

왕함보가 다시 한 번 설득한다. 그러나 의천맹의 고수들은 전혀 흔들림이 없다. 소림의 광해가 채돈룡을 대신해 한 걸음 앞으로 나왔다. 그리고는 사자후를 터뜨렸다.

"모두가 죽을지언정 그대의 수족이 되어 천하를 피의 구렁텅이로 몰아넣을 생각은 없소. 그리고⋯ 우린 이만 작별을 하리다. 모두 스스로 생로를 여시오. 살아남는다면 오늘의 치욕을 잊지 마시길!'

미리 약속이 되어 있었던 듯 의천맹의 고수들이 일제히 그들이 넘어왔던 숲 남쪽으로 도주하기 시작했다.

"이런!'

마뇌 하순이 아차하는 표정을 지어 보였다. 그가 가한산으로 이끌고 고수들은 의천맹의 고수 중 고수들이었다. 그들만 제압하면 그들이 속한 문파는 자연히 자신에게 복속할 수밖에 없었다. 그런데 그들이 도주한다면 그가 오랫동안 고심했던 계획이 하루아침에 틀어지게 된다.

"걱정 마시오. 그들은 살아 돌아갈 수 없소."

왕함보가 말했다.

"방도가 있소이까?"

"의천맹의 침입을 핑계로 불러들인 혈막의 고수들이 여전히 남아 있소. 그리고 만약의 경우에는 독곡의 고수들도 후방에 있으니 그들이 이곳을 빠져나갈 가능성은 일할도 되지 않을 거요."

"그럼… 모두 죽겠구려."

"아마도 그럴 거요."

"음……."

"아까워 마시오. 그대에게는 후송백림이 있지 않소? 그들이라면 충분히 정파의 태산이 되실 수 있을 거요."

"그래도 십수 년 함께한 사람들이라서……."

"그럴 수도 있겠구려. 그러나 대업을 위해선 독해질 필요가 있소. 이제 강호를 넘어 천하를 우리 두 사람이 경영할 텐데 그때는 이보다 더 독한 마음이 필요할 거요."

"알겠소이다. 대업을 위해 어찌 작은 희생을 걱정하리까. 아무튼… 그럼 이제 이 가한산에서의 일은 끝이 난 것 같구려."

마녀 하순의 말에 왕함보가 천천히 고개를 끄떡였다. 그리고는 좌우를 돌아보며 말했다.

"천천히 추격한다. 일에는 항상 맺고 끊음이 확실해야 하는 법, 나 왕함보를 거역한 자들의 최후를 잘 보아두거라. 가자!"

왕함보의 명에 혈막의 고수들이 의천맹의 고수들을 추격하기 시작했다.

"우리도 갑시다."

왕함보가 마뇌 하순과 멀리 떨어져 있는 타유에게 말하고는 먼저 걸음을 옮기기 시작했다. 그러자 하순이 급히 그의 뒤를 따랐다.

"어쩌시렵니까?"

원왕련이 급히 타유의 곁에 다가섰다. 그의 눈에 공포심이 서려 있다. 아마도 절대적인 무공을 선보이고, 마뇌 하순까지 자신의 사람으로 만든 왕함보에 대한 두려움이 그의 심장을 작게 만든 모양이었다.

"이 일이 어찌 되어가나 그 끝을 확인해 봅시다."

타유가 말했다.

"결국 그를 따를 것입니까?"

"글쎄… 두고 봅시다. 아직 이 가한산에서의 싸움이 끝난 것은 아니니!"

타유가 말을 하고는 빠르게 숲으로 걸어 나갔다. 그러자 원왕련 곁으로 다가온 이퀄령이 말했다.

"싸움은 이미 끝난 것 아닙니까?"

"그러게 말이오. 그런데 왜 밀황은 끝나지 않았다고 하는 걸까?"

"설마 그가 왕 대인을 배려는 것은 아니겠지요?"

"음… 그럴 리는 없을 거요. 아무리 그라 해도 왕 대인의 그 무공은… 어서 갑시다. 그의 말대로 이 싸움의 끝을 내 눈으로 봐야겠소."

원왕련의 말에 이궐령이 고개를 끄떡이고는 타유의 뒤를 따르기 시작했다.

第四章　신검을 잡다

수선경

쿠르릉!

땅과 하늘이 흔들렸다. 그 누구도 예기치 않았던 일이 벌어졌다. 산의 한쪽이 무서운 속도로 허물어졌다. 한겨울 거대한 눈사태를 연상시킬 정도다. 산비탈을 이루고 있던 절벽의 위쪽이 순식간에 붕괴한 것이다.

"피햇!"

"절벽에 붙어!"

도주하던 자들과 그들을 추격하던 자들 사이에서 아비규환의 고성이 터져 나왔다. 방금 전까지 죽고 죽이던 관계였던 자들이 자연의 거대한 재해 앞에서는 그저 살기 위해 버둥대는 같은 인간일 뿐이었다. 개중에는 죽어가는 적을 향해 손을 내

미는 자들조차 있었다.

산사태는 거의 이각여 동안 이어졌고, 그 후에도 마치 여진이라도 난 것처럼 간헐적으로 흙과 돌더미들이 절벽 위에서 굴러떨어졌다.

그리하여 의천맹에 대한 혈막의 추격전은 한동안 지체됐다. 하긴 도주자들 역시 거의 대부분 산사태에 묻혀 버렸으니 양패구상이라는 말이 딱 어울린다고 할 수 있었다.

"무슨 뜻인가?"

가한산 비탈에서 왕함보가 하늘을 보며 중얼거렸다. 아침부터 흐린 하늘에는 먹구름이 가득하다. 비는 여전히 부슬부슬 이슬처럼 내리고 있었다.

"천재지변일 뿐이지요. 겨울이 지나며 약해졌던 지반이 비를 맞아 그 무게를 견디지 못한 것 같습니다."

이제는 왕함보에게 깍듯하게 존대를 하는 마뇌 하순이다.

"음… 천재지변이라. 세상의 모든 일이 하늘의 뜻에 의해 이뤄진다는 말은 어찌 생각하시오?"

왕함보가 하순에게 물었다.

"어찌 그런 말씀을! 그저 우연일 뿐입니다."

어떻게 선택한 길인가. 정도로부터 영원히 배신자라는 오명을 쓸 것을 감수하고 선택한 길이다. 그런 길에 불길함이 깃들어서는 안 될 일이다.

"노파심일수도 있겠지. 아무튼… 하늘의 뜻이야 어떻든 사람은 자기가 할 일을 해야지. 일천장!"

"옛, 대인!"

감궁이 급히 왕함보 앞에 대령한다.

"천장들과 함께 달려가 산 자들을 수습하라. 그리고 전서를 보내 혈막의 고수들로 하여금 이 가한산을 벗어나 강을 건너는 자는 적아를 막론하고 잡아놓으라 하라!"

"알겠습니다!"

감궁이 급히 허리를 굽혀 대답을 하고는 수하들을 이끌고 바람처럼 산비탈을 달려 내려갔다. 그 모습을 보고 있던 마뇌 하순이 말했다.

"저도 이만 가서 후송백림을 챙겨야겠습니다."

"괜찮겠소?"

"이미 저와 뜻을 같이하기로 약조한 사람들입니다."

"그래도 정파에서 자라난 사람들이라 걱정이 되는구려."

"그들도 알고 있지요. 정사의 구분은 무의미하고 무림에선 결국 힘이 모든 것을 결정한다는 것을! 그 이치로 나를 따르게 된 사람들입니다."

"알겠소이다. 그럼 그들을 데리고 오시오! 그들이 나를 따른다면 구파 역시 결국에는 내 뜻에 따라 움직이겠지."

"다녀오겠습니다."

마뇌 하순이 정중하게 고개를 숙여 보인 후 훌쩍 몸을 날려 산 아래로 달려 내려갔다. 그 뒤를 애초부터 그의 수족이었던 의천맹 고수 몇몇이 그림자처럼 따라 달린다.

그렇게 사람들을 모두 가한산 주변으로 흩어 보내자 이제 왕함보의 곁에는 이십여 명의 사람만이 남게 되었다. 그나마도 타유가 이끄는 밀문의 고수 십여 명을 제외하면 왕함보를 따르는 자는 열을 겨우 넘겼다.

'기회인가?'

타유가 검을 잡아간다. 왕함보를 베려면 지금이 가장 적당한 때라는 것을 살수의 본능으로 느끼고 있었다.

'그런데 그를 꼭 베어야 할까?'

그를 벨 자신이 있는 것도 아니었다. 그가 본 왕함보의 무공은 아무리 살법에 통달하고 상승의 무공을 수련한 타유로서도, 그의 단천마검을 들어도 베기 힘든 상대였던 것이다. 그러니 목숨까지 걸고 왕함보를 벨 이유가 필요했다. 그런데 왕함보는 미처 타유에게 기습을 할 기회조차 주지 않았다.

"이보시게. 밀황!"

왕함보가 은근한 목소리로 타유를 불렀다. 순간 타유가 검에서 손을 떼었다. 기습은 기회를 잃었다.

타유가 천천히 왕함보 곁으로 다가왔다. 그러자 왕함보가 한 걸음 위로 물러났다. 자연스레 왕함보의 위치가 타유보다 머리 하나 정도 높게 되었다. 그것이 의도적인 것인지 아니면 우연인지는 알 수 없지만 마치 이제는 더 이상 타유와 같은 높이에서 세상을 보지 않는다는 것을 말해주려는 듯한 느낌이 드는 행동이다.

그러나 그런 것에 구애받을 타유가 아니다. 물론 무인으로서의 왕함보에게 놀란 것은 사실이었다. 그의 무공은 타유가 세상에서 본 무공 중 가장 강력했다. 신비롭기로야 해동에서 악연으로 만나 선연으로 이어졌던 선승 묵철의 무공이 으뜸이지만 피와 살이 튀는 전장에서라면 선승 묵철의 무공이 왕함보를 제압할 수 있을 거라 자신할 수 없는 타유였다.

하지만 거기까지였다. 타유와 같은 살수에게 무공의 고하가 줄 수 있는 두려움은 마음을 긴장시키는 정도다. 살수는 무공이 아니라 살법으로 사람을 죽이는 자들이기 때문이었다. 그 피가, 살수의 피가 여전히 살아 있으므로 타유는 왕함보를 두려워하지는 않았다.

"참으로 기이한 일이 아니오?"

왕함보가 입을 열었다.

"무엇이 말이오?"

여전한 타유의 말투에 왕함보의 눈꼬리가 살짝 흔들린다. 자신이 보여준 지금까지의 모습에도 변하지 않는 타유의 말과 행동이 이해불가한 사람처럼 느껴지는 듯 보이기도 했다. 하물며 마뇌 하순조차도 그에게 복속하지 않았던가.

"세상일이란 게 말이오. 꼭 저 무너진 절벽과 같은 생각이 드오."

"왜 그런 생각을 하셨소이까?"

"모든 일이 너무 급작스럽게 일어나기 때문이오."

"그러나 세상일에는 모두 그 이유가 있게 마련 아니겠소? 오늘날 대인께서 천하의 주인이 된 것도 결론이야 혼돈시에서 결정된 것이지만 사실은 아주 오랫동안 준비해 온 일 아니오?

그러니 무너진 저 절벽도 아주 오래전부터 무너질 위험을 가지고 있었던 것일 것이오."

그러자 왕함보가 고개를 끄떡였다.

"맞소. 맞아! 세상에 원인이 없는 일이란 없지. 그래서 나도 매사에 조심을 한다오. 사실 혈막을 손에 넣는 일은 십여 년 전에도 가능했을 거요. 그때도 이미 난 충분한 세력을 확보하고 있었으니까. 그러나 난 그 이후로도 십 년을 더 기다렸소. 모든 것이 좀 더 완벽해지기를 기다린 거지. 오늘 이 힘없는 가랑비에 절벽이 무너지듯, 그렇게 아주 작은 힘만으로도 혈막이, 그리고 세상에 내 손에 들어올 때를 기다린 거요."

왕함보가 마치 친구에게 말하듯 이야기한다.

"그 노력의 결실에 진심으로 축하드리오."

이 말은 타유의 진심이었다. 선악을 떠나 한 사람이 수십 년 동안 한 가지 목적을 위해 인내하며 지낸다는 것은 쉽지 않은 일이다. 그런데 왕함보는 손에 힘이 있으면서도 그 힘을 쓰지 않고 기다렸다. 그런 자가 세상에 몇이나 있을까. 그러므로 타유는 그의 노력을 비하하고 싶은 생각이 전혀 없었다. 그런데 왕함보가 갑자기 엉뚱한 말을 했다.

"그런데 말이오. 사실 아무리 단단하게 쌓아올린 성이라도 언제나 약점은 있게 마련이오."

"그 말은 지금도 여전히 왕 대인을 위협하는 무엇인가가 있다는 말이오?"

"그렇소."

"그게 대체 무엇인지 궁금하구려. 현 강호에서 왕 대인을 위협할 세력이나 사람은 존재하지 않을 것 같은데……."

"후후후, 고맙소. 그리 말해주니. 하지만 그래도 현실은 변하지 않소. 내게 걱정이 있소. 그것도 두 개씩이나 말이오."

왕함보가 타유를 바라본다. 마치 그 위협을 해결해 달라고 말하는 것 같았다.

"……?"

"하나는 밀황도 알다시피 해동의 그요."

"선승 말씀이오?"

"그렇소."

"하지만 그분은 강호 일에는 관여치 않는 분이 아니오. 자신의 땅이 외적에 침탈을 당해도 나서지 않았던 분이오."

타유의 말에 왕함보가 고개를 저었다.

"그건… 그를 잘 몰라서 하는 말이오."

그러자 타유가 눈을 가늘게 뜨며 물었다.

"그럼 대인께서는 그를 잘 알고 계시오?"

"물론, 세상에서 나보다 그를 잘 아는 사람은 없을 거요. 그가 세상의 일에 관여치 않는 것은 그의 의지라기보다는 그의 사문에 얽혀 있는 오랜 제약 때문이오. 물론… 그 제약이 없다 해도 쉽사리 강호에 나설 사람은 아니지만……."

"하면 무슨 걱정이시오. 그는 여전히 강호에 나오지 않을 터인데."

"그렇긴 하오만… 그래도 항상 걱정이 되는 일이긴 하오. 그런 사람이 하나도 아니고 다섯이니……."

타유가 이번에는 진심으로 크게 놀랐다. 선승 묵철과 같은 인물이 다섯이라니. 세상에 그런 일이 가능하기는 한 걸까?

"그게 정말이오?"

타유가 왕함보를 보며 물었다.

"그렇소. 사실 내가 모든 일을 지나치게 신중하게 단속해 온 것은 그들에 대한 걱정 때문이었소. 그러나 모든 것을 다 준비했다고 생각한 지금에도 여전히 그들은 내게 걱정을 주는구려."

"어쨌든 그들이 강호로 나오기는 힘들다는 것 아니오?"

"그렇소. 굳이 표현하자면 그들은 악몽 같은 존재들이랄까. 항상 가위에 눌려 괴로운 존재들이지만 깨어나면 현실에서는 전혀 위협이 되지 않는 그런 존재 말이오. 그런데… 다른 하나의 걱정은 아주 현실적이오."

"그게 무엇이오?"

타유는 진심으로 궁금했다. 과연 이 놀라운 자를 걱정시키는 존재가 무엇인지.

타유의 물음에 왕함보가 가만히 타유를 바라보다 부드럽게 말했다.

"그건 바로… 밀황, 그대다!"

팟!

한줄기 검기가 타유의 다리부터 몸을 갈라왔다. 만약 타유가 살수의 업을 살았던 자가 아니었다면, 그리고 악연이기는 하지만 살수 중의 살수라는 홍암의 가르침을 받지 않았다면, 혹은 해동으로 살업을 떠나 선승 묵철을 만나지 않았다면, 청담이 죽고, 상목혜가 죽은 후 미친 듯이 복수의 칼을 갈지 않았다면 아마도 그는 몸 절반이 갈라진 채 죽었을 것이다.

카릉!

뒤늦게 뽑아 든 단천마검에 만근의 힘이 느껴진다.

"웃!"

타유가 피를 토하며 산비탈을 굴러떨어졌다.

"밀황!"

"대인, 이게 무슨……?"

갑작스레 타유를 향해 살수를 쓴 왕함보의 행동에 놀란 밀문의 고수들이 일제히 소리쳤다. 그러자 왕함보가 밀문의 고수들을 돌아보며 말했다.

"그대들과는 아무런 상관이 없는 일이다. 그가 죽는다 해도 그대들은 내 세계에서 영화를 누릴 수 있다. 그러니 그와 나의 일에 관여치 마라! 내 충고를 무시하는 자는 죽을 것이다."

왕함보의 서슬 퍼런 경고에 원왕련 등 밀문의 고수들이 석상처럼 굳어졌다. 그들은 감히 타유를 위해 왕함보에게 대적할 용기를 낼 수 없었다. 이미 왕함보의 무서움을 충분히 경험한 그들이었다. 그러니 어찌 타유를 위해 목숨을 바칠 것인가. 하물며 그들은 그저 야망을 위해 모인 밀문의 사람들이 아니던가.

"모두 여기서 기다려라. 누구도 나와 밀황의 일에 끼어들지 말라. 누가 죽든!"

왕함보가 밀문의 고수들이 움직이지 않자 자신의 수하들에게 명을 내리고는 천천히 타유가 굴러떨어진 곳으로 걸음을 옮겼다.

타유가 단천마검을 들고 천천히 일어났다. 왼쪽 등허리에 깊은 상처가 나 붉은 피가 옷을 적셨다. 그러나 다행인 것은 치명적인 상처는 아니었다. 살수 시절을 생각하면 이 정도는 부상도 아니다.

"역시 만만찮은 상대야."

타유가 자신을 향해 내려오고 있는 왕함보를 보며 중얼거렸다. 그의 결단은 타유가 생각했던 것보다 한 걸음 빨랐다. 타유는 그가 자신을 제거할 마음이 있다 해도 이 모든 상황이 끝난 이후, 가장 마지막에 자신을 향해 검을 빼 들 거라 생각했었다. 그래서 그 이전에 그를 베든, 혹은 그를 떠나든 결정을 할 생각이었는데, 왕함보는 그가 예상한 것보다 훨씬 빨리 자신을 공격했다. 그건 곧 왕함보도 타유가 혼돈시가 끝나기 전에 어떤 행동을 취할 거란 걸 예상하고 있었다는 말이 된다.

"괜찮나?"

자신의 검으로 타유를 베어놓고 마치 다른 누군가에게 부상을 입은 사람을 대하듯 왕함보가 물었다.

"괜찮소."

타유도 무덤덤히 대답했다.

"이거 미안하게 됐군."

"아니오. 어차피 정해진 길이란 걸 알고 있었으니까. 단지 내 생각보다 조금 빨랐을 뿐이오."

그러자 왕함보가 고개를 끄떡였다.

"맞아. 나도 좀 이른 것이 아닌가 생각했었네. 그대는 쓸모가 많은 사람이고 여전히 이 싸움은 끝나지 않았어. 어떤 변수가 생길지 모르니 그대를 좀 더 살려둬야 하지 않나 고민했었지. 그런데 아무래도 안 되겠더라고. 다른 모든 사람은 나에게 두려움을 느끼기 시작했는데 자네는 변함이 없었어. 그래서는 후환이 걱정됐지."

"나도 대인이 두렵소."

"후후, 그러나 그 두려움은 다른 사람들과는 다른 두려움이지. 다른 자들은 그 두려움으로 인해 나에게 굴종하지만 그대는 그 두려움으로 나에 대한 경계심을 키울 뿐이었지. 그래서 그댈 벨 수밖에 없었다. 이해하시게."

"충분히 이해하오. 결국엔 나도 그대를 떠나거나 검을 뽑았을 테니까."

"이해해 주니 고맙군. 그래서 더 아까워. 자네가… 좀 더 권력을 탐하거나 혹은 조금만 더 부족한 사람이었다면 내 반드시 자네를 중요하게 썼을 텐데. 자넨 다루기가 너무 힘든 사람이야."

왕함보가 진심으로 안타까운 표정을 지어 보였다. 그러자 타유가 검을 들어 왕함보를 겨눴다.

"제대로 한 번 대인의 무공을 보고 싶소. 도대체가 실체를 알 수 없는 무공이라……."

"음, 묵공이라고 하지."

왕함보가 친절하게 대답했다.

"묵공이라… 처음 들어보는 무공이구려."

"내가 말한 그 다섯 신인 말일세, 그들의 먼 스승이 만들었던 무공인데 사실 아직 완성되지 않은 무공이네."

왕함보가 살짝 얼굴을 찌푸리며 말했다. 묵공을 완성하지 못한 것이 못내 불만인 모양이었다.

"그 무공이… 과거 선승에게서 훔쳐 온 거요?"

그러자 왕함보가 고개를 저었다.

"아니, 그건 아닐세. 당시에 천살문주를 움직여 가져오게 한 것은 선경의 무공들인데 묵공 수련에 도움이 될까 해서 가져왔던 거지."

"도대체 선승과 당신은 어떤 사이요?"

"가깝고도 먼 사이지."

"……?"

"그는 나의 생부네!"

"……!"

타유가 왕함보에게 칼을 맞았을 때보다 더 놀란 얼굴로 왕함보를 바라봤다. 그러자 왕함보가 고개를 끄떡였다.

"내 말은 사실이네. 그분이 나의 부친이야."

"그런데 왜……?"

"나의 성정이 그분의 마음에 차지 않았나 보더군. 해서 나에게서 기회를 앗아갔지. 그래서 난 내 스스로 기회를 만들기로 했네. 아아! 과거의 이야기 길게 해서 무엇하나. 시간이나 많다면 모를까. 난 지금 아주 할 일이 많네. 미안하지만 그만 죽어줘야겠네."

왕함보가 더 이상 말을 하기 싫다는 듯 그의 투박한 검을 들어 올렸다. 그리고는 아주 천천히 타유를 향해 검을 내리그었다.

두 사람이 서 있는 위치조차 타유가 불리했다. 타유는 아래에서 위를 올려다보며 왕함보의 공세를 맞았다. 검은 구름처럼 퍼지는 왕함보의 검기가 타유에게 어떤 움직임도 허락하지 않겠다는 듯 전신을 옭죈다. 실체가 없는 기운이지만 사방에서 찔러대는 도검보다 더 타유를 불편하게 만든다.

타유가 두 발로 강하게 땅을 찼다. 그러자 그의 신형이 산 아래로 십여 장 가까이 단번이 이동했다. 자연스럽게 왕함보의 검기의 그늘에서 벗어나는 타유다. 그러자 왕함보가 신형을 날리며 실망스런 목소리로 소리쳤다.

"밀황이 이렇게 겁이 많은 사람인 줄 몰랐군. 도주라니, 밀황의 이름에 어울리지 않네."

"그럼 장렬하게 내 목을 내놓을 거라 생각하셨소?"

타유가 왕함보가 다가오기 전에 다시 신형을 우측으로 움직였다. 가파른 산비탈을 타고 오르는 움직임이다.

"그대가 살수 출신이란 것은 속일 수 없군."

"그대와 같은 사람을 상대할 때는 살수인 것이 유리하오."

타유가 한마디도 왕함보에게 지지 않고 대답했다. 그러자 왕함보의 얼굴이 서서 굳어갔다. 화가 난 것 같기도 하고 한편으로는 초조해진 것 같기도 했다. 그도 그럴 것이 일단 싸움을 피하자고 마음먹는다면 타유와 같은 고수를 제압하는 것은 결코 쉬운 일이 아니다. 더군다나 그의 말처럼 그에겐 시간이 없었다.

"그대의 빠름을 인정하지. 그러나 결코 내 검을 피할 수는 없다."

한순간 왕함보가 써늘한 말을 쏟아내며 타유를 날아들었다. 그러나 이미 타유는 왕함보보다 위쪽에 올라와 있던 터라 충분히 왕함보의 공격을 피해낼 수 있었다.

타유가 귀영팔보를 펼쳐 급히 왕함보의 기세에서 벗어났다. 이렇게 시간을 두고 장기전을 하다 보면 필시 자신에게도 한 번의 기회가 찾아올 거라는 것이 타유의 생각이었다. 그런데 왕함보의 움직임은 그런 타유의 생각을 뛰어넘었다.

"핫!"

왕함보의 입에서 나직한 기합성이 터져 나오며 그가 번개처럼 검을 훑뿌렸다. 그러자 그의 검에서 일어난 묵빛 검기가 순식간에 십여 장으로 늘어나더니 타유가 움직인 방향 위쪽에 있는 바위 더미를 건드렸다.

쿠앙!

왕함보의 검기에 격중된 바위 더미가 거대한 파열음을 일으키더니 그대로 산 아래로 굴러떨어지기 시작했다.

쿠우웅!

십여 개에 이르는 거대한 바위가 산 아래로 굴러떨어지는 모습은 그야말로 장관이었다. 그러나 그 장관이 타유에겐 치명적인 위협이 되었다. 타유가 급히 바위 더미를 피해 앞으로 달려나왔다. 그런 타유를 향해 왕함보의 검이 기다렸다는 듯 움직였다.

타유의 눈에 왕함보의 검에서 일어난 가는 실선과 같은 검기가 보였다. 마제 구륜을 베어버린 바로 그 검기다. 타유가 입술을 굳게 물었다. 뒤에서는 바위 사태가 났으니 뒤로 피할 수는 없다. 다른 방도가 없었다. 왕함보의 검을 상대해야 한다.

찰나의 시간 속에서 타유의 눈과 머리가 수십 번의 검로를 찾는다. 그러나 어디에도 왕함보의 검기를 뚫고 들어갈 길이 보이지 않는다. 그러다가 결국에는 타유가 본능에 맡겨 단천마검을 휘둘렀다.

그의 본능은 살을 주고 뼈를 베라고 말하고 있었다. 타유는 살수다. 살수의 무서운 점은 자신의 안위보다는 적의 목숨을 빼앗는 것을 더 우선한다는 것이다.

스슥!

검을 휘두르는 것만이 아니었다. 타유가 스스로 걸음을 옮겨 왕함보의 검기 속으로 뛰어들었다.

파파팟!

그러자 타유의 귀에 왕함보의 검기에서 만들어지는 미세한 파공음들이 들렸다. 타유는 온몸의 신경을 곤두세워 그 파공음들 사이의 작은 틈을 찾아 단천마검을 찔러 넣었다.

타유의 검에서도 가늘고 투명한 검기가 일어났다. 그리고 그 검기는 그대로 왕함보의 심장을 찔렀다.

"음!"

왕함보의 입에서 나직한 침음성이 흘러나온다. 그도 알고 있었다. 이대로 타유의 목을 베면 자신의 심장도 그의 검에 찔릴 것이라는 것을. 양패구상은 절대 그가 원한 결말이 아니었다.

왕함보가 검을 거뒀다. 그러자 타유를 베어 오던 실처럼 가는 검기가 순식간에 사라졌다. 타유의 검이 더욱 빨라졌다. 그런데 그 순간 마치 거짓말처럼 왕함보의 신형이 타유의 시야에서 사라졌다.

타유는 정수리가 솟구치는 듯한 느낌을 받았다. 이런 움직임은 예상치도 못했다. 그 역시 신법에 관해서는 일가견이 있는 사람이지만 왕함보의 움직임은 마치 환술과 같은 것이었다.

스스!

소름끼치는 기운이 타유의 등 뒤에서 일어났다. 타유가 번개처럼 몸을 굴려 산비탈을 굴러 내려갔다.

쾅!

타유가 구르고 지난 자리에 강력한 장력이 격중했다. 어느새 왕함보가 타유의 등 뒤에 나타나 장력을 쳐냈던 것이다. 왕함보가 산비탈을 굴러 내려가는 타유를 덮쳤다. 검을 들자 다시 일어난 묵빛 검기가 마치 그에게 날개를 달아준 듯 허공을 자유롭게 움직이는 왕함보. 한순간의 도약으로 왕함보는 벌써 타유의 머리 위에 날아와 있었다.

쿠웅!

천둥보다 묵직한 소음이 일어난다. 왕함보의 검기가 공기를 찢어내는 소리다. 산비탈을 굴러 내려와 급히 신형을 세운 타유의 눈에 어느새 산더미같이 밀려드는 왕함보의 검기가 들어왔다. 타유가 번개처럼 손을 움직여 세 개의 비도를 던져 냈다.

타유의 손을 떠난 비도가 묵빛 기운을 뚫고 들어가 왕함보의 사혈을 노렸다.

"어린애 장난 같은!"

왕함보의 입에서 한마디 비웃음이 흘러나오더니 그의 검이 번개처럼 열십자를 그렸다.

카카캉!

왕함보를 향해 날아들던 비도들이 순식간에 왕함보의 검에 막혀 사방으로 흩어졌다. 그러자 그 기회를 놓치지 않고 타유가 왕함보를 향해 단천마검을 뻗어냈다.

촤아악!

타유의 검이 다섯 갈래로 갈라졌다. 그리고는 왕함보의 전신을 향해 빛보다 빠른 속도로 폭사했다.

"과연 내가 욕심낼 만한 인물이야!"

왕함보의 입에서 감탄이 흘러나왔다. 그러나 그는 전혀 긴장한 빛이 보이지 않는다. 그의 검이 둥글게 원을 그렸다. 그러자 그의 검을 따라 묵빛 검기가 생겨나더니 이내 하나의 방패처럼 자신을 향해 닥쳐드는 타유의 검기들을 막아냈다.

차앙!

검기와 검기가 충돌했는데 마치 쇠끼리 부딪힌 것 같은 맑은 충돌음이 일어났다. 두 사람의 검기가 그만큼 날카롭게 정제되어 있다는 의미다.

타유가 재빨리 다섯 걸음 뒤로 물러났다. 적의 반격을 피하고 다시 기회를 노릴 때다.

"정말 놀랍군. 난 내 검을 십 초 이상 받아낼 자가 강호에 없을 거라 생각했는데……."

왕함보가 타유를 향해 다가들며 말했다. 그러나 타유는 입을 닫은 채 굳은 표정으로 왕함보를 응시할 뿐이다. 그의 얼굴에는 아무런 감정이 깃들어 있지 않다.

상대에 대한 분노도, 혹은 두려움도 없는 타유의 눈이다. 그저 냉정하게 상대를 바라볼 뿐인 그의 눈이 왕함보를 더욱 거슬리게 만들었다. 왜냐하면 이런 눈을 가진 자는 결코 심기가 흔들리지 않아 오직 싸움에 몰두할 수 있기 때문이었다.

물론 그렇다고 자신이 타유에게 패할 것이란 걱정은 하지 않았다. 단지 시간이 그에게는 문제가 될 뿐이었다. 이런 혼란한 시기에 타유와의 싸움이 길어지면 가한산 주변에서 일어나는 일에 신속하게 대처할 수 없다.

어렵사리 끌어들인 마뇌 하순조차도 자신이 타유와의 싸움을 단번에 끝내지 못했다는 것을 아는 순간 마음을 바꿔 오히려 후송백림의 고수들을 이끌고 정파를 규합해 혈막을 칠 수도 있었다. 예상치 못한 산사태로 인해 이미 의천맹의 도주자들과 추격에 나섰던 혈막의 고수들이 적지 않게 손실된 상황이니 후방에서 힘을 비축하고 있던 후송백림이 움직이면 모든 일이 어그러질 수가 있었다. 지금은 절대적인 자신의 힘을 세상에 보여줘야 할 때였다.

"때가 좋지 않아. 그대의 무공을 더 보고 싶지만 내겐 시간이 없으니. 그래도 영광으로 생각하라. 그대에게 묵공의 정수를 보여주게 되었으니……."

왕함보가 서늘한 말을 흘리며 검을 들어 수평을 세웠다. 그러자 놀라운 일이 벌어졌다. 마치 세상의 아래와 위를 가르듯 왕함보의 검을 중심으로 그 위쪽과 아래쪽의 경계가 생겨났다.

검의 위쪽 묵빛 기운이 천지를 내리누르는 듯한 형상이다. 왕함보가 그 기운을 타유 쪽으로 옮겼다. 그러자 타유가 본능적으로 검을 들었다.

'욱!'

타유가 내심 신음성을 흘려냈다. 하늘을 메울 듯한 묵빛 기운을 받아내는 순간 감당할 수 없는 압력이 그를 내리눌렀던 것이다.

푹!

어디로 피할 사이도 없이 타유가 한쪽 무릎을 꿇었다. 마치 거대한 바위에 깔려 압사당할 위기에 처한 듯했다. 왕함보가 흘려내는 묵빛 기운이 너무도 무겁고 거대해서 다른 방책을 강구할 한 치의 여유도 없었다. 이러다가는 그대로 목이 꺾이고, 허리가 꺾이고, 종내에는 다리가 꺾여 땅속에 묻혀 버릴 것만 같았다.

'죽는가!'

타유가 한순간 죽음을 생각했다. 두렵지는 않다. 어차피 상목혜와 청풍이 사라진 이후 그의 삶은 산 것과 죽은 것의 차이가 없었다. 그러나 죽는 모습이 아쉽기는 했다. 이건 너무 비굴한 죽음이 아닌가. 온몸이 왕함보에게 꺾여 죽는 것은 생각보다 치욕적인 느낌이었다.

"음……!"

타유의 입에서 낮은 침음성이 흘렀다.

"대단하다. 이렇게 오래 버티다니……."

왕함보의 입에서 다시 감탄이 흘러나온다. 그로서는 타유가 보여주는 끈기와 저력이 놀라울 따름인 모양이었다.

"그러나 이제 끝낼 때다!"

왕함보의 눈에서 살기가 돋았다. 그리고 한순간 타유를 내리 누르는 묵빛 기운이 더욱 짙어졌다.

"우욱!"

급기야 타유의 입에서 신음성이 흘러나왔다.

"잘 가게. 헛!"

최후의 일격을 가하려던 왕함보의 입에서 갑자기 다급성이 토해졌다. 그리고 장내에 천지가 개벽하는 것 같은 변화가 생겼다.

순식간에 타유를 억누르고 있던 묵빛 기운이 사라졌다. 타유의 몸이 묵빛 기운에서 해방된 것을 즐기려는 듯 하늘로 붕 떠올랐다. 타유가 자신에게 일어난 일의 전말을 이해할 수 없어 재빨리 왕함보에게로 시선을 돌렸다. 그러자 그의 눈에 왕함보를 향해 달려드는 세 사람의 모습이 들어왔다. 그리고 다시 그중 한 사람의 모습에 그의 시선이 꽂혔다.

"풍!"

타유가 낮고 강하게. 그리고 세상의 두려움을 단번에 모두 날려 버릴 것 같은 음성으로 소리쳤다. 청풍이 그의 눈앞에 있었다.

세 줄기의 강풍이 왕함보를 강타했다. 왕함보가 검을 곧추세워 세 방향에서 닥쳐드는 진기의 강풍을 막아냈다.

콰앙!

강력한 폭발음이 일어나더니 산비탈의 한 부분이 뭉텅 잘려나간다. 격돌했던 네 사람이 그 기운에 사방으로 흩어졌다. 파여 나간 흙과 돌들이 우박처럼 쏟아져 내렸다. 다행인 것은 오래전부터 내린 비로 먼지가 일지는 않는다는 것이다. 그래서 시야 역시 금세 열렸다.

"퐁!"

타유가 다시 한 번 소리쳤다.

"저예요, 아버지!"

왕함보와의 격돌로 인해 뒤로 물러난 청풍이 타유를 향해 대답했다. 그러자 타유가 재빨리 청풍이 있는 곳으로 신형을 날렸다. 그사이 왕함보가 어느새 평정심을 회복한 후 자신을 공격한 세 사람은 노려봤다.

"이게 어찌 된 일이냐?"

타유가 청풍에게 물었다. 그러자 청풍이 왕함보에게서 시선을 떼지 않으며 대답했다.

"나중에요. 지금은 그를 상대하는 것이 우선이에요."

"위험한 자다. 뒤로 물러나 있어. 내가 상대하마!"

타유가 청풍의 앞을 가로막았다. 누구보다도 왕함보의 무서움을 잘 아는 타유다. 그런 그가 왕함보를 청풍에게 맡길 수는 없었다. 그러자 타유의 등 뒤에서 청풍이 부드럽게 말했다.

"아버지, 이 싸움은 제 몫이에요."

"그게 무슨 소리냐? 그를 상대하는 것이 네 몫이라니?"

"그것 역시 나중에 말씀드릴게요. 그러나… 이 싸움은 제 몫이에요."

"그럴 수 없다. 그는… 무서운 자야."

청풍이 나타나니 새삼스레 왕함보가 두려워지는 타유다. 지금까지는 왕함보의 무공이 자신을 능가하는 것을 알았지만 그가 두렵지는 않았다. 그 자신이 죽음을 두려워하지 않으니 왕함보의 무공이 두려울 리 없었다. 그런데 지금은 당장 왕함보의 무공이 두렵다. 이유는 단 하나, 청풍이 다시 돌아왔기 때문이었다.

"우린 그를 상대하기 위해 많은 준비를 했어요."

청풍이 차분하게 말했다. 그러자 타유가 그제야 고개를 돌려 청풍을 봤다.

"그를 상대하기 위한 준비를 했다고?"

"네."

청풍이 굳은 표정으로 고개를 끄떡였다.

"풍… 네게 무슨 일이 있었던 거냐?"

"또 다른 제 운명을 찾았어요."

"또 다른 네 운명?"

타유가 되물었다.

"예, 돌아가신 아버님이 걱정하시던 그 길이요."

"아……!"

타유가 나직하게 탄식을 흘렸다. 그러다가 급히 물었다.

"그를 만났느냐?"

"그분이 절 구했어요."

"음… 그래서 결국 네게 주어진 일이 저자를 상대하는 것이냐?"

타유의 물음에 청풍이 고개를 끄떡였다. 그러자 타유가 노한 표정을 짓는다.

"참으로 고약한 늙은이가 아니냐. 스스로 나서면 될 것을 왜

군이 다른 사람에게 이 일을 맡긴단 말인가?"

"그분은 절대 저자를 벨 수 없어요."

"무엇 때문에?"

"그건… 그분이 바로 저자의 생부기 때문이지요."

청풍의 대답에 타유는 놀라지 않았다. 이미 왕함보의 입을 통해 선승 묵철이 그의 친부임을 알았기 때문이다. 하지만 그러니 더욱 고약한 늙은이가 아닌가. 자신의 아들이라면 그 자신의 책임이다. 그런데 그 일을 청풍에게 맡기다니.

"자식의 일이니 더욱 그가 나서야 했다."

"이미 알고 계셨어요?"

"좀 전에 그 스스로 말하더구나."

"아버지가 아들을 벨 수는 없는 일이잖아요. 아무리 악인이라도……."

"음……!"

타유가 나직한 침음성을 흘렸다. 그러자 이번에는 왕함보가 입을 열었다.

"아이야, 넌 고려에 다녀왔구나?"

왕함보의 말에 청풍이 대답했다.

"선승께서 대인을 데려오라 하시더군요."

"음… 죽여서 말이냐, 살려서 말이냐?"

"상관없다 하셨습니다."

청풍의 말에 왕함보가 쓸쓸한 미소를 짓는다.

"매정한 분 같으니라구."

"함께 가시겠다면 죽지 않으실 테니 굳이 서운해하실 필요도 없지요."

청풍의 말에 왕함보가 가벼운 웃음을 흘리며 말했다.

"헛허! 그야 그렇기는 하지만 아이야. 너라면 이 세상을 놔두고 과연 아버님을 만나러 산속으로 들어갈 수 있겠느냐? 보아라, 이 광활한 세상을. 이것이 내 손에 들어왔는데 어찌 내가 이 모든 것을 포기하고 아버님을 뵈러 가겠느냐?"

왕함보의 말에 청풍이 한참 동안 왕함보를 바라보다 입을 열었다.

"당신은 스스로에게 패했군요."

"무슨 소리냐?"

"다른 사람은 몰라도 대인이 세상의 권세를 탐한다는 것은 스스로에게 패했기 때문이 아닙니까?"

"왜 그렇게 생각하느냐?"

왕함보가 화를 내기보다는 진지한 표정으로 물었다. 그러자 청풍이 대답했다.

"세상을 구원하겠다는 대단한 사명감이 아니라면 세상을 탐하는 것은 결국 권력에 무릎을 꿇은 자들이나 하는 일이지요. 진정으로 소중한 것을 얻지 못한 자들, 사랑하는 사람을 얻지 못한 자들이 세상을 대상으로 화풀이를 하는 것이 바로 권력에 대한 야심이 아닐까요?"

"네 말은 내가 삶의 패배자란 말이냐?"

왕함보가 정색을 하며 물었다. 화가 난 것 같지도 않았다.

그는 청풍의 말을 무척 신중하게 받아들이고 있었다.

"대인이 얻고자 하는 것이 진정 무엇인가요? 과연 이 천하가, 세상 사람들을 지배하는 권력이 진정으로 대인이 원하는 것인가요?"

"지금은 그렇다."

왕함보가 고개를 끄떡였다. 그러자 청풍이 다시 물었다.

"사실은 그 천하를 들고 선승께 가고 싶은 것이 아닙니까? 인정받지 못한 것에 대해 당신이 틀렸다고 천하를 들어 보이며 떼를 쓰고 싶은 것 아닌가요?"

청풍의 질문에 왕함보가 부르르 손을 떤다. 청풍의 말이 그토록 충격적인 것일까? 타유는 왕함보의 반응을 이해할 수 없었다. 그러나 청풍은 왕함보의 반응을 예상하고 있었던 듯싶었다.

"대인께서 얻고 싶은 것은 천하가 아니지요. 대인께서 얻고 싶은 것은 선승의 마음, 대인을 인정하는 그 마음일 것입니다. 그러나 제가 단언하건대 천하를 가져간들 대인은 절대 선승의 인정을 받을 수 없을 겁니다."

"어째서?"

왕함보가 물었다.

"애초에 선경주가 되기 위해 필요한 것은 천하의 권세가 아니라 그 권세를 버릴 수 있는 큰마음이니까 말입니다. 그러니… 이제라도 세상의 일에서 손을 떼시는 것이 어떻겠습니까? 이런 일은… 시정잡배들이나 내는 욕심, 오경의 후예들에게는 너무 시시한 일 아닌가요?"

"으핫하!"

갑자기 왕함보가 너털웃음을 터뜨렸다. 막혀 있던 속이 뻥 뚫리는 듯한 웃음이다. 그러다가 갑자기 뚝 웃음을 멈추고는 청풍을 노려봤다.

"그래서 나를 포기하고 그분이 선택한 사람이 너냐?"

"그렇다는군요. 그러나 솔직히 전 그분이 왜 절 선택하셨는지 모르겠군요. 대인과 같이 뛰어난 아드님이 계신데… 부족한 생각으로는 대인의 그 명예욕과 권력에 대한 탐욕이 문제가 되었을 것 같기도 하지만……."

"후후후, 그래. 그런 말씀을 하셨지. 그러나 난 그 말에 동의할 수 없었다. 힘 있는 자가 사람들을 지배하고 그 존경을 받는 것이 당연하다고 생각했지. 더군다나 이 넓은 세상을 두고 평생 절간에 머물기는 싫었다. 그래서… 묵공을 알게 되는 순간 난 오경의 경주들을 뛰어넘어 천하의 유일한 절대자가 되어 그들에게 나를 인정하게 만들고 싶었다. 그들의 눈이 틀렸다고 말이다."

"허망한 일입니다. 그분들은 그런 투기심을 버린 지 오래인 분들이에요."

"모르는 말, 그들이 만약 마음의 모든 투기를 버렸다면 어찌 오늘날까지 오경의 경주로서 서로 대립해 왔겠느냐? 그들 마음속에는 여전히 투기심을 남아 있어."

"이제 그분들은 마음을 하나로 모으셨습니다."

"무슨 소리냐?"

"그분들 대에서 오경의 전설을 끝내기로 하셨지요."

순간 왕함보의 눈빛이 번쩍였다.

"오경의 전설을 끝낸다고?"

"그렇습니다. 그분들은 오경을 스스로 없애셨지요."

"오경을 없애? 누구 마음대로 오경을 없앤단 말인가?"

왕함보가 처음으로 분노를 표출했다. 그는 마치 오경이 자신의 물건이라도 되는 냥 분개하고 있었다.

"오경의 주인들께서 오경을 없애는 데 누구의 허락을 받아야 한단 말인가요?"

청풍이 싸늘하게 물었다. 그러자 왕함보가 무서운 살기를 드러내며 말했다.

"오경은… 내 손에 들어와야 하는 물건이다. 천하를 들고 가서 그들과 홍정을 하려 했지. 나에게 신인 도명의 전설을 부활시킬 기회를 달라고. 오경의 하나로 모으면 묵공을 완성할 수 있다. 하면 난 신인 도명의 경지에 이를 수 있을 것이라 생각했거늘… 오경을 없애다니. 그들이 정말 세상의 파국을 원했단 말인가?"

타유는 왕함보가 이렇게 짙은 살기를 흘리는 것을 본 적이 없었다. 그의 살기가 너무 짙어 주변의 수목이 생기를 잃는 듯 보일 정도였다.

"단순히 선승님의 인정을 원한 것이 아니었군요?"

청풍이 무거운 표정으로 물었다.

"처음에는 그랬지. 그러다가 묵공의 존재를 알고 나서는 생각이 바뀌었다. 오경주 모두의 복속을 받고, 나를 제이의 신인도명으로 인정하게 만드는 것으로……."

"아! 당신에게는 결국 묵공이 독이 되었군요. 묵공을 아는 순간 당신은 이미 헤어 나올 수 없는 야망의 노예가 되어버린 겁니다."

"네 말을 부인하지 않겠다. 내가 삶의 패배자라 해도 상관없다. 일이 이렇게 된 이상 난 천하와 너희를 오경주 앞에 가져가겠다. 그곳에서 그들은 나의 분노를 감당해야 할 것이다."

왕함보의 눈이 깊고 깊은 암흑으로 변해갔다. 이성의 힘이 남아 있는지 의문일 정도이다. 청풍은 떠나오기 전 선승 묵철이 한 말을 떠올렸다.

—묵공이 무서운 것은 천하에 제압하지 못할 무공이 없어서가 아니라 그 수련자의 마음까지도 암흑의 세계로 몰아넣기 때문이다. 그 힘을 이겨낼 사람이 오직 조사 한 분뿐이란 걸 알았기에 조사께서도 묵공을 완성하지 않으셨던 것이다. 그러니 이성의 힘이 존재하지 않게 되었다면 그 아이의 심성이 암흑으로 변했다는 뜻이니… 반드시 베어야 한다.

'벨 수 있을까?'

청풍이 심호흡을 했다. 깊은 암흑처럼 변해가는 왕함보의 기운에 단번에 빨려 들어갈 것 같았다.

'조화신검을 믿을 수밖에!'

청풍이 천천히 조화신검을 들어 올렸다. 그러자 신검이 영롱한 빛을 흘려내기 시작했다. 검이라고 말하기에도 차마 부끄러운 형상의 조화신검이 흘려내는 검기는 배반적으로 아름답기 그지없었다.

'이 아이가 신검을 얻었구나!'

타유는 금세 청풍의 검이 보통의 검이 아님을 알게 되었다. 그리고 그제야 왜 선승 묵철이 청풍에게 왕함보를 상대하라고 했는지 알 수 있었다. 무공으로야 어찌 왕함보를 당할 것인가. 아마도 묵철이 믿고 있는 것은 청풍의 손에 들린 검일 터이다.

'그러나… 무림에서 병기에 의지한 자가 싸움에 이기는 경우는 흔치 않았지.'

타유는 금세 자신에게도 할 일이 있음을 깨달았다. 타유가 한순간 장내에서 사라졌다. 그의 신형을 어디서도 찾을 수 없다. 그렇다고 그가 멀리 사라진 것은 아니다. 그는 분명 장내에 있었다. 그러나 장내의 그 누구도 타유에게 관심을 두는 사람이 없었다.

타유가 장내에서 사라진 것처럼 느껴지는 것은 첫째는 사람들의 시선이 온통 왕함보와 세 명의 젊은이에게 쏠려 있기 때문이었고, 둘째는 타유 자신이 완전히 자신의 기운을 죽여 스스로의 존재감을 전무하게 만들었기 때문이었다. 타유가 드디어 오래전 그의 삶이었던 온전한 살수의 세계로 돌아간 것이다.

쿠웅!

흑백의 경계가 뚜렷하다. 청풍의 검과 왕함보의 검이 부딪히는 순간마다 한쪽은 투명한 청색 기운이, 다른 한쪽은 어두운 묵색 기운이 공간을 지배했다. 마치 세상에 오직 두 가지 기운만 있는 것처럼 보일 뿐이다.

싸움은 청풍과 왕함보 둘의 격돌로 이어지고 있었다. 강검산과 조명은 청풍을 도울 기회를 엿보고 있었지만, 두 사람이 뛰어들 공간이 쉽사리 나지 않았다. 그래서 두 사람은 초조했지만 어쩔 수 없이 한동안 구경꾼 신세로 전락할 수밖에 없었다.

청풍은 자신의 무공이 왕함보에 비해 부족하다는 것을 여실히 깨닫고 있었다. 초식을 전개할 때마다, 혹은 일합의 격돌이 이뤄질 때마다 마치 썰물이 빠지듯 그의 내공이 빠져나가고 있었다.

그렇다고 왕함보의 묵공이 흡정의 힘을 가진 것은 아니었다. 단지 그의 묵공을 상대하는 것만으로도 그토록 많은 진기가 필요한 것이었다. 그나마 청풍이 왕함보를 상대로 버틸 수 있는 이유는 오직 하나, 그의 손에 들린 조화신검 때문이었다.

조화신검은 청풍이 왕함보의 묵공을 상대하기 시작하자 그 본신의 신묘한 위력을 여실히 드러내고 있었다. 검의 주인인 청풍의 내공이 급격히 고갈되면 조화신검이 신묘한 기운을 일으켜 다시 청풍의 기력을 보충했다.

태산을 가를 듯한 왕함보의 공세도 조화신검이 막아서면 한 줌의 안개처럼 사방으로 흩어지기 일쑤였다.

그렇게 청풍은 조화신검의 오묘한 힘의 의지해 왕함보와 얼추 싸움의 균형을 맞추고 있었다. 두 사람은 산 아래에서 위쪽으로, 또 위쪽에서 아래로 연이어 오르내리며 검을 겨루었다. 그들에게 가파른 산비탈은 평지와 같았다. 두 개의 검이 만들어내는 기이한 기운들이 한 번씩 충돌할 때마다 산허리에 듬성듬성 구덩이가 파여갔다.

그리하여 사람들은 깨달았다. 이들의 무공이 사람이 도달할 수 있는 극한에 이른 것임을. 그리고 이 두 사람의 승패에 의해 천하의 향배가 결정되리라는 것을.

지금도 가한산 주변에서는 혈막과 의천맹, 혹은 마녀 하순이 이끄는 후송백림의 고수들이 천하를 두고 치열한 싸움을 벌이고 있을 터였다. 그러나 그런 싸움은 결국 무림의 향배에 아무런 영향을 미칠 수 없음을 사람들은 여실히 깨닫고 있었다.

결국 천하의 향배는 이 두 사람의 싸움 결과에 달려 있었다. 둘 중 누가 승리해도 당금 천하에서 두 사람의 뜻을 거스를 수 있는 사람은 존재하지 않을 것이다.

아니, 어쩌면 나머지 사람들에게도 기회는 있었다. 만약 두 사람이 양패구상을 한다면 그것이야말로 천하의 야망가들에게는 더없이 좋은 기회를 제공하게 될 터였다.

쿠쿠쿵!

한순간 청풍과 왕함보가 세 번을 격돌했다. 그러자 다시 천지가 요동치며 산에서 용암이 터져 나오듯 엄청난 흙더미들이 일어났다. 순간 청풍의 신형이 사선을 그리며 빠르게 뒤로 물러났다. 두 사람이 검을 겨룬 지 백여 초가 지난 후의 일이었다.

"좋아. 지금까지도 아주 훌륭하다. 너야말로 그분께서 원하시던 신검의 후예임을 인정하마. 그러나 아쉽게도 너의 운명이 박하구나. 좀 더 빨리 나를 찾아왔거나, 혹은 아주 늦게, 네가 무공을 완성한 후 날 찾아왔다면 아마도 난 널 감당하지 못했으리라. 그러나 적어도 지금은 아니다. 지금의 네 힘으론 날 감당할 수 없어. 그걸 그분께서도 모르시지는 않았을 터인데… 어찌 이런 실수를 하셨을꼬!"

왕함보가 사선으로 물러나는 청풍을 향해 독수리처럼 신형을 날리며 소리쳤다. 이젠 승기를 잡았다고 생각하는 모양이었다.

그의 검이 청풍이 물러나는 길을 따라 허공을 갈랐다. 그러자 폭포수 떨어지는 소리가 나며 예의 그 가늘고 검은 검기가 청풍의 몸을 반으로 갈라갔다.

산비탈에서 뒤로 물러나는 청풍의 움직임이 위태롭다. 이대로라면 치명상을 피한다 해도 적지 않은 부상을 입을 수밖에 없어 보였다. 그런데 그 순간이었다. 그동안 싸움을 지켜보고 있던 강검산이 불쑥 왕함보에게로 다가서며 자신의 대도를 휘둘렀다.

쿠우앙!

강검산의 도가 산사태가 일어나는 듯한 파공음을 일으키며 왕함보를 쓸어갔다.

"음!"

한순간 왕함보의 입에서 나직한 침음성이 일어나더니 그의 몸이 번개처럼 허공에서 한 바퀴 제비를 돌며 청풍을 놓아두고 뒤에서 다가오는 강검산의 머리 위로 떨어져 내렸다.

왕함보의 왼손이 휘둘러지자 그의 손에서 짙은 묵빛의 장력이 일어나 강검산의 머리를 후려쳤다. 그러자 강검산이 재빨리 도를 들어 왕함보의 장력을 막아냈다.

콰앙!

강력한 파열음이 장내를 뒤흔든다. 그러자 강검산이 순식간에 십여 장 뒤로 물러났다. 땅 위에 내려서는 강검산의 신형이 흔들거린다. 내상을 입은 것이 분명하다.

"감히 내 싸움을 방해하다니, 그 대가를 치를 각오는 되어 있으렸다!"

왕함보가 비틀거리는 강검산을 향해 다시 날아들며 검을 휘둘렀다. 왕함보의 묵빛 검기가 순식간에 강검산의 목에 닿았다. 그러나 그때 또다시 한줄기 강맹한 도기가 날아들어 왕함보의 검기를 막아냈다.

쿠릉!

강검산의 도를 막아낼 때보다 더 강력한 파열음이 장내를 뒤흔든다. 순간 왕함보가 손을 쓰는 것을 멈추고 기이한 시선으로 자신을 막아선 여인, 조명을 응시했다.

"패경주의 무공을 수련했구나."

왕함보의 말에 조명이 묵묵부답 말이 없다.

"좋아, 좋아. 다섯 경주가 힘을 모았다면 그야말로 싸워볼 만하지. 그런데… 그래 봐야 너희는 애송이들이다. 지금의 너희로서는 절대 날 이겨낼 수 없다. 어떠냐? 너희가 나를 따른다면 내 세상을 너희에게 남겨주겠다."

"오경의 굴레를 아시잖소?"

강검산이 퉁명스레 말했다. 본래 강검산은 왕함보와 같은 자와 말을 섞을 사람이 아니었다. 그는 호방해 보이는 외모와 달리 친부 강천궁의 피를 이어받아 무척 완고한 사람이었다. 그래서 왕함보와 같은 야심가들과 말을 섞을 사람은 아니었지만 지금 그와 청풍에게 필요한 것은 기력을 회복할 시간이었기에 일부러 왕함보의 말을 받은 것이다.

"오경의 굴레라… 그 굴레는 사람이 만든 것이다. 사람이 만든 굴레를 사람이 깨는 것이 대수겠느냐? 설마 너와 같이 젊은 나이에 세상을 등지고 산속에서 살아가고 싶지는 않겠지?"

어쩌면 왕함보는 이들 삼 인을 얻음으로써 자신을 버린 오경의 경주들과의 싸움에서 완벽하게 승리하고 싶은 지도 몰랐다.

"그대에게는 아들이 있는 것 같던데? 설마 우리보고 대를 이어 왕씨의 가신으로 살란 말이오?"

그러자 왕함보가 고개를 저었다.

"너희에게 그 아이를 따르라고 강요할 생각은 없다. 단지 그 아이를 보살펴 달란 부탁은 하겠지. 천하를 사분한다면 가능한 일이 아니겠느냐?"

"생각보다 욕심이 없구려."

"나도 그 아이의 그릇을 안다."

왕함보가 우울한 기색으로 말했다. 그러자 강검산이 갑자기 청풍에게 물었다.

"아우, 몸은 괜찮은가?"

"아주 좋습니다."

기력이 다 회복되었다는 것을 말함이다. 그러자 강검산이 다시 왕함보에게 말했다.

"대인께선 어찌 아드님의 부족함을 그리 잘 아시면서 자신의 부족함을 모르시오?"

순간 왕함보의 얼굴이 차갑게 굳었다.

"무슨 소리를 하고 싶은 거냐?"

"대인께서 아드님이 천하를 물려받을 그릇이 되지 못한다는 것을 알고 있듯이 과거 선승께서도 아들인 대인께서 오경의 주인이 될 그릇이 아니라는 것을 알았기에 대인을 선경의 후계자로 삼지 않은 것이오. 아버지가 아들을 아는 것이 이와 같은데 어찌 대인은 선승의 뜻을 어기고 세상에 욕심을 내신단 말이오?"

"네가 지금 날 모욕하는 것이냐?"

왕함보가 서늘한 시선으로 강검산에게 물었다.

"모욕하는 것이 아니라 충고를 하는 것이오. 하물며 선경의 후계자도 될 그릇이 아닌데 어찌 천하의 주인이 되실 수 있겠소이까? 부디… 자족하시고 산중으로 물러나 노년을 깨끗하게 보내시는 것이 어떠하실지……?"

강검산이 정중하게 말했다. 시간은 충분했다. 청풍과 강검산 모두 어느새 기력을 회복한 후였다. 이제 다시 싸움을 시작해도 좋고, 혹은 왕함보가 자신의 충고를 받아들여 검을 꺾고 세속을 떠나도 좋았다.

그러나 왕함보는 결코 세상을 떠날 수 있는 사람이 아니다. 오히려 강검산의 충고가 그의 살기를 더욱 일으켰다.

"가장 먼저 너를 베어야겠구나. 아쉬운 일이지. 방 노사께서 애써 키운 화마경의 후예를 내 손으로 베게 되다니."

무심한 말속에 깃든 살기에 강검산조차도 얼굴에 굳는다.

"가르침을 받겠소."

강검산이 말했다.

"가르침은 무슨! 네 말대로 내가 감히 어찌 오경의 후계자에게 가르침을 주겠느냐? 그저… 망나니 칼부림일 뿐이지!"

콰앙!

한순간 왕함보가 검을 내리그었다. 그러자 그로부터 강검산에 이르는 땅 위에 굵은 검기의 선이 그어지며 흙과 돌들이 하늘로 솟구쳤다.

쩌정!

강검산이 애써 도를 들어 왕함보의 공격을 막았다. 그러나 감히 왕함보의 공력을 정면으로는 견뎌내지 못하고 수장을 뒤로 밀려난다.

"묵공 앞에 모든 무공은 잠들 것이다. 그것이 비록 오경의 무공일지라도!"

왕함보가 강검산을 향해 치달았다. 그러자 좌우에서 청풍과 조명이 왕함보의 후미를 공격한다.

"흥! 오경의 후예들이 겨우 합공이라니! 도명 조사께서 크게 애석해하실 것이다."

왕함보가 강검산을 향해 달려가던 걸음을 멈추고 그 자리에서 솟구치며 좌우로 검을 휘둘렀다.

콰르릉!

천둥 치는 소리와 함께 청풍과 조명의 신형이 뒤로 밀린다. 그러자 왕함보가 지체하지 않고 다시 강검산을 향해 달려들었다. 강검산이 기다렸다는 듯이 도를 내리그어 왕함보의 전진을 막았다.

강검산의 도에서 붉은 기운이 흐른다. 화기의 공력이 그의 도를 통해 일어나고 있는 것이다.

캉!

강검산의 도와 왕함보의 검이 허공에서 충돌하며 화려한 불꽃이 사방으로 튀어 나갔다.

"좋구나! 공력은 개중 제일이다!"

왕함보가 강검산의 공력을 칭찬한다. 그러면서도 재빨리 강검산의 허리를 잘라가는 왕함보다. 강검산이 급히 도를 옆으로 세워 왕함보의 검을 막았다.

캉!

투투툭!

강검산이 왕함보의 검기에 밀려 발로 땅을 파헤치며 사오장 뒤로 물러난다.

그런 강검산을 향해 다시 왕함보가 검을 휘두르려는 찰나 어느새 다가온 청풍이 왕함보의 옆구리를 찔렀다.

그러자 왕함보가 신형을 기이한 자세로 비틀며 검으로 청풍을 찔렀다. 그 변초가 워낙 빠르고 강력해서 미처 청풍이 피하지 못할 듯 보였는데 한순간 청풍의 몸이 흐느적거리는가 싶더니 물살을 타고 오르는 연어처럼 왕함보의 검기를 거슬러 올라 기어코 왕함보의 한쪽 허벅지를 베어냈다.

팟!

"음!"

예상치 못한 부상에 왕함보가 침음성을 흘리며 재빨리 뒤로 물러났다. 그리고는 놀란 시선으로 청풍을 본다.

"기이한 놈이로구나."

묵공은 검세는 하늘의 그물과 같아서 가두지 못할 것이 없다고 생각하는 왕함보였다. 그러나 청풍이 그 그물을 뚫고 들어와 자신에게 부상을 입혔으니 그로서는 놀라지 않을 수 없었다. 물론 그렇다고 왕함보의 부상이 심각한 것은 아니었다.

그저 손으로 피 몇 방울 훔치면 그만인 정도의 부상이었다.

그러나 부상의 정도와 상관없이 타인의 칼이 자신의 몸에 상처를 냈다는 것이 그로서는 충격이었다.

"대인! 두 사람은 저희에게 맡겨주십시오."

문득 산 한쪽에서 장내에 남아 있던 팔방천장 중 율모 등 사인이 앞으로 나섰다. 그러자 왕함보가 고개를 저으며 소리쳤다.

"불가하다. 이 싸움에 관여치 말라!"

"대인, 그러하나 주변의 정세가 그리 좋지 않다는 일천장의 전언입니다."

"무슨 소리냐?"

"마뇌가 아무래도 다른 생각을 하는 듯합니다. 싸움에 깊이 관여치 않고 방관하고 있습니다."

"음… 마뇌가?"

"그렇습니다. 이미 이곳의 소식을 들은 듯합니다. 하니 서둘러 싸움을 정리하심이……."

율모의 말에 왕함보가 살짝 볼을 씰룩인다. 청풍 등 셋을 감당하지 못해 수하의 손을 빌어야 함이 그로선 굴욕인 모양이었다. 그러나 왕함보는 일의 대소를 구분할 줄 아는 자다.

"좋아. 둘은 너희에게 맡긴다. 아이야, 넌 나하고 조금 더 놀아야겠구나. 네 무공에 관심이 생겼구나."

조명과 강검산을 수하들에게 맡긴 왕함보가 청풍을 보며 말했다. 그러자 멀리서 율모의 공격을 막으며 강검산이 소리쳤다.

"아우님, 조심하시게!"

"형님도 조심하십시오."

청풍이 소리쳤다.

"걱정 마시게. 이놈들은 내가 씨를 말려놓겠네. 잠깐만 '버티시게!'

강검산이 호랑이처럼 소리치며 율모를 향해 달려들었다. 그 모습을 보고 있던 왕함보가 혀를 찼다.

"서둘러야겠어. 자칫하다가는 아까운 수하를 여럿 잃겠어. 아무리 팔방천장들이 뛰어나다 해도 어찌 오경의 후예들을 감당할까."

왕함보로서도 강검산과 조명을 상대하는 수하들이 걱정스런 모양이었다. 그런 왕함보를 보며 청풍이 조용히 다섯 걸음 뒤로 물러났다.

"시간을 끌겠다는 건가?"

"힘으로야 어찌 대인을 상대하겠습니까?"

"후후, 제법 영악하군. 아무튼 그 특이한 무공은 그분에게서도 보지 못했던 것인데?"

"운이 좋았지요."

왕함보가 청풍이 수기에 감응할 수 있는 선천적인 재능이 있다는 것을 알 리 없었다. 수기에 감응한다는 것은 결국 세상에 흐르는 모든 기운에 감응할 수 있다는 것이다. 더군다나 최근에 이르러서 청풍의 육감은 최고조에 이르러 있었다.

"좋아. 네 운이 어디까지인지 시험해 보마!"

왕함보가 훌쩍 신형을 날려 청풍을 향해 날아들었다.

웅웅웅!

왕함보가 검을 들어 머리 위에서 몇 번 휘둘렀다. 그러자 그의 주변이 온통 검은색 기운으로 가득 찼다.

"받아보라!"

왕함보가 청풍을 향해 검을 떨쳐냈다. 수십 갈래의 검기가 청풍을 향해 폭사했다. 순간 청풍의 신형이 한 차례 흔들렸다. 그러자 그의 몸이 왕함보가 쏟아내는 검기들 사이를 귀신처럼 빠져나왔다.

"놀라운 재주이나 그것으론 부족하다!"

왕함보가 청풍이 빠져나가는 곳을 향해 왼손으로 일장을 쳐냈다. 쇳덩어리 같은 그의 장력이 청풍의 앞으로 닥쳐들었다. 순간 청풍이 조화신검을 들어 왕함보의 장력을 번개처럼 베었다.

퍽!

청풍의 검이 매끄럽게 왕함보의 장력을 베어내자 쇳덩어리 같던 장력이 연기처럼 사라졌다.

"좋은 검이다!"

왕함보가 자신의 장력을 한순간에 와해시킨 조화신검에 감탄하면서도 여전히 여유를 주지 않고 청풍을 향해 날아들며 재차 검을 휘둘렀다. 왕함보의 검에서 흘러나온 날카로운 검기들이 빗살처럼 청풍의 주변으로 내려꽂혔다.

청풍이 어지럽게 검을 휘둘렀다.

차차창!

날카로운 충돌음이 일어나면서 청풍을 향해 날아들던 왕함보의 검기들이 사방으로 흩어진다. 그러자 왕함보의 얼굴이 점점 무표정하게 변해갔다. 셋 중 둘을 떼어내면 금세 벨 것 같았던 청풍이 생각지도 못한 무공들을 계속해서 선보이며 시간을 끌고 있었던 것이다.

"악!"

그 와중에 멀리서 비명 소리가 들려온다. 왕함보의 심복 팔방천장 중 한 명인 망출이 강검산의 도에 죽어가는 소리다. 왕함보의 얼굴에 다급한 기색이 드러난다.

"아무래도 시신을 온전하게 보전해 주지는 못하겠구나."

왕함보가 한순간 걸음을 멈추더니 굳은 표정으로 청풍을 향해 천천히 검을 들었다. 순간 청풍은 세상의 절반이 어둠으로 변하는 것을 두 눈으로 목도했다.

왕함보가 드리운 검 위쪽으로 묵빛 구름이 만들어져 태양을 가리더니 세상을 암흑으로 짓누르기 시작했다.

"천망이라는 초식인데… 내가 아는 묵공은 여기까지다. 이 초식에도 살아난다면 넌 살 수 있을 것이다."

쿠오오!

하늘을 메운 묵빛 기운이 소용돌이치듯 회전하며 음울한 파공음을 일으킨다. 청풍은 자신의 몸이 왕함보가 만든 묵빛 기운을 따라 빨려 들어갈 것 같은 느낌을 받았다.

"음!"

청풍이 자신의 모든 진기를 끌어 올렸다. 왕함보의 기운에 휘말리는 순간 그는 제대로 된 초식 한 번 펼쳐보지 못하고 그대로 목이 베이고 말 것이다.

그러나 청풍이 버티기에는 왕함보가 만들어내는 기운이 너무도 강했다. 마치 세상의 땅과 하늘을 뒤바꿔 버릴 듯한 기운이다.

투툭!

땅에 깊이 박고 있던 청풍의 발이 앞으로 끌려 나가며 그의 발끝에 채인 돌들이 산비탈을 굴러 내려갔다.

'어쩔 수 없나?'

청풍이 이를 악물었다. 이대로 버티기는 힘들다. 그럴 바에야 아예 그를 빨아들이는 저 묵빛 기운 속으로 뛰어들어 건곤일척의 한 수를 노려보는 것이 마지막 방법일지도 몰랐다.

'그러나……!'

잠시의 망설임이 생겨난다. 왕함보가 만드는 기운 속에서 과연 제대로 된 초식을 펼칠 수 있을지 자신할 수 없었다.

'물속이라 생각하자!'

청풍으로서는 자신의 타고난 재능을 믿을 수밖에 없었다. 묵빛 기운을 거대한 물이라 생각하고 그 속에 뛰어들어 왕함보에게서 약간의 빈틈이라도 발견하길 바랄 뿐이었다.

"핫!"

결심이 선 청풍이 한순간 왕함보를 향해 뛰어들었다.

"어서 오라!"

왕함보가 기다렸다는 듯이 소리쳤다.

쿠우우!

청풍은 귓가를 따라 흐르는 진기의 파공음을 들으며 왕함보의 기운을 읽고 그의 허점을 찾았다. 그러나 그 순간 청풍은 절망했다.

'허점이 없다!'

왕함보가 만들어낸 천망이라는 초식에는 단 한 올의 빈틈도 존재하지 않았다. 거대한 물의 소용돌이 속에서 바늘만큼의 생로를 찾아낼 수 있는 청풍의 기감으로도 왕함보의 천망에선 전혀 빈틈을 찾을 수 없었다. 그야말로 청풍은 완전히 왕함보의 그늘에 갇혀 버린 것이다.

하늘을 가리는 검은 구름, 그 아래 바람 한 점 없다. 그러므로 청풍은 단 한 걸음도, 일 초의 검초도 휘두를 수 없다. 청풍은 물과 바람이 있어야 움직일 수 있는 사람이다. 그런 청풍에게 왕함보는 완벽한 어둠과 침묵을 선사했다. 그곳에서 청풍은 그저 비 맞은 어린 새에 지나지 않았다.

"아버지……."

모든 어린 새들이 그러하듯 청풍도 그렇게 오갈 수 없는 지경이 되자 자신도 모르게 타유를 찾았다. 타유가 자신을 이 완벽한 함정에 벗어나게 해줄 수 있는 유일한 사람이라는 것을 청풍은 본능적으로 느끼고 있었다. 그리고 정말 그의 바람대로 타유가 움직였다.

 어둠이 모든 사람에게 불편한 것은 아니다. 몸을 숨기고 목표에 접근해 은밀하게 적의 목을 베어야 하는 살수에게는 어둠이 곧 친구다. 그러므로 타유에게 왕함보가 만든 이 어둠의 그늘은 고향과 같았다.

 더군다나 그 어둠 속에서 청풍이, 자신의 목숨과도 바꿀 수 없는 소중한 아이가 길을 잃고 헤매고 있지 않은가. 왕함보의 검은 이미 청풍의 머리 위에 떨어지고 있었다. 타유는 더 이상 기다릴 수 없음을 깨달았다.

 "풍, 너에게 길을 만들어주마!"

 타유가 나직하게 중얼거리며 불쑥 신형을 날렸다. 지금까지 온전히 자신의 기운을 죽이고 숲 먼 쪽에서 싸움의 양상을 지켜보던 그가 어느새 왕함보와 청풍의 바로 곁에 나타났다.

 타유가 단천마검을 두 손으로 잡았다. 적의 급소를 찌르고, 적의 심장을 노리는 것이라면 한 손으로 쾌속한 초식을 펼치는 것이 좋을 테지만 지금은 단단한 묵빛 검기의 하늘에 틈을 만들어야 하므로 자신의 모든 진기를 실은 단 일 초의 강검이 필요했다.

 쿠우웅!

 타유의 검이 격렬한 파공음을 일으킨다. 타유의 검이 왕함보가 만든 묵천의 세계를 파고든 것은 왕함보가 막 청풍의 목을 치려는 순간이었다.

"응?"

한순간 왕함보의 신형이 멈칫했다. 자연스럽게 청풍에게 약간의 자유가 허락됐다. 청풍이 조화신검을 든 손에 힘을 주며 왕함보를 노려봤다. 그 뒤쪽에서 솟구치는 타유의 모습이 보였다.

"아버지!"

청풍이 다시 타유를 나직하게 불렀다. 언제나처럼 타유는 청풍이 부르자 거짓말처럼 그의 앞에 나타난 것이다.

반면 왕함보는 뜻하지 않은 불편함을 느꼈다. 묵공을 극한으로 끌어 올려 주변의 공간을 완벽하게 장악함으로써 반경 십여 장을 완전한 자신의 세계로 만들었던 왕함보다.

그 안에선 그 누구도 그의 뜻을 거스를 수 없었다. 아무리 강한 고수라도 묵공의 세계에선 제대로 된 초식을 펼칠 수 없었다. 묵공은 완벽하게 시전자를 중심으로 장악된 세상이었다.

그런데 묵공이 그에게 제공했던 그 완벽하게 균형 잡힌 세상의 한쪽 부분이 흐트러지고 있었다. 이런 상태에서는 눈앞의 젊은 적을 벨 수 없다. 허점이 생겼으니 적의 반격도 만만치 않을 것이기 때문이었다. 그로선 먼저 자신의 세계를 흔든 자를 상대하는 것이 우선이었다.

"웬 놈이냐?"

왕함보의 얼음장 같은 목소리가 흘러나왔다. 동시에 청풍을 향하던 그의 검이 비스듬히 사선을 그리더니 자신의 뒤쪽으로 다가서는 타유를 향해 벼락처럼 떨어졌다.

타유가 이를 악물었다. 이미 뒤로 물러날 수 없는 지경이다. 그나마 다행인 것은 그가 기습의 이득을 가지고 있다는 것이었다. 그러나 그럼에도 불구하고 이곳은 왕함보의 세계다. 타유는 자신을 향해 내려꽂히는 왕함보의 검을 보며 이를 악물었다. 살수로서, 혹은 무인으로서 자신의 모든 것을 걸어야 할 때임을 타유는 본능적으로 깨닫고 있었다.

"하앗!"

타유가 평소의 그답지 않게 강력한 기합성을 터뜨렸다. 살수로서 언제나 내부의 살기를 안으로 숨기던 그의 모습이 아니다. 그만큼 왕함보의 기운이 강력했기 때문일 터였다.

"밀황! 죽음을 선택했군!"

왕함보가 살기를 드러낸다. 타유가 그런 왕함보를 향해 격렬하게 검을 쳐올렸다.

쩌저적!

잘 마른 나무 갈라지는 소리가 일어났다. 타유의 단천마검이 왕함보가 만든 진기의 세계를 깨뜨리는 소리였다. 순간 왕함보의 얼굴에 언뜻 놀람의 빛이 생겨났다. 그러나 타유의 저력에 놀라고 있을 수만은 없다. 적은 타유 하나가 아니다. 정작 왕함보를 두렵게 하는 적은 타유가 아니라 기운을 차리고 있는 청풍이다. 그러니 왕함보로서는 가능한 빨리 타유를 제압해야 했다.

"그만 죽게!"

왕함보가 타유를 향해 내려치던 검에 좀 더 힘을 가했다. 순간 돌이 쪼개지는 듯한 소리가 터져 나왔다.

쩡!

강력한 소리와 함께 단천마검이 부러졌다. 그야말로 놀라운 일이 아닐 수 없었다. 지금껏 단천마검은 수많은 도검을 부러뜨려 왔다. 그 천하의 명검이 왕함보의 묵공에 부러져 버린 것이다.

타유의 검을 부러뜨린 왕함보의 검이 그대로 타유를 갈랐다. 그러나 검이 부러지는 순간 타유는 이미 몸을 회전해 왕함보의 검을 비켜내고 있었다.

삭!

미세한 파열음이 일어나며 타유의 오른쪽 등이 환하게 열렸다. 왕함보의 검이 그의 옷과 살을 함께 베어낸 것이다. 순식간에 타유의 몸이 피로 물들었다. 타유가 재빨리 왕함보의 검세에서 벗어나며 번개같이 다섯 개의 비도를 연달아 날렸다. 그야말로 타유 자신이 할 수 있는 최선의 수를 펼치고 있는 것이다.

차창!

타유가 날린 비도들이 왕함보의 검에 막혀 두 개는 부서지고 세 개는 방향을 틀어 허공을 날아갔다.

"잔재주로는 묵공을 당할 수 없다!"

왕함보가 비도를 날리며 물러나는 타유를 향해 날아들었다. 그런데 그 순간 왕함보가 만들었던 천망에서 자유로워진 청풍이 그대로 왕함보를 향해 폭사했다.

강력하거나 날카로움보다는 부드러운 검세를 앞세운 청풍의 공격이 기이하게도 묵공의 기운을 파도처럼 갈라내며 왕함보의 바로 뒤까지 다가섰다. 순간 왕함보의 눈이 번쩍였다.

"기다리고 있었다!"

왕함보의 입에서 서늘한 외침이 터져 나오더니 그의 신형이 허공에서 믿을 수 없는 속도로 틀어졌다. 그리고는 타유를 향해 떨쳐내던 검을 벼락처럼 회전시키더니 그대로 청풍을 내려쳤다.

청풍의 얼굴에 당혹스런 기색이 서렸다. 그제야 청풍은 자신이 오히려 왕함보의 함정이 걸려들었다는 것을 깨달았다. 타유의 공격을 받아내면서도 왕함보는 오히려 청풍을 기다리고 있었던 것이다.

"위험해!"

타유의 극렬한 외침이 터져 나왔다. 그가 보기에도 청풍의 모습은 풍전등화였다. 청풍이 타유의 목소리를 들으며 입술을 깨물었다. 뒤로 물러날 수는 없다. 이미 물러날 기회를 놓쳤다. 그렇다면 죽음으로 적을 상대할 뿐이다.

고오오!

조화신검이 스스로 신비로운 기운을 일으켰다. 주인의 위험을 감지한 듯 보였다. 조화신검의 검신이 푸르스름해지더니 이내 투명하게 변했다. 그리고 급기야 청풍의 검과 왕함보의 검이 격돌했다.

쩡!

한순간 강력한 파열음이 일어났다. 조화신검이 그대로 왕함보의 검을 뚫고 들어가 그의 검을 반으로 잘랐다.

"놈!"

왕함보가 자신의 검을 자르며 들어오는 청풍을 향해 노성을 토해내며 반 토막 난 검을 벼락처럼 휘둘렀다. 한순간 두 개의 검이 상대를 벴다. 청풍의 검은 왕함보의 옆구리를 길게 베었고, 왕함보의 반 토막 난 검은 청풍의 어깨를 베었다.

"욱!"

"큭!"

두 사람의 입에서 동시에 비명이 터져 나왔다. 청풍과 왕함보가 비틀거리며 서로에게서 멀어졌다. 왕함보는 자신의 옆구리를 부여잡고 있었고, 청풍은 왼손으로 자신의 오른쪽 어깨를 움켜쥐고 있었다. 그런 청풍의 오른쪽 어깨 아래로는 텅 빈 공간뿐 그의 팔이 보이지 않았다.

"풍!"

타유는 왕함보의 검에 청풍의 팔이 잘려 나가는 것을 보는 순간 이성을 잃었다. 어떤 일이 있어도 냉철하던 그의 머리가 한순간 하얀 백지로 변했다. 그리고 본능적으로 신형을 날렸다.

웅웅웅!

청풍의 손을 벗어난 조화신검이 빙글빙글 회전하며 허공을 날아가고 있었다. 그런 조화신검을 한순간 번개처럼 낚아채는 사람이 있었다. 타유였다.

조화신검을 잡는 순간 타유는 마치 잡지 말아야 할 물건을 잡은 것처럼 불타는 듯한 고통을 느꼈다. 그러나 타유는 검을 놓지 않았다. 아니, 오히려 조화신검을 더욱 강하게 움켜쥐었다. 그러자 조화신검이 그의 손에서 벗어나려고 요동을 쳤다. 타유는 살아 있는 용처럼 꿈틀거리는 조화신검을 온몸의 기운으로 제어하며 그대로 왕함보를 향해 떨어져 내렸다.

"헉!"

비록 큰 부상을 입기는 했지만 청풍의 한 팔을 베는 것으로 자신의 승리를 확신했던 왕함보의 입에서 다급성이 터져 나왔다. 소름끼치는 살기가 그를 덮쳤기 때문이었다. 그의 시선이 어깨 너머로 향했다. 그러자 그의 눈에 야차와 같은 기세로 자신을 향해 떨어져 내리는 타유가 보였다.

"놈!"

왕함보의 입에서 자신도 모르게 욕설이 터져 나왔다. 그리고는 급히 남아 있던 진기를 끌어 올려 타유를 향해 장력을 후려쳤다. 그러나 타유는 왕함보의 장력에 아랑곳하지 않고 조화신검을 내려쳤다.

콰아아!

파도가 갈리듯 왕함보의 장력이 반으로 갈린다. 그리고 조화신검이 그대로 왕함보의 가슴을 사선으로 그어댔다.

"악!"

왕함보의 입에서 처절한 비명 소리가 터져 나왔다. 그의 몸에서 검은 기운들이 흘러나오기 시작했다. 순식간에 왕함보가 피골이 상접한 모습이 되더니 그대로 그 자리에 무너져 내렸다.

"네… 네놈이……?"

왕함보가 타유를 노려보며 이를 갈았다.

"당신 실수를 했어. 내 아들은 건드리지 말았어야지."

타유가 흔들거리며 말을 하고는 그 자리에 무릎을 꿇었다.

"아버지!"

타유의 귀에 아련하게 청풍의 목소리가 들려왔다.

終章　맑은 물에 발을 담그다

수
선
경

몇 달간 무림은 조용했다. 그 누구도 강호에 나서기를 꺼려했다. 한 가지 이야기가 전설처럼 떠돌았다. 가한산에서 있었던 절대자들의 싸움에 대한 이야기였다.

그 싸움의 여파로 세상이 변했다고들 했다. 천하를 암중에서 지배해 온 혈막이라는 세력이 소멸했고, 정파의 문도들을 감언이설로 설복해 자신만의 세상을 만들어보려 했던 마녀 하순의 야욕이 꺾였다는 이야기도 들렸다. 하순은 비참한 몰골로 전락해 먼 이국으로 떠났다고도 했다.

그 와중에 가한산 자락에 절진을 준비하고 의천맹도들을 구한 천하사대현자 자부진인 등나와 천하제일도 공묘천, 그리고 상산오괴의 영웅담도 감초처럼 사람들의 입에 오르내렸다.

그들이 없었다면 아마 정파는 꼼짝없이 마뇌 하순의 손에 들어갔을 것이란 것이 그곳에서 살아 돌아온 정파의 고수들, 자신의 형제들을 후송백림이라는 마뇌 하순이 만든 괴이한 세력으로부터 끌어내 온 정파의 고수들에 의해 사실로 확인되었다.

그러나 사람들이 가장 궁금해하는 절대자들에 대한 이야기는 중구난방으로 회자되어 어느 것이 사실이고 어느 것이 거짓인지 알 수 없었다.

단지 절대마인으로 불리던 밀황 타유가 개과천선해 세상을 혈세로 만들려던 왕씨 성을 가진 혈막의 총사를 베었다는 이야기만은 확실한 듯싶었다.

그러나 그 외의 것들은 진위를 구분하기 어려웠다. 혈막의 총사가 살아 있다는 둥, 혹은 그를 제거한 절대자들이 그를 데리고 세상을 등졌다는 등의 이야기가 들려오기도 하고, 그들이 어딘가에 칩거하며 향후 무림과 세상을 어찌 다스릴지 고심하고 있단 말도 들렸다.

하지만 그 어느 것도 확인되지는 않았다. 왜냐하면 당시 가한산에 나타났던 절대자 모두가 밀황 타유와 함께 그날 이후 단 한 번도 강호에 모습을 드러내지 않았기 때문이었다.

그리하여 강호는 조용했다. 보이지 않는 절대자들에게 대한 두려움과 경외심이 강호의 야심가들을 움츠리게 만들었다.

그렇게 세월이 흘러갔다. 그러자 절대자들에 대한 두려움과 동경심도 서서히 옅어졌다. 사람들의 본성이, 절대 권력을 향한 야심이 서서히 절대자들에 대한 두려움을 극복하기 시작했다. 그래서 가장 먼저 움직인 것은 역시나 이재에 밝은 상원이었다.

십여 필의 말이 초원과 설산의 경계를 따라 걷고 있었다. 구름이 설산에 걸려 힘겨운 듯 잠시 쉬어 가는 고원이다.

"정말 높군요!"

조명이 감탄사를 흘려낸다.

"괜히 천산이겠습니까?"

차간이 미소를 지으며 대답했다.

"차 대협은 자주 와보신 곳이죠?"

조명이 물었다.

"그럼요. 모가장에 들기 전에는 천산의 이쪽과 저쪽을 오가며 장사를 했지요."

"천산 너머는 어떤가요?"

"뭐, 사람 사는 곳은 다 같죠. 단지 사람들의 생김새와 풍속이 좀 다르기는 한데… 그래도 뭐 사람 사는 곳이죠."

"볼만한가요?"

"여행할 만한 곳이죠."

"정말 기대되는군요."

조명이 흥분한 기색으로 말했다. 그러자 차간이 웃으며 말했다.

"기대에 어긋나지 않을 겁니다. 대협! 쉬어가시지요? 마침 쉴 만한 곳이 있습니다."

차간이 뒤를 돌아보며 타유에게 말했다. 그러자 타유가 고개를 끄떡였다.

"그럽시다."

타유의 허락이 떨어지자 차간이 사람들을 푸른 초지에 둘러싸인 작은 샘으로 안내했다. 천산의 만년설이 녹아 초원으로 흘러내려 너른 평원으로 스며들기 전 마지막 생명력을 자랑하는 샘인 듯했다.

차간이 능숙한 솜씨로 해 가리개를 쳐 사람들이 쉴 곳을 마련했다.

"그나저나 원왕련과 이궐령의 신세가 처량하게 되었어요."

자리를 잡고 앉자 조명이 갑자기 생각난 듯 청풍에게 말했다.

"그러게 말이에요. 설마 하니 포상에게 그들의 무공을 없애버릴 능력이 있을 줄은 나도 몰랐어요."

"우리에겐 다행한 일이죠. 금석촌의 복수를 위해 그들을 벨 필요가 없어졌으니까요."

"그래서 아버님이 포상의 밀문을 그대로 둔 것이죠."

"그는 참 좋은 선물을 받았군요."

그런데 그때였다. 문득 천산 쪽에서 다섯 필의 인마가 다가왔다. 형형한 안광을 뿜어내는 것으로 보아 필시 무인이 분명하다.

"어디로 가시는 형제분들이오?"

말 위에 탄 자 중 우두머리로 보이는 중년인이 물었다. 그러자 차간이 대답했다.

"천산 저편으로 여행 중이오."

"중원에서 오셨소?"

"그렇소이다."

"음… 이곳은 천마성의 권역이오. 미안하지만 형제들의 신분을 확인해 줄 수 있겠소?"

중년 사내의 말에 차간이 타유를 돌아본다. 그러자 타유가 고개를 끄덕였다. 타유의 허락이 떨어지자 차간이 사내에게 다가가 한 장의 붉은 첩지를 꺼내 보였다. 순간 첩지를 받아 본 사내가 크게 놀란 표정으로 말 위에서 뛰어내려 타유 앞에 다가와 허리를 굽힌다.

"몰라뵈어 죄송합니다."

"내 얼굴을 아는 사람은 별로 없으니 괘념치 마시오."

"필요하신 것이 있으시면 무엇이든 말씀하십시오. 성주님의 특별한 명이 있으셨습니다."

"되었소. 그저 조용히 지나가고 싶소."

"알겠습니다. 그럼 물러가겠습니다. 번거롭게 해드려 죄송합니다."

사내가 다시 머리를 조아린 후 급히 말 위에 올라 수하들을

이끌고 바람처럼 멀어졌다. 그러자 그 모습을 보고 있던 청풍
이 타유에게 말했다.

"그의 편지가 참으로 유용하군요."

"그러게 말이다. 그를 만나고 오길 잘했구나."

타유가 고개를 끄떡였다. 그러자 조명이 말했다.

"과연 갈륵이 청복장과 금석촌을 침범하지 않겠다는 약속
을 지킬까요?"

조명의 말에 이번에는 차간이 대답했다.

"아무리 그가 천마성이 성주가 되었다고는 해도 감히 대협
의 뜻을 거스르지는 못할 겁니다."

"하긴 갈륵이 그리 경솔한 자는 아니지요. 그나저나… 정파
가 과연 그를 당해낼 수 있을까요? 백두에 다녀오는 동안 갈륵
그가 혈막의 잔존세력들을 규합한 것 같더군요. 아마도 지금
쯤 그는 본격적으로 강호의 일에 관여하기 시작했을 거예요.
상원을 앞세워서요. 그동안은 아버님이 두려워 감히 움직이지
못했지만 아버님이 떠났으니……."

"이제 강호의 일은 그만 잊어요."

청풍이 조명의 어깨에 손을 올리며 말했다. 나머지 한쪽 팔
이 있어야 할 곳의 옷자락이 바람에 날린다. 왕함보와의 싸움
에서 한 팔을 잃은 청풍이다.

"호호, 제가 또 강호의 일에 관심을 보였군요."

조명이 겸연쩍은 웃음을 흘린다. 그러자 타유가 말했다.

"예전의 혈막과 같이 정파를 추궁하지는 못하겠지. 자부진

인은 마녀와 다른 사람이야. 갈륵이라 한들 함부로 상대할 수 없을 것이다."

"강호가 균형을 이루겠군요."

조명이 안심하듯 말했다. 그녀는 내심으로 사문, 화산을 걱정하고 있었던 모양이었다. 그러자 타유가 다시 말했다.

"싸움은 무림이 아니라 세속에서 벌어지겠지. 장강 주변에서 야심가들이 우후죽순으로 일어나고 있다고 하더군. 갈륵과 자부진인이 어떤 자들의 손을 잡을지 모르지만 그들이 두 사람을 대신해 싸우게 되겠지."

"원이 이대로 무너질까요?"

청풍이 물었다.

"이미 기울어진 달이다. 다시 부활할 수는 없을 것이다."

타유가 자리에서 일어나 샘으로 다가갔다. 그리고는 두 손으로 샘물을 떠서 얼굴을 씻은 후 다시 물을 골라 한 모금 마셨다.

"좋구나!"

타유의 머리가 바람에 날린다. 청풍은 어느새 흰머리가 적지 않은 타유의 뒷모습에서 한순간 거인(巨人)의 모습을 보았다. 그러자 갑자기 묻고 싶은 것이 생각났다.

"아버지, 조화신검을 없앤 것이 아쉽지 않으세요?"

"무슨 소리냐? 아쉽다면 네가 아쉽겠지. 네 것이 아니더냐?"

"선승께서 말씀하시길 신검의 주인은 내가 아니라 아버지였는지도 모르겠다고 하시더군요. 결국 신검으로 왕함보를 베신 것은 아버지시잖아요?"

"후후, 그 양반이 쓸데없는 소리를 하셨군. 하지만 만약 조화신검이 내 것이었다 해도 난 그 검을 마찬가지로 화동의 용암에 던져 버렸을 것이다."

"왜요?"

조명이 불쑥 물었다. 그러자 타유가 다시 샘물에 손을 담그며 말했다.

"아무리 신검이 좋다 한들 결국 검이다. 검은 살생을 피할 수 없는 물건이야. 이렇게 이 손에 담기는 샘물 한 줌보다 못한 것이지. 더군다나 조화신검과 오경의 무공은 사람의 심성을 흔드는 강력한 힘을 가진 물건들이다. 사람의 힘으로 통제할 수 없는 기보는 기보가 아니라 혈보다. 세상에 남아서 좋을 것은 없다."

"이제 보니 아버님을 살수가 아니라 정인군자시군요. 세상을 그토록 위하시니."

조명이 농을 한다. 그러자 타유가 대답했다.

"세상을 위해서가 아니라 나 자신을 위해서란다. 그것들로부터 온전한 나 자신을 지킬 자신이 없었단 말이지. 자, 다시 갈까?"

타유가 자리를 털고 일어났다. 그러자 차간이 얼른 말을 끌고 왔다. 일행이 훌쩍 말에 올라 다시 서쪽으로 길을 떠나기 시작했다.

"그나저나 검산 형님은 잘 지내고 계시는지 모르겠군요."
"호호, 아이가 또 태어났으니 지금쯤 아주 바쁘겠지요."
그러자 타유의 타박하는 소리가 들린다.
"너희는 대체 언제나 아이를 낳을 테냐?"

『수선경』 완결

작가 후기

조화오경의 연작 시리즈를 드디어 끝내게 되었습니다. 좋은 글과 나쁜 글, 흥미로운 글과 지루한 글의 여부를 떠나서 몇 년 동안 함께했던 오경의 세계와 헤어지게 되니 마음이 쓸쓸하군요.

글쟁이는 참으로 어리석은 존재인 것 같습니다. 자신이 만들어놓은 세계에 빠져 마음이 흔들리니 말입니다. 그래서 작가들의 마음이 어린애 같은 건지도 모르겠습니다.

조화오경 시리즈가 조금 버겁다고 느낀 적이 많았습니다. 흥미로운 세계관임에도 불구하고 작가의 필력이 부족해 잘 다듬어내지 못한 것이 못내 마음에 걸립니다.

그럼에도 이 연작 시리즈를 오랜 시간 즐겨주시고, 격려해주신 독자 여러분께 마음으로 감사드립니다. 그 세월 동안 세

상도 변하고, 사람들도 변하고, 제 자신도 변했습니다만. 조화
오경의 세계에서 독자분들과 소통할 수 있어서 행복했습니다.

봄입니다.

신비로운 자연의 축복 속에서 행복한 날들 되시기 바랍니
다.

14년 봄, 허담

이제부터 전자책은

이젠북

www.ezenbook.co.kr

✦ 새로운 세계가 열린다! ✦

한백림 『천잠비룡포』   천중화 『그레이트 원』

좌백 『천마군림』   송진용 『몽검마도』

현대백수 『간웅』   김석진 『더블』

김정률 『아나크레온』   백연 『생사결-영정호우』

임준후 『켈베로스』   예가음 『신병이기』

진산 『화분, 용의 나라』   남운 『개방학사』

이름만 들어도 황홀할 정도의 별들의 향연!

이들의 "유료연재"가 시작됩니다!

검색창에 **이젠북** 을 쳐보세요! ▼ 🔍

백미가 新무협 판타지 소설

FANTASTIC ORIENTAL HEROES

천선지가

천선지가

불의의 사고로 죽은 청년 이강
그를 기다린 것은 무림이었다!

어느 날
그에게 찾아온 운명,
천선지사.

각인 능력과 이 시대엔 알지 못한 지식으로
전생에서 이루지 못한 의원의 꿈을 이루다!

『천선지가』

하늘에 닿은 그의 행보가 시작된다!

Book Publishing CHUNGEORAM

음행이 아닌 자유추구 ─
WWW.chungeoram.com

FUSION FANTASTIC STORY

월문선 장편 소설

화려한 귀환

머나먼 이계의 끝에서
다시 돌아온 남자의 귀환기!

『화려한 귀환』

장점이라고는 없던 열등생으로 태어나,
학교에서 당하는 괴롭힘을 버티지 못하고
자살이라는 극단적인 선택을 하게 된 남자, 현성.

"돌아왔다……. 원래의 세계로!"

이계에서 죽음을 맞이하게 된 현성은
자신을 죽음으로 내몰았던 현실 세계로 돌아오게 된다!

고된 아픔들, 그리웠던 기억들.
모든 것을 되살리며 이제 다시 태어나리라!

좌절을 딛고 일어나 다시 돌아온
한 남자의 화려한 이야기!
이보다 더 '화려한 귀환'은 없다!

Book Publishing CHUNGEORAM

유행이 아닌 자유추구 -
WWW.chungeoram.com